赵德发／著

QING
DENG
ZHI
TA

擎灯之塔

济南出版社

图书在版编目（CIP）数据

擎灯之塔 / 赵德发著. -- 济南：济南出版社，
2025.5. -- ISBN 978-7-5488-7036-4
Ⅰ. I267

中国国家版本馆CIP数据核字第2025KC7208号

擎灯之塔
QING DENG ZHI TA

赵德发　著

出 版 人　谢金岭
选题策划　张雪丽　董慧慧
责任编辑　董慧慧　李韫琬　张　爽
装帧设计　八牛·書裝·設計

出版发行　济南出版社
地　　址　山东省济南市二环南路1号（250002）
总 编 室　0531-86131715
印　　刷　济南鲁艺彩印有限公司
版　　次　2025年5月第1版
印　　次　2025年5月第1次印刷
开　　本　165mm×240mm 16开
印　　张　18.5
字　　数　271千
书　　号　ISBN 978-7-5488-7036-4
定　　价　49.00元

如有印装质量问题　请与出版社出版部联系调换
电话：0531-86131736

版权所有　盗版必究

目录 contents

第一辑　海天之间

海天之间　　　　　　　　　　　　　003
擎灯之塔　　　　　　　　　　　　　012
晃晃悠悠船老大　　　　　　　　　　032
鲅鱼圈的诱惑　　　　　　　　　　　055
唐岛湾潮汐　　　　　　　　　　　　071
邂逅蟹群　　　　　　　　　　　　　076
在日照经山历海　　　　　　　　　　080
走近海洋　亲近海洋　　　　　　　　083
目标塔　　　　　　　　　　　　　　092

第二辑　一根地瓜秧的视角

莒南，高乡　　　　　　　　　　　　099
故乡的老房子　　　　　　　　　　　102
"拐棍"　　　　　　　　　　　　　　105
粉坊里的少年时光　　　　　　　　　110
我与《农村大众》二三事　　　　　　116
阅读助我圆梦　　　　　　　　　　　119
与小树林一起成长
　　——寄语山大文学院同学　　　　123
山大作家班学习生活琐忆　　　　　　127
红薯飘香　　　　　　　　　　　　　139
一根地瓜秧的视角　　　　　　　　　144

第三辑　分水岭

陔下之兰　　　　　　　　　　　　　　155
感秋风　念恩师　　　　　　　　　　　180
沟里沟外　　　　　　　　　　　　　　186
崮下　　　　　　　　　　　　　　　　193
分水岭　　　　　　　　　　　　　　　204
形形色色　　　　　　　　　　　　　　210
他唱着《小放牛》走了　　　　　　　　213
香飘伊犁　　　　　　　　　　　　　　217
北回归线上的汕头　　　　　　　　　　221
山清水秀酿珍稀　　　　　　　　　　　224
西府寻凤　　　　　　　　　　　　　　228
想听良渚人讲故事　　　　　　　　　　234

第四辑　海立云垂瞑望中

经山历海　深入生活　　　　　　　　　241
时代新人，每一个都是新的　　　　　　243
写好新时代中国乡村故事　　　　　　　247
乡亲们的历史感　　　　　　　　　　　250
望星空，作家应有的姿态　　　　　　　252
快意雄风海上来
　　——长篇小说《大海风》创作谈　　254
海立云垂瞑望中　　　　　　　　　　　257
持之以恒探究的境界　　　　　　　　　261

附录

赵德发创作年表　　　　　　　　　　　265

第一辑

海天之间

海天之间

多年来，我痴迷于一个空间：海天之间。

去海边游逛，坐轮船涉海，乘飞机越洋，我都注意观察，浮想联翩。

我家离海有3公里远，我不出门时经常去窗口瞅一瞅。写作累了，从书桌前站起来看看海，是我最好的休息方式。虽然城市的天际线日益增高，参差不齐的楼缝像那个空间的蓝牙，但我还是喜欢遥望海天想入非非。

这个城市的电视台善解人意，在海边安上了直播设备。无论我在哪里，往手机上轻轻一点，眼睛便与那儿的高清摄像头"并机"了。我近距离地注视着沙滩、大海、天空，心神激荡。

海是实的，天是虚的。真正的虚无缥缈，没有尽头。也许黑洞是它的尽头？平行宇宙是它的尽头？估计造物的那一位又在发笑，我便收回思绪，只盯着眼前的海与天。

海天一色。什么色？蓝。

天蓝，有它的道理；海蓝，也有它的道理。我早已被科普过了。然而，这些蓝为什么只出现在地球上？是必然？是偶然？道理何在？也有人科普，但我半信半疑，只觉得事情不那么简单，可谓玄之又玄。

其实，海天并非一色。蓝，只是笼统的判定，它分为天空蓝与海洋蓝。天空蓝，一碧如洗时才为正宗；海洋蓝则复杂多变，深蓝、浅蓝，有多个层次，过渡时让人难以觉察。只有在适度的光照

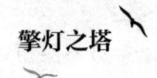

之下，才有标准的海洋蓝。

用色彩学解释，天空蓝是高调蓝调子，传递平静、纯净、安详；海洋蓝是低调蓝调子，传递沉静、深邃、幽远。两种蓝，各有千秋，我都喜欢。

海与天的分界是海平线。世界上的几何线条有无数种，那是最长最直的了。但你无法靠近，即使乘船去寻，它也永远距你4.4公里左右。看着它，你耳边可能会响起塞壬的歌声，被吸引，被诱惑，一心趋前，不计风险。

海平线是一根漂在海上的纤细魔杖，会显示种种奇迹。日月，云雾，船只，飞鸟，均从那条线上诞生，生生不息，无休无止。

海平线当然是平的。这个平，引人沉思。我想到了八个字：天下为公，四海遂平。

海平线上最辉煌的景象是日出。"暾将出兮东方，照吾槛兮扶桑"（屈原《九歌·东君》）。我在家每天看到的"暾"出自东方之海，光芒照亮我的窗子、我的心房。

我居住的城市叫日照，因"日出初光先照"而得名。海边有古人祭日的遗迹，有今人在每年元旦举行迎日大典的场所。平时除了雨雪天气，早晨有很多人到海边观赏日出。

太阳每天照常升起，每天的景色却各有不同。天阴天晴，云多云少，画面不同，氛围不同。单说那朝霞，没有一天是相同的，其形其色，千变万化。在这个时刻，言语道尽，也无法描述，唯有默默静观，用心领会造化之神奇。

海天有情有义，想显示更多神奇给你看。你不经意间，云集东方，悄悄布阵。等到日上三竿，云彩突然出现若干缝隙，让阳光直射入海。一根根巨大光柱，一块块海上金斑，"丁达尔效应"让人赞叹。

关注海天之间，可以开阔心胸。"乾坤浮一气，今古浸双丸"

（清代诗人张照《观海》），充沛在海天之间的浩然之气，恒久不变的日月升落，能让你明白何为天行健，你是否要自强不息。

关注海天之间，可以调节心情。向后看，人事如麻，烦恼如烟。往前看，天宽海阔，一片澄明。我的一个堂弟曾在货轮上工作，他说他喜欢在船上看海看天，赏心悦目，一上岸就头疼，觉得陆地上的事太复杂，太难办。

有一种看不见的力，在海天之间拉扯，于是有了潮汐现象。

潮汐可见，惊心动魄。一些礁石，看着看着就没了，等着等着又有了。沙滩上，潮舌伸伸缩缩，似在表达对陆地的情意；潮间带干了湿了，无数小生灵在此觅食、求爱、繁衍生息。

我曾在夜晚来大潮时，立于海崖边看惊涛拍岸。轰然激溅，震耳欲聋。浪花飞起时反映着月光，像满天珍珠，晶莹剔透。我对着月亮双手合十，默默感佩它的神奇之力。

2024年5月11日，我女儿忽然发来几张照片。海天之间，一片紫红，繁星在其中闪闪发光。我觉得诡异，问她是怎么回事，她说，刚刚看到了极光。本来，新西兰的南岛上才能偶尔看到，今天在北岛也看到了。我忽然想起来，前几天媒体上讲，20年来最强的太阳磁暴将要发生。

太阳喷发，日冕熊熊，一次超强的磁场能量冲击地球，在南北两极引发起大面积、大规模的辉煌，真是一幕罕见的奇美景观。

上网看看，世界上许多地方的人们都在欣赏这场"极光秀"。那些在海边拍摄的照片与视频最为迷人：极光高挂在天上，也倒映在海里，绚丽多变，如梦如幻。

海天之间，还有一种力，我们称之为风，这也由太阳传递的热量引起。

风在陆地，有许多羁绊，到了海上便畅行无阻。我们看不见它的真身，它就推动云朵给我们看，推动船帆给我们看，推动海水给

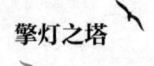

我们看。

对海水的推动，最能显示风的手段。滚滚波涛，巍巍浪山，都由它造就。它甚至能制造渔民所说的"鬼潮"：潮水该来不来，让坐滩的船无法出海。那是来了特别猛烈的强风，让大片海水整体移动，拉开了与陆地的距离。

一个渔家姑娘的歌声从九十年前传来："早晨太阳里晒渔网，迎面吹来了大海风……"渔民对大海风的体会，最为真切。《渔光曲》的凄婉，打动了几代人的心。

风险，风险，因风而险。

这个词，也因海而生。"天下之险莫如海"，信然。

台风，是海天之间的巨无霸。每当一个台风生成，我都从天气预报上看它的位置，从卫星云图上看它的形状。它独眼向天，极其狰狞；它旋转着移动，强悍无比。

我居住的海边，偶尔有台风经过。我曾多次观察台风将至时的天象，只见远处海云如山，气势汹汹，近处有碎云飞跑，似野马奔腾。海鸟们懂得风险，纷纷从洋面上飞回来躲避，叫声中带着惊慌。

台风呼啸而至，所向披靡。天知道它怎么有那么大的风力，在海上有十几级，到了陆地上有所减弱，却还能摧枯拉朽。天知道它怎么会带来那么多的水，从太平洋深处一路泼洒，泼了几千里之后还是大雨如注。

我有一次飞越台风的经历。2013年7月12日，我受邀到"深圳晚八点"活动上讲我的新书《乾道坤道》，次日坐飞机回山东。而这天，台风"苏力"正在福建沿海登陆，我坐的飞机则沿着海岸线北上。经过那儿时，飞机处于万米左右的平流层，上面是蓝天与骄阳，下方是平平静静的云海。我知道，下面的对流层里正发生着强烈对流，风雨交加，电闪雷鸣。

我俯瞰着台风禁不住感叹：海天之间，何其玄妙！

海边，忽然有红红绿绿的圆球升腾、飞翔。那是一次庆祝活动结束时的情景，几千只气球被放飞。孩子们撒手之后，欢呼雀跃，目光追随它们渐高渐远。

气球会飞往何方？是逐日还是奔月？一架无人机想弄清楚，嗡嗡叫着跟踪而去。但是，时间不长它就回来了，听声音有点儿沮丧。因为它不敢脱离人类的控制，一旦脱离便是毁灭。

有一天，我看见无人机在海面上飞，下面是成排成行的圆球，或红或蓝。那不是庆祝活动上放飞的气球迷途知返，落到了海面，而是海洋牧场上固定的浮子。它腹中充了气，却无法飞起；它具有一定的浮力，能维系下面的养殖网兜。

但我知道，它如果有灵，是一心想飞上天空的，只是负担太重。就像我被肉身拖累，被责任感拴牢。

鸟儿，是海天之间的精灵。如果没有鸟，这个空间便会死气沉沉。

我经常在海边看鸟。那儿有留鸟，有候鸟，种类繁多。最常见的海鸥，红嘴、白身、黑翅尖，在碧海蓝天的背景上引人瞩目。每当渔船归来，它们必定扇动翅膀跟踪，希望分享渔获。岸边有人投喂，它更是欢叫着扑来，精准抢到食物。

还有一种鸥鸟，叫中华凤头燕鸥，是传说中的"神话之鸟"，世界级濒危鸟类，也在日照海边出现。它体呈白色，头上却顶着一撮黑毛，煞是可爱。

人有人路，鸟有鸟路。有一条鸟路，叫作东亚—澳大利西亚候鸟迁飞路线，每年有超过5 000万只鸟经此南来北往。中途有一些地方是它们的驿站，如鸭绿江口、荣成湾、日照两城河口湿地、盐城滨海湿地等，我都去过。有的时候，万鸟翔集，遮天蔽日，让我惊叹不已。

我还多次在海上看鸟。有一回坐船出海，有鸟群在天上飞过。我不认得它们是什么鸟，但知道它们正在迁徙，正往南飞。估计是东北亚天气变冷，它们要飞往大洋洲，被人类称作"澳大利西亚"

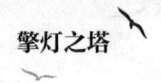

的那些温暖之地。

我想，至少要飞一万公里，你们坚持得了吗？正在观望，突然有一只褐色小鸟落到了甲板上。它"叽叽"叫着，小胸脯急促起伏。我以为这个小可爱飞累了，不再走了，却见它抬头看看同伴，又鼓动翅膀，勇猛地冲上了蓝天。

那一刻，我心中充满了感动，目送它翩翩远去，融入鸟群，消失在海平线上。

那年夏天去汕头，北回归线上的太阳当空直射，溽热难耐。忽见海岛模糊，灯塔摇晃。细察之，原来是海中蒸汽升腾，袅袅而上，将我的视线扭曲。

有多少水，就这样悄无声息地升华，到了天上成为云朵，积为云山，铺作云层。

那些云朵，既点缀蓝天，又投下阴影。夏日行船，云影是水手的福地，可以擦擦汗，喘口气。云影也是某些鱼类的乐园，鲲鱼最喜，追逐不休。它们至此避开了阳光，兴奋地跳跃，让这片海水如雨点激溅。

云，忘不了它的出处，在天上飘悠一段时间便回归大海，回归方式或温柔或粗暴。我见过海上的和风细雨，雨星儿微小，似有似无；见过风狂雨暴，雨区像巨大帷幕一样急促移动；我见过海上大雪纷飞，无声无息飘入浪波；见过冰雹大如乒乓球，落到海上砸起高高的水花。

云飞出海洋，雨雪冰雹便落于大地。即便如此，水滴还是汇成细流，汇成江河，奔赴汪洋大海。之后，一些水还要飞走，要升华。

海天之间的大循环，暗藏玄机，鬼斧神工。

海面上，银白色的"大风车"悠悠转动。有的海域"风车"如林，十分壮观。

风力发电机，八年前在我家乡出现，村子南面的山上立起一排。我第一次看到时很反感，称之为"南山长刺"，觉得有了它们，南山不再高大，天空不再完整。我的心，被它们深深刺痛。

但我也明白，这是感情作怪，感性作怪。我用理性说服自己，像咽下一些醋，让"南山之刺"在我心中变软。

我经历过前些年的一次次漫天雾霾。有一回在老家住着，突然来了大雾。但它与山里雾的清爽味道不同，难闻而呛人，便知道它来自远方，由PM2.5组成。我当时痛心疾首。

还有一次我坐飞机南下，发现一座滨海城市上方多了个灰色大锅盖。锅盖的一部分罩在海上，改变了海的颜色，我心中的悲哀如同被雾霾遮盖的波涛，滚滚难平。

因此，当我看到"大风车"在海上出现，就不再反感，觉得喜欢，甚至领略到一种诗意。

清洁的风，清洁的电，让天更蓝、海更蓝，善哉善哉！

善的，便是美的。

海天之间，白帆点点。一场帆船赛事正在进行，给观望者制造出唯美的画面。

然而，这只是人类传统航海活动的最小规模的延续，或者说，是对航海前辈们的怀想与纪念。

在机器船兴起之前，除了小舢板，别的船都要用帆。借助风力，辅之以人力，让船行进于江河湖海之上。

日照的渔民，为了避讳那个"翻"字，把帆叫"篷"。它用白布做成，再剥来槲树皮，煮汁染色。于是，那些船像长了一只只紫褐色翅膀，在海上来来回回。

我曾在海边的山上找到一棵老槲树，抚摸着它身上的伤疤悄悄发问：告别了剥皮之苦，你是不是觉得幸福？见它不语，我便转过身，想象自己是过去的一棵槲树，遥望海上，想看看用自己的生命汁液染出的篷。然而我看不到，海上正跑着的船大多无篷，都在冒烟，心中有欣慰，也有失落。

看到媒体报道，航运界正尝试复兴古老的航海技术，给货轮装上风帆。全球商业船队共有114 000艘船舶，目前有100艘左右安装了风帆助力系统。但它只是"助力"，船的主动力还是柴油发动机。有一艘8万吨级货轮，装上了两面巨大风帆，都是37.5米高，相当于12层楼，每天大约节省3吨燃料，减少11.2吨碳排放。当然，这种风帆不是布料做的，而是用特殊材料制成的可伸缩硬帆。我没见过这种船，但看看网上照片，便热切期盼。

我关注海天之间，非常希望能看到海市蜃楼。那是地球上最为玄虚的事物。本来空空如也的海上，为何突然出现山峦、树木、楼房、城市，等等，空幽缥缈，恍若仙境？科普读物告诉我们，那是光学现象，由远方景物折射而成。问题是，人们看了海市蜃楼，想找它的原型，却没有一例能够成功找到。

于是有人猜测，那是"平行宇宙"的显影。这也不可信，我们这个宇宙包罗万象，"平行宇宙"难道只有那么几种东西？

越是虚幻越想看，越是想看越看不见。在我有生之年，大概此梦难圆。

"人间所得容力取，世外无物谁为雄？"想起苏东坡当年想看海市蜃楼，在登州蓬莱阁上发出追问，千年来一直没有答案，我只好放下执念。

关注海天之间，我还担忧这个空间变小。

它真的在变小，因为海平面正在抬升。我来日照三十多年，多次听到渔民说，水位越来越高，海边的房屋离水越来越近。

前年，我去青岛游览著名的水准零点景区。这个水准零点是我国1987年规定的，将青岛验潮站1952年1月1日至1979年12月31日所测定的黄海平均海水面作为全国高程的起算面。珠穆朗玛峰的海拔高度8 844.86米，就是以此为基准计算出来的。但我发现，旱井里代表海拔0米的石球顶点，比旁边的海面要低。

我当时无法测量，但现在有了资料做证：2024年4月22日是第55个"世界地球日"，自然资源部海洋预警监测司发布《2023年中国海平面公报》指出，1980—2023年，中国沿海海平面上升速率为3.5毫米/年；1993—2023年，上升速率为4.0毫米/年。这就是说，黄海海平面实际上比位于青岛的水准零点高出至少120毫米，即0.12米。

全球海洋总面积为3.6亿平方千米，也就是360万亿平方米。乘以0.12米，我们便知道，三十年来，海天之间至少减少43.2万亿立方米！

目前，海平面还在上涨，而且速度越来越快，因为地球继续变暖，冰川继续融化。

所有的海边，波浪线在前推，潮间带在前移，人类只能后退，再后退……

古有杞人忧天，今有我辈忧海。

是无可奈何，还是奋力阻止？联合国主导的一次次气候行动峰会，反映了人类的共同心声。响应峰会提出的目标，中国人郑重做出"双碳"承诺，已经在方方面面行动起来。

愿地球清凉，人类吉祥，海天之间美景恒常！

（原载于2024年第7期《人民文学》，《青年文摘》2024年第18期转载）

擎灯之塔

一

塔，作为一种高耸于地表的建筑物，由来已久。

最著名的，当数巴贝尔塔。传说在古巴比伦时代，人类雄心勃勃，想建造一座通往天堂的崇高工程。上帝发现之后很吃惊，决定阻止这件事情，就赐给人类不同的语言。这样一来，人类无法沟通，民族之间说话好比鸡同鸭讲，巴贝尔塔就成了烂尾工程。前些年考古学家对巴比伦遗址进行发掘，发现一些残存的建筑遗迹，显示有一座巨大的基座，似乎支撑过一座高塔。那座塔就是巴贝尔塔吗？它到底建到了什么程度？大约多高？什么样子？谁也说不清楚。

别有用途的塔，人类也建造了一些。如雅典人在公元前48年左右建的风塔，计时用的，内有滴漏钟，外有日晷；如意大利人在公元1174年建的比萨斜塔，是座钟楼，因基础沉陷、严重倾斜而闻名于世；如信奉佛教的东方人在各国建造的佛塔，用于供奉舍利、经卷和法物；再如教堂塔、纪念塔、水塔、瞭望塔，等等。

还有一种塔，高擎灯火，多与海洋相伴，在夜间派上用场。黑暗降临，大海茫茫，有人驾船行驶，前途莫辨。如果来了风雨，起了大雾，还往往误入浅滩，撞上礁石，致使船毁人亡。所以，渔人和水手就特别期望夜间出现灯光，为他们引路。顺应这种期求，便有了种种神话传说。西方有海神波塞冬，他虽然易怒好战，但驾驶战车在海上奔驰时，波浪会变得平平静静。东方有妈祖娘娘，她勇气超群，救急扶危，时常飞翔于海上，在惊涛骇浪中救人。然而，这些都是传说，虚无缥缈，人类想用实实在在的灯火为夜航船引路，就专门建造灯塔。

公元前323年，战无不胜的亚历山大大帝在巴比伦病逝，他的部将之一托勒密称霸埃及。鉴于亚历山大港附近的海道后凶险，托勒密下令在法罗斯岛上建造一座灯塔。因为工程量太大，灯塔建了多年仍未竣工，突然发生了一起悲惨的海难事故：埃及皇家派一艘船去欧洲迎娶新娘，在驶入亚历山大港时触礁沉没，船上的皇亲国戚及从欧洲娶来的新娘，全部葬身鱼腹。此时的埃及国王托勒密二世下令加快灯塔建设，让这座宏伟建筑于公元前290年竣工，被称为"亚历山大法洛斯灯塔"。塔身分为三段，下段为圆柱形，中间段为八角形，上段为正方形。它有100多米高，是当时世界上最高的建筑物，显示了托勒密王朝的财富与力量。塔顶，白天有镜子反射日光，晚上有火光引导船只。这让夜航水手看到了方向，找到了坐标，能够准确进入并通过航道，大大避免了事故的发生。亚历山大灯塔赢得了人们的普遍景仰，屹立了近1 500年，在公元十四世纪才在大地震中毁掉，基座沉入海中。它被誉为古代世界七大奇迹之一，与埃及胡夫金字塔、巴比伦空中花园、罗德岛太阳神巨像、奥林匹亚宙斯神像、阿尔忒弥斯神庙和摩索拉斯陵墓并列。

罗马帝国兴起之后，公元50年，皇帝克劳狄乌斯下令在港口城市奥斯蒂亚建造了第一座灯塔。此后，罗马帝国的广大版图上有了越来越多的灯塔，在夜间照亮那些战船、商船的归程。后来，随着帝国的分裂与灭亡，大部分灯塔无人维护和看管，相继熄火、坍塌，欧洲船员进入了"黑暗时代"。不过，也有少数灯塔顽强挺立，依旧发出亮光。在西班牙的西北沿海，有一座埃库莱斯灯塔就是这样，一代代看守"薪火相传"，中间经过修复，此塔至今还能正常工作。

世界潮流浩浩汤汤，大航海时代来了。新航路的不断开辟，"新大陆"的不断发现，让人类建立起跨越海洋和陆地的联系，世界开始联为一体。这个时代，也呼唤着更多引航灯塔的出现。1550年，英国建起第一座；1716年，美国建起第一座；1738年，加拿大

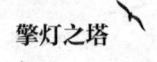

建起第一座……此后，灯塔像雨后春笋一样萌生，矗立在许多国家的海岸、海岛与礁石之上，每到夜晚大放光明。

　　随着科技的进步，灯塔的光源一次次更新迭代。最早的灯塔是烧柴草的，一堆篝火，或一个火盆，每天从傍晚烧到黎明。守护者要不断往里添柴，搅动，使火焰旺盛。白天，则有人往塔顶运送木柴。不知100多米高的亚历山大灯塔怎样向上面运柴，55米高的埃库莱斯灯塔在1791年完成修复之前，塔身外围建有螺旋式坡道，专门用于往上运送燃料。每一座灯塔的柴草用量都很大，譬如爱沙尼亚人建在波罗的海岸边的克普灯塔，就消耗掉了它所在半岛上的一片森林。

　　烧柴不易，人们就寻找别的替代物。先是找到了动物油脂，如牛油、鲸油等，制成烛，在灯塔上点燃。在相当长一段时间里，灯塔亮度是以"烛光"为单位的。接着又找到了煤，好多塔顶炉火熊熊，还配有大风箱助阵。瑞士人艾梅·阿尔冈在1780年发明了一种新型灯具，玻璃灯罩内有空心管状的灯芯，能发出普通油灯四倍的光亮，震惊世人。因为这种灯用鲸油效果最好，海洋里的鲸鱼就倒霉了。它们被大量捕杀，身上丰厚的油脂被取来点燃，以照亮人类所走的海路。

　　光学的发达，也让灯塔更亮。苏格兰灯匠托马斯·史密斯在油灯后面安装上抛物面反射镜，让射向海面的光线大大增强。1787年，他在英格兰金奈德角建造了一座灯塔，用了17盏配备这种镜子的鲸油灯，夺得了亮度之冠。几十年之后，法国人让·菲涅尔发明了"牛眼透镜"，由棱锥状晶体排列成同心圆并围绕中心，实现了世界灯塔史上最重要的技术突破。1823年，建在法国吉伦特河口的哥杜昂灯塔用上了第一枚菲涅尔透镜，透过它发射的亮光，在32公里以外都能看到。有人还发明了旋转装置，让光线间隔数秒投向同一方向，有的还显示不同颜色，以便让水手区别不同的灯塔。

　　人类对鲸鱼终于生出悲悯之心，不再取它的油点灯，转而用植物油、矿物油。煤油气灯的发明，让灯塔亮度进一步提高。1878年建成的爱尔兰加利角灯塔，配备了一盏煤气灯，发光亮度达到100万标准烛光，在29公里之外就能看到。这种气灯使用纱罩，要频繁打气加压，我在二十世纪七十年代还经常在晚上点燃，挂在山村夜校的教室里、文艺演唱会的现场。乙炔灯也叫煤石灯、嘎斯灯，亮度与煤油气灯差不多。十九世纪末，随着电灯的发明与普及，灯塔也逐步进入了用电时代。它们的万丈光芒投向浩瀚而漆黑的大海，是这个世界上最美丽、最壮观的画面之一。

二

中国的第一座灯塔，出现在福建惠安县崇武半岛东端。明洪武二十年（1387），这儿建起一座千户所城，用于军事防卫。次年当地渔民集资，在崇武城东南角的最高处建起了一座灯塔。它高33米，为白石垒起，最上方是一灯亭。夜晚灯光亮起，让出海夜归的渔船与进出泉州湾的商船深深受益。

明天启四年（1624），福州马尾港旁边的罗星山上，立起一座八角七层仿楼阁式石塔。传说南宋时期，广东人柳七郎到福建当兵，妻子随夫来后，因姿容跌丽，被乡间豪强看中，豪强便设下圈套，诬告其夫有罪。柳七郎去服苦役，被折磨而死。柳七娘得知后变卖财产，到罗星山建造一座塔，为亡夫祈福。罗星塔后来被绘入《郑和航海图》，成为当时中国沿海一处重要的航海标志。十五世纪荷兰船舶来此，称其为中国塔，是国际公认的海上航标之一。明万历年间，罗星塔被海风吹倒，后经福州著名学者徐勃等人倡议并募捐，在原塔基上复建。这座新的罗星塔，顶上有一小窗，守塔人每晚点灯，为夜船导航。

清乾隆四十三年（1778），台湾澎湖西屿岛上又立起一座灯塔，由澎湖郡伯蒋元枢、通判谢维祺二人募款建成。塔为七级，高约五丈，夜间悬灯，作为台湾、厦门之间的一处航标。

被称为"人间仙境"的蓬莱，清同治七年（1868）也亮起了一盏助航灯。登州府知府雷树枚为了让出入蓬莱水城的船只安全，便在蓬莱阁旁边的绝壁之上建了一座普照楼。普照楼为三层砖木结

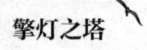

构，六棱楼身，顶层为一亭子，在形制上与蓬莱阁浑然一体，成为蓬莱的标志性景观。

然而，直到十九世纪中叶，在中国漫长的海岸线上，在多如繁星的岛屿上，灯塔寥寥无几。夜间除了星月，难见其他光亮。

此时，中国国门已被西方大炮轰开，人们在惊醒之后"睁眼看世界"，看到了光怪陆离的"西洋景"，看到了西方国家在许多方面的先进与强大。有人出国后看到一座座灯塔，大为赞赏。如中国近代早期维新派的代表人物王韬曾游历欧洲多国，写了一本《瓮牖余谈》，其中对灯塔津津乐道："西国舟人，稳于航海""欧洲诸国，凡于所属洋面，察有险要处所，即在石面上建塔一座，虚其中，用螺纹旋上。每塔以数人守之，夜在塔顶燃灯数盏，照耀洋面，俾使行船者遥见之，欲知趋避。"

尽管国人对西方灯塔惊艳者有之，羡慕者有之，但是谁也没有能力将其大量移植于东方。因为那时大清王朝这艘破船风雨飘摇，随时可能在历史长河中触礁沉没。掌权者顾不上为渔民和水手着想，建灯塔这事，竟然交给外国人实施。那时，来华的外国商船日渐增多，官方与他们打交道时语言不通，只好聘任外国人代理海关事务。1858年11月8日签订的《中英通商章程善后条约》规定："任凭总理大臣邀请英人帮办税务并严查漏税，判定口界，派人指泊船只及分设浮桩、号船、塔表、望楼等事，毋庸英官指荐干预。"这就是说，把建造灯塔等事务统统交给政府"邀请"的英籍税务官打理了。

1863年，清政府任命一位英国人担任总税务司，这人叫赫德，年仅二十八岁。但他熟悉中国情况，十分敬业，建立了以总税务司为首脑、各国洋员为骨干的英式海关管理制度，完全掌控了中国海关大权。此后，关税大大增加，成为清廷最稳定、最可靠的财源，赫德也成了大清国的"财神爷"。他为了让中国的航道通畅，开始建造灯塔，且于1868年组建了负责航标建设的船钞股。所谓船钞，就是对停留口岸船只征收的税金，赫德将部分税金用于灯塔建设，并让船钞股负责。从此，灯塔在中国的长江口和"南洋""北洋"

等地陆续出现。其模样，都长得与西方那些差不多，大多是圆柱体，与中国传统建筑风格大相径庭。所用灯器，均从西方进口；管理人员，也多从西方引进。中国的航标系统，从此与国际接轨。

在"北洋"，即黄海、渤海，最早的一座灯塔建在离烟台5海里的崆峒岛上。1990年，我和参加烟台笔会的一些作家登岛采风，给我留下深刻印象的，除了堆满海滩的鹅卵石，便是那座有红白二色横纹的老灯塔。听当地人介绍，这塔是英国人建的。当时设在烟台的东海关由英国人卢逊负责，他向总税务司赫德打报告，要建造海关码头和辅助设施，得到批准。建码头的同时，卢逊让英国人福莱尔在崆峒岛上建一座引航灯塔。福莱尔既管设计又管督建，花费2700英镑，让灯塔于1866年建成，在22海里外可以看见它的灯光。当时这塔命名为卢逊灯塔，也叫烟台灯塔，1905年改名为崆峒岛灯塔。因为东海关又在对面的烟台山上建起一座，叫烟台山灯塔。

海关主持的灯塔建设，并非一帆风顺。山东半岛的最东端是成山头，秦始皇曾两次驾临此地，惊叹这里为"天之尽头"。成山头附近海域礁石多，水流急，雾浓风大，为海道极险之处，自古以来有许多船只至此触礁，丧生者不计其数。当地民谣云："成山头，成山头，十个船工九个愁。"然而这里是海上交通要道，去京津的必经之地，因此，大清海关在建起崆峒岛灯塔之后，决定把北洋第二座灯塔建在这里。1873年，海关派遣灯塔处福西特等人前来勘察，接着雇用当地民工开始修建。因为中外匠工报酬悬殊，中国民工不满，与洋人发生争执。1874年7月30日，争执再起，福西特开枪将一名中国民工打死。中国民工的情绪像山崖下的海浪一样汹涌，坚决要求福西特抵命。但福西特被地方官府带走后，很快在领事裁判权的庇护下"无罪"获释。民众更加愤怒，以各种方式抗议，山东地方官员觉得灯塔惹来大麻烦，就想停建。但赫德不同意停，为平民愤，将福西特解雇，同时给了海关驻烟台理事以处分。经赫德斡旋，总理衙门下令，灯塔工程才得以继续，于当年建成。这样的纠纷，在全国的灯塔建设中还有一些，归根结底，就是当时国家积贫积弱，民众受歧视、受盘剥。

我国近代最早的一批灯塔，还有作为军事设施建造的。1888年，北洋水师成立，总部设在威海卫刘公岛。为了军舰出入安全，还在此建了两座灯塔。一座叫赵北嘴灯塔，位于威海湾南岸，塔身高出水面28.65米。该灯塔由法国巴黎邵特利孟公司设计，在法国本土制造，塔身呈下粗上细的圆形。塔壁由6块弧形铸钢件组成，用船运至威海卫组装而成。如果天气晴朗，在15海里外能看见灯光。另一座叫旗杆嘴灯塔，位于刘公岛西端，因为射程、照度不足，在甲午战争后被拆除。1898年，在金线顶重建了一座。

北洋水师的另一处基地在旅顺口，用于军舰的维护与修理。军港内外，先后建造了一批炮台及附属设施，并且建了两座灯塔：一座在军港出口右侧的老虎尾半岛上，1888年建成；另一座在老铁山西南隅海边，1893年建成。老铁山灯塔由法国设计师负责设计，英籍工程师组织建造和安装。因为主要材料和设备均属法国制造，而且建在偏远的山上，耗资巨大，共用去5 100英镑，按照当时的汇率，折合成白银3万余两。老铁山灯塔射程25海里，是当时亚洲照度最强、能见距离最远的灯塔之一。它在黄海、渤海分界线上，"一塔照两海"，不只为北洋水师的军舰助航，也为出入渤海的商船、渔船提供了一份安全保障。老铁山水道地形束窄，海流湍急，最快时能达到260厘米/秒。过去有一句老话："到了铁山岬，艄公麻了爪。"有了老铁山灯塔的指引，艄公们的紧张程度大大降低。

北洋水师的4座灯塔，除了旅顺军港内的老虎尾灯塔，建成后都交由海关管理。不过，一曲黄海悲歌很快为北洋水师奏响，几座灯塔见证了1895年北洋水师的全军覆没，见证了日本军舰高挂太阳旗，对两处军港的强行侵占。

1897年，北洋的另一处战略要地胶州湾被德国人占领。德国人要把这里建成所谓的"东方模范殖民地"。他们整修小港，新建大港，还在潮连岛、大公岛、小青岛、游内山、马蹄礁等五处建了灯塔。夜航舰船，可以受它们的指引，顺顺利利进入胶州湾港口。潮连岛灯塔和大公岛灯塔都在海里，除非乘船经过那里，很难见到。马蹄礁灯塔建在小港口门西侧的一块礁石上，游内山灯塔建在团岛,青岛市民和外来游客最常见到的是小青岛灯塔。小青岛像一块浮海的碧玉,山顶上的灯塔则像一枚倒置的银钉。到了夜晚,灯光闪烁,明明灭灭,被人誉为"琴屿飘灯",让这里有了几分浪漫气息。不过,当大雾弥漫,青岛的三座灯塔一齐隐身时,岸上和海上的人会听见一种巨大的声音,"哞——",那是游内山灯塔的气雾号响了。气雾号是西方式灯塔的附属装置,也叫雾笛,由柴油机带动空气压缩机吹响,供航船根据声音判断方位。老百姓听到这声音,都说"海牛叫了"。"大雾到,海牛叫",在青岛人心中烙印甚深。青岛第一家职业足球俱乐部于1993年成立,便以此命名,让"海牛队"的吼声响在了绿茵场上。

灯塔,也有民间自建的。在青岛港西南方向70海里就有一座。日照人贺仁庵是二十世纪二十年代起家的民族航运企业家,年轻时就读于青岛礼贤书院,毕业后回到家乡石臼所经商。他成立了"长记"船行,先用自家帆船,后陆续置办轮船多艘,往来于石臼至青岛、大连、上海等地从事航运业。事业发达后,他在青岛馆陶路设立"长记轮船行总行",把业务重心放在了那里。鉴于石臼所没有灯塔,他多次以日照商会的名义向青岛海关提出建灯塔的申请,但海关只注重大海口和重要航路,对他的请求不予批准。贺仁庵只好改变主意,表示愿意自筹资金兴建,希望海关能提供灯塔设计图。1932年秋天拿到图纸后,他请工匠在石臼所东南一处礁石上动工,第二年春天完成。此塔总高16.6米,灯具从德国进口,射程达14海里。灯塔落成后,海关派来三位英国籍看守管理,薪酬由贺仁庵支付。

在南洋,自费建灯塔的也有,如浙江象山的任筱和(1876—1944)、任筱孚(1879—1953)兄弟。他俩一个打鱼,一个经商,看到东门岛门头附近的海域有暗礁,险恶如虎,毁船伤人,便于1915年买下门头山,建造了灯塔。建成后不久,因塔内存煤油管理不善,灯塔毁于大火。兄弟俩决心重建,倾家荡产也在所不惜,四年后终于如愿。自那以后的数十年中,任氏兄弟一次次倾尽家财,并设法筹资,又在台州磨盘山、舟山菜花山、烈表嘴、象山鸡娘山、铜瓦门、三门山等处建造灯塔。为建这7座灯塔，兄弟俩吃尽苦头，时人称他们"二难"，即难兄难弟。老大任筱和去世后，当地百姓感恩戴德，修建了"二难先生墓"，并在天妃宫为他们塑像。

由于海关主导，持续推进，其他力量予以辅助，近代中国的灯塔建设卓有成效。1908年，主持大清海关近半个世纪的赫德已七十三岁，年老多病，写了这样一首诗："你嬉戏已足，你吃饱喝足，该是你离去的时候了。"他决定离开北京，回国休养。这时中国已经建了160座灯塔，沿海各港口间已经初步形成了灯塔链。

三年后，赫德在英国病逝，大清王朝也在武昌起义的枪声中走向了灭亡。中华民国时期，海关船钞部先后改称海政局、海务部，还是由英国人负责，又在中国沿海先后建设大型灯塔43座。

在海州湾以东的中国南北干线航道上，有三个岛屿：平岛、达山岛、车牛山岛。1935年，国民政府总税务司署胶海关出资，责成连云港分关在车牛山岛上建造灯塔，1936年11月15日建成。这是海关建造的最后一座灯塔，仅仅用了一年半，即被侵华日军炸毁。随着战火在中国沿海的蔓延，那些灯塔不是被炸，就是中国人主动拆毁以免被日本人利用，各地灯塔大多熄灭。战后，国民政府收拾残局，对灯塔盘点、修复、再度启用。至1948年12月，中国沿海的灯塔尚有137座。

灯塔的作用不只是引航，还宣示主权、海权，所以新中国成立之后，中国大陆的所有灯塔逐步收归海军管理。与此同时，对航标进行检修、重修。1958年，海军将沿海商港、商用为主的军商合用的港口以及近海短程航线的航标移交交通部管理，沿海航标管理体制形成海军、交通、水产分管的格局。1980年，国务院、中央军委批准原由海军管理的海上干线公用航标移交交通部管理，并进行管理体制的改革。1998年，中华人民共和国海事局成立。2012年，交通运输部在原有海事航标管理机构的基础上，再次调整机构设置，组建了交通运输部北海、东海和南海航海保障中心。

几十年间，主管部门除了维护原有灯塔，又陆续新建了许多。其中一些离开陆地，矗立于万顷碧波之上。如天津大沽河口原来用灯船引航，效果不佳，1978年，在天津港锚地建起一座高56.45米、灯光射程17海里的灯塔。这是我国自行设计、自行建造的第一座海上最高灯塔，也是目前我国唯一一座有人值守的海上灯塔。再如，在南海的南沙群礁上，从2015年至2016年，先后建起了华阳、赤瓜、渚碧、永暑、美济五座灯塔。远离大陆，面对"三高"（高压、高湿、高盐），建塔何其难也！然而，建塔人以坚强的意志、高超的技术，终获成功。

截至2020年，我国沿海及海上共有大型灯塔235座。几十年来我到各地海边游览时，特别是为了写作纪实文学《黄海传》在黄海西岸采访时，曾经观赏、考察过许多座灯塔。如果是在夜晚，我望见它们擎灯高照，都有一种景仰、沉醉的感觉泛上心头。元末明初浙东名僧昙噩的《金山寺》一诗，有"塔擎灯影明云杪，船载钟声出浪堆"之句，我觉得可以改成"塔擎灯影明沧海，船载涛声出浪堆"，用来形容在灯塔照耀下的动人夜景。

三

2019年的一个秋日，朋友给我打电话，说贺仁庵先生的女儿贺郁芬从台湾回来了，要去看石臼所老灯塔，让我也过去。我早就知道，贺女士是台湾日照同乡会理事长，以前回过几次日照。我到了位于日照港区的灯塔公园，看见穿粉色上衣、蓝色牛仔裤的贺女士正和朋友说话。她1954年出生，看上去却很年轻。她热情地与我握手，说这次回来，主要是为了看看新建成的灯塔公园和海龙湾新灯塔。

灯塔公园由日照港投资，围绕老灯塔搞了多项建设，塔前有一道棕色浮雕墙。贺女士指着墙上的一幅幅画面，讲她父亲当年的航运事业。讲他租轮船到大连买来高粱，在日照"平粜"（即平价卖出），既缓解了当地的饥荒又让他赚到了"第一桶金"；讲他置办轮船后，以低廉票价和优质服务把日本客轮逐出青岛至海州航线；讲他为发展石臼港口，攻坚克难建成这座灯塔；讲他在日本军队占

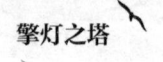

领青岛前夕，响应市政府号召，将他辛苦多年才拥有的六艘轮船沉入胶州湾航道以阻挡敌舰……我一边听，一边看贺仁庵先生的浮雕像，心中肃然起敬。

我们还看了灯塔下面用花岗岩垒起的五间瓦房。这是当年三位英籍看守住的，饱经风霜，墙根现出斑斑盐渍。贺女士说，当年父亲带他哥哥来看灯塔，尚在童年的哥哥见了三位金发蓝眼高鼻子的外国人，吓得躲在父亲身后。父亲说，不用害怕，他们是来帮我们管理灯塔的。我想向贺女士详细了解那几位灯塔看守的情况，但她摇摇头说，她出生在台湾，没见过他们，只听说由父亲发放工资，日军侵华之前看守们就离开了这里。

灯塔前面，立着一高一矮两块石碑。矮的是文物保护标志碑，上面刻着"省级文物保护单位"，中间刻着"石臼灯塔"，下面刻着"山东省人民政府二〇一五年六月二十三日公布 日照市人民政府立"。高的则是纪事碑，用玻璃罩盖起，上面刻着清末翰林、曾任山东法政学堂校长和山东图书馆馆长的庄陔兰先生撰写的碑文。因为年代久远，加上人为破坏，碑文已不完整，但我还是读出了当年的一段往事：1932年，巨匪刘桂棠部窜至日照烧杀掳掠，正欲攻打石臼所时，贺仁庵发电报请求青岛特别市市长、东北海军舰队司令沈鸿烈解救，沈便派来军舰两艘，向土匪营地打炮，将其吓跑。为了感恩，贺仁庵建成的这座灯塔，以沈鸿烈的字"成章"命名，并请庄陔兰先生撰写碑文，刻碑纪念。

我在石碑前叹息几声，转身与朋友一起登塔。灯塔的外观，是棱台八角形，五层，用的石头颜色有深浅，一层灰黑一层白。里面则是绕着墙壁螺旋式上升的石梯。登上顶层，见室内空空荡荡，没有了灯器，只有秋风吹着塔檐发出尖利啸声。我转过身，想象自己成了当年的灯塔看守人，望着无垠的蓝海发呆。

我看过有关资料，当年海关总税务司赫德认为，灯塔的建造技术与管理水平都是世界一流，大清国很少有人掌握这些，就从海外引进人才，以高薪聘用。从上到下，形成了外国人把持的中国灯塔建设与管理的体系。这些人的工资，都高于本国同类岗位。灯塔系统的最底层——灯塔值事人（分为头等、二等、三等），薪酬也很可观，每人每月能领三十到七十两银子。十九世纪六十年代，英国经济萧条，好多人失业，所以有人被高薪吸引，愿意来中国看守灯塔。辛亥革命之后，中国虽然改朝换代，但是直到1948年，海关还是由英国人把持，灯塔看守人也以外国人为主，薪酬仍然较高。

不过，看守灯塔也很辛苦。他们每天从日落开始，分为三班上岗，直到日出。谁值班都不能睡觉，要保证灯一直亮着，而且要以手摇方式拧紧巨大发条，使灯器缓慢旋转。白天补一觉后，还要认真保养灯具。灯塔大多在人迹罕至之处，有的还建在海上，他们每日每夜只听浪涛喧哗，少闻人声。即使见到当地人，也因为语言不通难以交流。所以，这是世界上最寂寞、最孤独的工作之一。我想象他们遥望大洋想念家乡的情景，心中像灌满了秋风一样苍凉。

资料显示，灯塔看守人最初以英国人为主，后来有多个国家的人加入这个群体。海关也招募少量中国人做灯塔值事人，但是待遇比外国人低。俄国十月革命之后，一些俄罗斯人背井离乡来到中国，恰巧中国宣布参加一战，将德国和奥地利籍海关人员辞退，他们就填补了空缺。二战初期，因为苏联尚未与日本开战，这些人可以继续在多处灯塔任职。成山头灯塔本来由美国人管理，但是1940年日军占领了这一带，1941年珍珠港事件发生后，就把美国人赶走，聘用俄罗斯人伊塞克接管成山头灯塔。这个伊塞克善良、正直，他用平时积累的医学知识和从国外带来的药品，经常免费为当地百姓治病，深受人们爱戴。胶东半岛那时活跃着抗日武装队伍，伊塞克利用灯塔管理员的身份为他们提供情报，给予种种帮助。后来，他被日军逮捕囚禁，直到二战结束才重获自由。但是伊塞克的身体已被折磨坏了，很快去世，年仅四十七岁。当地人满怀尊崇为他塑像，让他站在这里永远守护灯塔。我去成山头游览时，特意走到伊塞克像前，向他鞠躬致敬。

那天，我从石臼所老灯塔上下来，还与贺郁芬女士等人去看了石臼所老灯塔的复制品。日照港区的东北角，本来用作煤炭堆场，大量从内地运来的煤炭放在这里，等待装船外运。大风一来，煤粉飞扬，连北面紧邻的海滨景区都受影响。日照港鉴于这种情况，决定"退港还海"，从2017年开始实施"海龙湾工程"。两年间，整治岸线1882米，形成沙滩46万平方米，并建起一道弯如巨龙的观光长堤，深入海中。长堤的尽头，则是按1∶1.5的比例建起的石臼所灯塔。我们绕塔观望一圈，为这个创意赞叹，也为这座灯塔不能发光感到遗憾。

目光沿着海龙湾的金色沙滩北移，便看到了能发光的灯塔。当年大港建起后，石臼所老灯塔被港上的建筑物遮挡，海事部门便在港区北门外的高岗上另建了一座。它原名石臼灯塔，1992年石臼港改名为日照港，灯塔也改名为日照灯塔。这座灯塔褚红色底座，乳白色塔身，高大挺拔，早已成为日照的标志性景点之一，每天有很多人到此游览。

我也无数次到过这座灯塔下面。1988年夏天，我带妻子女儿从莒南县城到日照玩，在塔下流连忘返，并请在此营业的摄影师照了一张合影留念。1990年我调到日照工作，除了多次在白天过来，还曾在晚上来此，看着它发出的灯光浮想联翩。

与贺郁芬女士见面后，我想了解更多关于灯塔的情况，便去采访了日照灯塔的管理人员。

那天万里无云，灯塔在蔚蓝天幕上格外显眼。进入底厅，首先看到的是中国海事局局徽，以及下面的八个大字"燃烧自己，照亮航程"。通过熟人早已约好的孙会伟站长迎上来，向我做了一番介绍。他说，日照灯塔建于1985年，现在属于中国海事局北方航海保障中心青岛航标处日照航标站管理。孙站长1992年毕业于大连海事大学航标专业，另一位年轻同事也从那个学校毕业。二十世纪八十年代的航标管理人员，有的是招工进来的，有的是转业军人。海军将海上干线公用航标移交交通部时，有些军人转业到了交通部海事部门。现在，他们基本上都退休了，从二十世纪九十年代起，大学毕业生就成为航标管理的主力。我看见，他与年轻同事都穿着蓝色海事制服，显得很酷，特意拍了一张照片。

我问，就你们两个人，怎么排班？他说，白天一个，晚上一个。现在的灯器用日光阀控制，根据外面的亮度自动开启、关闭。如果断电，能自动切换到柴油发电机或者电池组。灯具有了故障，也会自动切换到备用灯。所以，即使夜间值班，也比较省心。

说完，他领我登顶。沿着赭红色半月形的螺旋楼梯往上爬，一圈一圈。灯塔总高36.2米，相当于十几层楼高。楼梯终结于一个方形小口，我爬出去站上顶层，忍不住大口喘气。我问孙站长："你们每天都要爬上爬下？"他说："是的，每天都要把楼梯和灯器等等擦拭一遍。不光干这些，隔一段时间还要给塔顶重新刷漆。那是个圆弧形，在三十多米高露天作业，要绑上安全绳呢。"

说话间，就到了灯室。那个银白色的灯器与我等高，圆柱体玻璃上有一道道横沟，分为上下两段，上细下粗。站长说，现在中国灯塔用的灯具都是国产的，科技水准在国际上领先。我问，到了夜间，它几秒钟发光一次。站长说，八秒。我望着外面的大海，想到这盏灯的灯光能射出18海里即33公里多，忍不住赞叹它的威力。

站在塔顶，孙站长向我指点老灯塔所在的方向。因为被一片小树林挡住，我看不到它。孙站长说，你可以采访从我们站退休的张师傅，他以前是老灯塔看守员。我一听大喜，让他联系一下。几天后，我通过电话对张师傅做了采访。

张师傅叫张承亮，虽已退休，但脑子好使，言语表达也很清楚。他说，他老家是诸城，父亲因为家里穷，年轻时到青岛打工。有一个亲戚在海关，帮忙说话，让他1927年当了航标看守员，土话叫"看灯的"。他父亲第一个岗位是在大公岛灯塔，在青岛港东南11海里的孤岛上，一年才能回家一次。大公岛灯塔是德国人建的，后来日本人管过，英国人管过。灯塔看守员是五个，看守长是外国人，另外几个是中国人。最早领的工资是大洋，比在青岛打工挣得多。后来，他父亲还先后去过青岛的另外几座灯塔，并且被派到大连，看管蛇岛灯塔。那个岛上有很多蛇，父亲每当坐船过去给灯塔换电池，都要做好防护，把裤脚、袖口、领口扎好，换上电池就回来。父亲看过的灯，光源先是煤油气灯，后来是乙炔，再后来是电池。

老张说，他1950年出生在青岛市北区，父亲早已把家安在那里。那时候灯塔由海军管，他父亲就入了军籍，享受上尉待遇，穿军装，但没有帽徽领章。他父亲先被派到车牛山岛，半年轮休一次。1955年，又被派到石臼灯塔。一家五口都来了，都是城镇户口。他们住在灯塔下边的三间平房里，院门口有一个牌子"谢绝参观"，那是部队挂上的。当地人把灯塔叫"灯楼子"，和他父亲一起看"灯楼子"的还有一个人。那人后来去了江苏，这里就剩下父亲自己。这座灯塔是贺仁庵建起的，三面环海，一面是沙滩。灯塔西边是龙王庙，西北方向是石臼所。那是明朝洪武年间为防倭寇建起的一座城，属于安东卫。他五六岁时去玩，城墙已经没有，但是轮廓还看得见。

老张记得，二十世纪五十年代，石臼灯塔的光源是乙炔，开灯时拿火柴点，很危险，搞不好会爆炸。六十年代改用干电池，串联加并联，十几块连在一起，消耗量很大。七十年代年又改用蓄电池，两个一组，配上充电器，一直用到1985年这座灯塔停用。中间还做过风力发电试验，但没成功。

老张从小在石臼上学，上完小学上中学。上中学的时候，他就能帮父亲看灯塔了。高中毕业后，他待业好几年，父亲的职责基本上由他代理。除了管理灯塔，还经常出海检查航标。直到1975年，国家恢复了工人退休由一名子女接班的政策，六十九岁的父亲才办理退休，他成为管理灯塔的正式职工。他们父子俩，都为自己的这份工作感到自豪，尽职尽责，从来没让灯塔出过事故，该亮的时候一定会亮起来。当地的渔民、搞运输的船员，都对灯塔有了感情，每当黑夜里回来，他们一看见石臼灯塔的亮光就知道要到家了，心情激动。

这里的大海，也给老张留下深刻印象。他没事的时候就看海，看海平静的时候怎么样，不平静的时候怎么样。他说，涨潮的时候，波涛汹涌，海水能打到屋里，打到灯塔底部。特别是来了风暴潮，大浪轰轰地扑过来，景象非常可怕。老张还见过一些稀奇现象，譬如龙卷风，雷雨之前会出现。从天上到水里，一个大水柱子，滴溜溜转，但时间不长就消失了。譬如海市蜃楼，一些平房，几座山，悬在海平面上，当地人叫它"海旋子"。譬如"过大鱼"，就是鲸鱼从海里过，成群结队，春天往北走，秋天往南走。走的时候一起一落，还一下下喷水，场面非常壮观。

老张说，自从石臼大港开建，这里就变了样子。灯塔西边修了路，通到日照，通到北山，整天往这里运设备，运建材。大车和拖拉机拉来石头填海，海离灯塔越来越远。与此同时，新灯塔在北边开建，越来越高。等到1985年建成，老张到了新灯塔那边，老灯塔就不再亮了。

两代人，两座灯塔，老张和父亲是日照航标历史变迁的亲历者、见证者。老张说，他父亲九十岁时，他陪着过来，看了老灯塔，又看新灯塔，十分感慨。

四

灯塔在世界上存在了两千多年，在人类历史上熠熠生辉，产生了深远的影响。

首先，灯塔是海洋文明的一个构件。

人类自从出现在地球上，面对汪洋大海，就想从中获取生活资源，想越海寻找新的栖息地，进而与别的地方的人进行交换和贸易活动。船造得越来越大，路走得越来越远，必需的规则开始建立，海洋文明渐渐形成。然而大海桀骜不驯，暗藏杀机，在黑夜里特别凶猛。人类建造的灯塔，像一个个巨人立在海边、岛屿和礁石上，高举明灯，让光线穿透黑暗，给了水手和渔民以安全保障，给了他们征服浩瀚大海的勇气与胜算。海洋文明，因为灯塔而增加了内涵，增添了光彩。

中国的近代化，与灯塔的兴建同步。尽管有洋人介入，让国人感到耻辱，但是耻辱与进步同在。沿海地区灯塔成链，船只有了航行保障，中国与世界从此有了交流和联通。没有近代建起的这些灯塔，中国的近代化会大大逊色，中国汇入海洋文明的脚步会大大延迟。新中国成立之后，更多的灯塔屹然耸立，照耀着万里海疆，照耀着民族复兴之路。

一个世纪以来，航船上各种设备在不断更新，各种科技手段包括AIS虚拟航标在广泛应用，削弱了实体灯塔照明的重要性。但是有的海事专家认为，无线电航标会产生干扰，还可能造成意想不到的故障，包括信号的丢失和漂移等，所以它并不是完全可信的。近岸航行，最好借助灯塔航标。更为重要的是，现在的灯塔不只起照明作用，它们大多配备了各种导航和预警设备，如无线电指向标-差分全球定位系统基站、船舶自动识别系统基站、船舶交通管理系统雷达站、5G基站等，功能更加强大，航船还是离不开它们。

其次，灯塔是思想文化的一个象征物。

它象征着希望。茫茫夜海，四顾皆黑，方向难辨，险象环生。这时，水手突然看到灯光，便看到了希望，看到了安宁，心理会得到慰藉。因此，灯塔经常被比喻成精神的寄托，或信仰的力量。

它象征着勇气。天下之险莫如海，海洋令人敬畏，然而灯塔不怕。一灯高悬，茕茕孑立，再孤独也要坚持，再寂寞也要坚守。灯塔既是为船舶引航的明灯，也是激励人们奋进的精神之塔。2013年7月，第十二届全国运动会圣火在老铁山灯塔下采集，大概就有这方面的含义。

它象征着浪漫。在人们眼里，灯塔联系着星辰大海，联系着诗和远方。灯塔的审美价值十分突出，它与蓝天、碧海、轮船、白帆组合在一起，构成梦幻般的场景。因此，灯塔往往成为极具吸引力的旅游景区、结婚照拍摄点和网红打卡地。因为灯塔的浪漫属性，有的建筑物直接建成了它的模样。有些地方不需要灯塔，也建上一座，它不能发光，却能吸睛。

再次，灯塔是文艺创作的一个"大IP"。

世界上自从有了灯塔，就有了与灯塔有关的动人故事。真实发生的，扣人心弦。并不存在的，也被人虚构出来，成为传说，成为小说。作家们想到灯塔，会想到脚下与远方，黑暗与光明，静与动，生与死……会发现人性在那个特殊的环境里有哪些表现：正常的，扭曲的；善良的，邪恶的；勇敢的，懦弱的……读一读波兰作家亨利克·显克维支的《灯塔看守人》、英国女作家弗吉尼亚·伍尔夫的《到灯塔去》、詹妮特·温特森的《灯塔守望》等一些小说，会让人惊叹：灯塔竟然有那么强的激发力，让作家们脑洞大开，精彩的场面、动人的故事纷至沓来。

灯塔也激发了电影人的灵感，他们将摄像机对准灯塔，拍了一部又一部。有原创的，有根据小说改编的，《灯塔》《灯塔看守人》《大洋之间的灯光》《海角七号》《守岛人》，等等。电影中的灯塔与海洋美轮美奂，让观众心醉神迷；演绎出的人物命运，灯塔里发生的爱恨情仇，让观众唏嘘不已。

灯塔更让诗人迷恋。他们见到灯塔，创作激情不可遏止，吟哦、长啸，诗思随着浪花飞扬。灯塔成为诗歌中最常见的意象之一，承载诗意也成为灯塔的一项文化功能。讴歌灯塔的诗歌多如汪洋大海，让我们选读一首保加利亚著名诗人伊凡·伐佐夫的《灯塔》：

> 那是牧人点起的一堆篝火，
> 还是一颗在天边闪烁的明星？
> 那是忽隐忽现的一团野火，
> 还是哪个荒僻庙堂的神灯？
> ——伙伴！那是灯塔放出的光明！
> 漆黑的夜，深沉的夜，像是没有信念的心灵。
> 航船在茫茫大海里行走，
> 它前面是黑压压的路程，只有灯塔闪烁着光明。
> 它忽而躲进一堵黝黑的海岸，
> 忽而又愉快地露出可爱的笑容，
> 它沉入黑暗时，我的灵魂就闷闷不乐，
> 它重放光彩时，我的眼睛也泛着光明，
> 它更加亲切，更加充满盛情。
> 希望啊，你是我忧郁生活中的灯塔！

你是照亮我那孱弱的灵魂的明灯，
你是罗盘、明星、优秀的向导，
请你在黑暗和风暴中放出光明，
照亮我那航船的前程！

五

2024年5月29日下午，在日照灯塔以东的海面上，出现了一座灯塔。

不过，那只是我一时的幻觉。我稍一定神，它又复原成一枚火箭了。

媒体几天前就预告：5月29日下午4时左右，日照近海将实施一次海上卫星发射任务。国电高科将通过星河动力的谷神星一号火箭在海上发射平台进行天启星座"一箭四星"（第25—28星）专箭海上发射。消息的发布者还特意说明：日照灯塔景区是理想的观看位置。

虽然航天发射活动在中国早已成为"家常便饭"，2023年就有67次，我在电视上经常看到。但在日照发射卫星，却是开天辟地第一回，我必须去看。

与我有同样想法的人实在太多，到了那里我才发现，灯塔下、海岸边、礁石上以及附近一些楼顶与阳台，都站满了人，大概有几万之众。

天高云淡，大海平静。发射船离岸3.3公里，稳坐于一片深蓝之中。甲板上，谷神星一号海射型运载火箭高高站立，通体发白，远远看上去与灯塔十分相似。它已经立在那里好几天了，不知道夜间发不发光。

正为自己的荒谬念头觉得可笑，但又想到，它将要送上太空的卫星，也有引路这一功能，我的思路便豁然贯通。媒体介绍，这次"一箭四星"如果发射成功，将标志着我国首个低轨卫星物联网星座即将完成38星全面组网。"空天地海、四位一体"，这个卫星物联网，应用于电网、智慧农业、石油管道等8大行业16个领域。这就是说，在我家乡耕田播种的农业机械，也可能受惠于这些卫星，被它们指引。

正脑补着无人驾驶拖拉机在田野里作业的场景，眼前火光一闪，"腾"地一响。在万众欢呼声中，火箭脱离母船，直冲云霄！

我赶紧拍了几张照片，眼看着火箭拖曳着长长的尾焰，越飞越高。在响彻长空的轰鸣声中，它钻进云层不见，只留下一串白烟，一艘空船。

我回头看见，此时的日照灯塔，正高擎一轮太阳，把腰杆挺得笔直。

（原载于2024年第4期《时代文学》）

晃晃悠悠船老大

百年前的一个凌晨。鲁东南的一个渔村。

一弯下弦月从东方升起，给正在涨潮的大海洒下点点银光。

村边海滩上，停着一艘艘渔船，船上船下人影幢幢，有许多个光点乍明乍暗。这是下海的人收拾好了渔具，在抽着烟等待潮水。

渔村静静地卧在沙滩的尽头。村里的鸡叫声此起彼伏："勾勾喽——勾勾喽——。"

鸡鸣间隙，忽有女人的哭叫声传来。下海的人们竖起耳朵听，边听边问："这是咋啦？"

有人听明白了："是谁家要生小孩。"

他们听着一声声鸡叫，听着女人一声声哭喊。他们想象公鸡打鸣时昂首雄起的样子，也想象大肚子女人临产时的种种折腾。

又一声鸡叫响起来，"勾勾喽——"。就在那只公鸡底气十足，将后面的"喽"声拖得长而又长时，一声婴儿的啼哭声传来："哇——"

有人高兴地道："小孩来了。"

有人哈哈一笑："如果是带把儿的，准是个好样的船老大！"

这时，潮水涨到船边，船老大吆喝伙计们上船。大家把烟袋杆儿在手掌上磕磕，磕出一簇簇火星子随风飘散。

渔船漂浮在水上，小伙计喊起"撑篙号子"，将船撑离原处。接着，其他几位伙计唱响了"张篷号子"，一边唱一边奋力扯动篷绳。等到篷在桅杆上张成大鸟翅膀的样子，船便借助风力，以更快的速度向海里驶去。

当天下午，一些船满载而归。接海的女人一边手脚麻利地帮忙卸鱼，一边绘声绘色地说着新鲜事儿：昨天谁家生了个男孩，是在鸡叫声里落地的。

船老大点点头："嗯，是干我这一行的。"

若干年之后，那个男孩果然成了一名优秀的船老大，带船闯海，出生入死。

各位读者请海涵。上面这些描述，来自我的想象。

虽是想象，却有依据。我二十年前在海边采访，一位渔民亲口告诉我，如果渔家有男孩出生，生在鸡叫声里，他长大之后就会是个船老大。那只大公鸡叫出"勾勾"之后，将脖子压低、前伸，终于唱完那一声"喽"，再把脖子扬起、把头抬起时，如果正好有男孩出生，他就是船老大里拔尖的。

对这个说法，我曾向另外一些渔民求证，有人首肯，有人否认。否认的人说：没那回事。管他是什么时候生的，只要有本事，就能当上船老大。还有人反问我：现在有闹钟、手机了，不用鸡打鸣了，难道女人就生不出船老大了？

我想，沿海一带之所以有那个说法，无非是想说明船老大的来历不凡。

船老大，是渔民中的佼佼者。他负责一条船，是全船人员的灵魂，是向大海开战的将官。这个角色，非一般人所能胜任。

一

采集，渔猎，是史前人类的主要谋生方式。

采集，有的在陆上，有的在水边。古人习惯于逐水而居，在采撷植物果实的同时，也捡拾水边贝类，破壳食肉。由于捡拾的地点较为固定，丢弃的贝壳相对集中，渐渐积成大堆、积成长堤。这种贝壳堤、贝壳堆，至今保存在世界的许多地方。在龙山文化遗址之一的日照东海峪，就有典型的一处，它厚达二三十厘米，与大量陶片混杂在一起。捡一片贝壳瞧瞧，仿佛还能嗅到一丝远古的海鲜味儿。

我们的老祖宗不满足于捡食贝类，将贪婪的目光投向了鱼虾。于是，用手捉，用木棍敲，用骨质或角质鱼镖去刺，用荆棘做成鱼钩去钓。进而，还用麻绳或丝线结成网子，放入水中捕捞。我在许多博物馆见到史前人类制造的石网坠、陶网坠，想象那些涉水操网者的劳作，似乎能感应到他们觅食的急切和收获的喜悦。

人类学会制造木筏和船只之后，更是借助于这些工具，驰骋于江河湖海，享用更多的新鲜水产。此时，发明了文字的汉人祖先就专门创造了一个"渔"字，从水从鱼，将一种职业正式确认在中华文明史上。

我1991年到日照工作，次年曾在一家海水养殖场挂职半年，后来又在石臼、岚山一带采访过许多渔民。身为农家子弟，我对海边的一切感觉很新鲜。我发现，农业文明和渔业文明，真是完全不同的两大系统，一类人从土里刨食吃，一类人从水里讨生活。我在土地里滚大，深知"打庄户"的不易，到了海边，方知渔民更苦更难。

我参加过一次"拉笮"。那是较原始的一种捕鱼方式。我们抬着十二个人才能抬起的一张大网，到海边放到一只小船上，留一根网绳在岸上。三个渔民开船，到海里撒网，兜一个大大的圈子，回到几百米之外的另一处岸边，将另一根网绳抛上来。我们几十个人便分成两队，在两边往岸上拉网。大网沉得很，须弯腰弓背用上全身力气，每迈一步，都会蹬出一个深深的沙窝。老渔民带领我们喊起了号子："嗨呀！嗨呀！鱼儿来！鱼儿来！"喊着号子，踩着统一的步调，我们将网慢慢拉出大海。我听他们说，在过去，拉笮的人是光着屁股的，图的是干活利索、节省衣裳。一听这"拉笮号"，女人自会躲避。我想象那些光着屁股步步负重的前辈渔人，真切体会到了他们的艰辛。

拉笮，其实是在岸边捕鱼。过去有些渔民置不起大船，就用这种办法。还有的人，连小舢板都没有，只好拉"鸡毛翎网"：这种网并不是网，是一根长绳，上面隔一拃远便拴上两根鸡（或鸭、鹅、雁）的长翎。两个人扯起这根美丽的绳子在浅水里飞跑，一边跑一边"嗷嗷"大叫,将那些遭受惊吓的小鱼,赶向同伙早已在海沟里张起的网子。

更多的渔人是乘船出海,或垂钓,或下网。他们长年经受日晒风吹,人人肤色黝黑。他们从事高强度体力劳动,个个肌肉丰满。他们在风声涛声中说话,都练出了一副大嗓门,一发音就是高分贝。他们要在颠簸着的船上站稳,恨不得像树木一样扎出根来,久而久之,十个脚趾会大大张开,难以并拢。每当出海归来,一踏上坚实稳定的陆地,他们会不同程度地出现"晕岸"现象:脚步踉踉跄跄,身体晃晃悠悠,要过一会儿才能适应。

在刚刚上岸的渔民里面,你会发现有这样的人:他脚步不稳,但目光沉稳。他身体晃晃悠悠,但神态笃定安详。他有一种气场,会慑服周围的人,谁见了都会恭恭敬敬叫一声"老大"。他有一种气概,让那些"旱鸭子"以及接海的女人纷纷投去崇拜的目光。其中一些,是"公鸡中的战斗机",上岸后大声说笑,大声放屁,大碗喝酒,大口吃鱼,将海滩与码头变成了他展现豪迈人生的舞台。

这样的人,就是船老大。

二

二十多年前,我随一位船老大出过海。他那天要带人按惯例去起网,我问他可不可以跟着看看,他慷慨答应。

以前日照渔民捕鱼,主要的方式是下坛子网。他们根据经验,到海里选一个海流经过的地方,打上木桩,叫作"打户"。谷雨过后,渔民便在"户"上拴上一张张大网,每张大网上拴两个坛子,让坛子口朝下以浮起渔网。每当大海涨潮,网口迎流张开,途经此处的水族纷纷入内,小的从网眼里逃走,大的则在网里困住,被按时赶来的渔民起网收走。日照渔民在近海忙活一个春汛,还会跟着鱼群虾群"下北海",到辽东半岛与渤海湾打户张网。当地一些渔民学习了这种捕鱼方式,称日照船老大为老师。有意思的是,每年去北海,都有姑娘跟着日照"老师"过来,嫁给他们,成就一桩桩姻缘佳话。还有的"老师"认为"北海"鱼多人少，就在那边落户，不再回来，渐渐繁衍成村庄，让独特的日照乡音代代传承。

那天我们出海，是在一个晴朗的春晨。四个人乘一艘40马力的渔船，从岚山渔港出发，向太阳升起的地方急驶。海风带着腥气从我耳边掠过，报告着鱼汛的到来。"海猫子"（海鸥）边叫边追逐船只，看甲板上有没有鱼虾可抢。那位姓张的船老大掌着舵，不时回望岸上的标志物以校正航向。

我们跑了半个多小时，后面的海岸早已不见，只露出几座山头，前面却出现了一个让人惊异的景象：似乎有许多人在那里泅渡，一个个脑袋载沉载浮。我知道，"大网行（hang）"到了。近前看看，果然是一个个底朝天的坛子，还有一根根露出水面的木桩。有好几条船已停在那里，船上的人都在忙活。

老张让船靠近他的网地，将机器停掉，指挥两位船工起网。他熟练地使橹，让船靠近网囊，一位船工提一根长篙，迅速勾起网绠，另一人伸手抓住。他们二人一起提上网囊，拽开底部的活结，将鱼货倒进甲板上早已摆好的塑料筐。有一些鱼没被倒进筐里，在甲板上活蹦乱跳，招得船老大的一顿臭骂。两个伙计一声也不敢吭，将网囊重新扎好，扔进海里，又蹲下身去收拾鱼货。

这时候，我晕船了。渔船开着机器行进，基本平稳，一旦停下，浮沉幅度很大，我就觉得恶心欲吐。好在，起网作业很快结束，老张又发动机器返航了。

回到渔港，他老婆与几个帮忙的渔家妇女分拣鱼货，老张坐到一边抽烟休息。我与他交谈起来，请教一些问题。我问他："去大网行，白天能看到岸上的标志物，夜间靠什么指路？"他说："靠星星。"我问："如果是阴天呢？"他说："凭感觉。"

好一个"凭感觉"！这正是船老大的过人之处。黑漆漆的夜，黑漆漆的海，他们竟然凭着感觉去十几里、几十里之外的海里找到自家网地，就像老农民到自己的地里干活一样，轻车熟路，来回自如。这个本事，让我由衷赞叹。

我听说，过去开"黄花船"的船老大更是厉害。

那时，位于盐城至长江口东部海域的"吕泗洋"是著名渔场，每年一次的黄花鱼汛，引得日照渔民纷纷前去捕捞。因为要去几百里甚至千里之外，都用载重十多万斤的大船。那种船被称作"黄花船"，一般人家造不起，只有那些有实力的渔行才行。在日照的涛雒、栈子、石臼等海口都有好多，平时搞运输，每到阳春三月，便去吕泗洋"打黄花"，因为捕捞这种鱼，远比搞贩运挣钱多。一条条四桅或五桅大船在鞭炮声中起航，升起篷帆，向南方而去。那些五桅船巨大而威武，桅杆上都贴了红纸，分别写着："大将军八面威风""二将军前部先锋""三将军随后听令""四将军一路太平""五将军马到成功"。他们到了吕泗洋，加入千船围捕之阵，将一网一网的黄花鱼倒入船舱，撒上盐，或在海上直接卖给去收购的，或者拉到上海等地再卖。等到黄花鱼汛结束，便载着最后一船鱼回来。黄花船共五个舱，如果有四个舱装满，就是重载，回港时要插"重旗"，将一面红旗插上大桅杆。这样，一来是向岸上人报告丰收喜讯，二来让家人早做准备，多雇人接海。万顷碧波之中，飘着红艳艳的"重旗"，是那时候海边人心目中最美的风景，会引发一阵阵热烈欢呼。

"黄花船"只干一个春季，夏天检修，秋冬季节则搞运输，来往于青岛与长江口之间。每年的第一趟运输，是从贩运莱阳梨开始的。在青岛沙子口港装上一船，"装上梨，不问天"，天好天孬都得走，因为梨容易坏，不能耽搁。到了苏南或长江口，奔向各个码头，火速出手。有时为了找到好的买家，还要雇人拉纤，进入内河。卖完这一茬梨，再把山东的花生油、生猪、豆饼之类向南运。从南方回来，则装崇明布、桐油、猪血、红麻等货。猪血，是北方渔民用来"血网"的，新结的渔网要放在猪血里煮，以增加其结实度和对鱼虾的吸引力。

在下"南洋"的航程中，船老大起着绝对的核心作用，十几个人，唯其马首是瞻。船上的伙计们，在家哪怕是船老大的长辈，是他的亲爹，上了船也要乖乖地服从其指挥。因为，"老大多了船会翻"，如果不是由船老大专权独断，会出各种麻烦甚至重大事故。

船老大，不管是开自家船还是雇给别人，都是因为他有本事，航海捕捞经验丰富，被大家公认。据说，船老大看看风向，看看云状，便知未来几个小时天气如何。他听听船头水声，便知航速多少，到达目的地需要多长时间。他看看海水颜色，尝尝海泥味道，便知已经到了哪个海域。他爬到桅杆上望望，或用空心竹竿插到水里听一听，便知有没有鱼群，是什么鱼种，鱼苗是厚是薄。所以，一个有经验的船老大，七老八十也是宝。据说，过去有一位船老大，年纪大了，眼睛瞎了，还是被人抬到船上发号施令。有一回海雾很大，船老大睡了一觉，起来闻闻海风，说船跑偏了，快到日本了，伙计们急忙调帆转向。跑了一段问船老大，现在到了哪里，老大让他们捞出一点海泥，他尝了尝说，快到长江口了。过一会儿，大雾消退，崇明岛果然遥遥在望。

我二十年前，就欣赏过日照渔民唱的"满江红"。这种民间小调，旋律婉转、古朴典雅，有"细曲""雅歌"之称。过去，渔民从海上满载而归，便与亲朋好友饮酒欢聚。酒至半酣，手舞足蹈，忘情欢歌，碗、碟、盅、筷都成为敲打节拍的助兴乐器。1957年春天，日照县民间艺人参加全国第二届民间音乐舞蹈会演，唱的就是"满江红"，中央人民广播电台找他们录了音，播放过多次。

我是学过音乐的，一听便知"满江红"不是本地出产，是"舶来品"。因为，它像糯米团一样甜甜软软，吴侬味儿十足。有一曲《梧桐叶落金风送》，唱词如下：

梧桐叶落金风送，
丹桂飘香海棠红。
是谁家半夜三更把个瑞琴弄，
操琴的人全不顾人心酸痛。
才郎出后奴的个房中儿空，
思念那郎君心情倒有个千斤重，
待要奴的愁眉展哎，
除非是奴的个冤家速还家哎早回程！

其实，这只是记录了唱词主干，词语之间还有一些"哎"，一些"呀"，极尽缠绵，与鲁南小调的爽直、纯朴迥然不同。

我了解到过去渔民"下南洋"的经历，便猜出了"满江红"的来历：那是日照船老大从温柔之乡带回来的。他们卸货装货时客居码头，免不了去青楼歌馆寻乐子。那些花枝招展的小姐，那些"手拿碟儿唱起来"的小曲，让他们心旌摇动，他们就跟着学，跟着唱。回到船上，回到家中，还是念念不忘，哼唱不已，有空就找关系亲密的伙计们唱起来。他们记不清那些曲名，但记得歌楼外江面上那些摇曳多姿红彤彤的灯影儿，于是统称这些小曲为"满江红"。

"满江红"，已被山东省列为第一批非物质文化遗产，被文化和旅游部列入第二批国家级非物质文化遗产保护名录。

"满江红"，承载了日照船老大的一份浪漫记忆，耐人寻味。

三

船老大威风八面，偶尔还能来点儿小浪漫，但这只是他们光鲜的一面，而且只是这个群体当中一小部分拔尖者才能享受的荣耀与待遇。绝大多数船老大，即使胆识过人，本领超群，依然是地地道道的渔民。他们终日面对动荡不安的大海，奔赴吉凶难料的前程，过着含辛茹苦的生活。

日出而作，日入而息，是农民的习惯。但渔民不一样，过去要看潮水行事，尤其是下坛网的，每天都要根据潮涨潮落安排作息。他们要在潮水涨起时出海，在平潮时到达网地作业，在没有钟表的年代，很难睡一个安稳觉。尽管家中老人或妻子会"值更"，晴天到院里看三星走到了哪里，阴天在屋里点上香看烧掉了几根，时辰到了就把下海的人叫醒，但下海的人还是睡不踏实。尤其是船老大，要惦记这惦记那，唯恐盘算不周，出现差池。

那时候下海，人人是两套衣着：一是夹袄斗裤。由渔民的母亲或妻子加工而成，用布块一层一层叠起，细针密线，纳成铜钱一般厚，有五六斤重。这其实是渔民的铠甲，穿上它，一般的风浪打不透。这一套，渔民是光着身子穿的，而且不要扣子，只将夹袄束进斗裤，用一根棕绳扎住打个活结。一旦落水，将绳扣一拉，衣裤立马被浪卷走，对逃生有利。二是油衣油裤。用白布做一套衣裤、帽子，用桐油反复刷上几遍，下雨天穿在身上。然而，真的来了狂风暴雨，油衣还是难以抵挡，大雨点子能把他们的脸打出包来，更别说雹子那种冰疙瘩了。他们哀叹：庄户人家，来了雨把草筐都收拾到屋里去，可是俺们无处躲无处藏，连个草筐也不如！

  过去，渔民常常忍饥受饿。因为渔行长年供应渔民粮食和食油，他们要用鱼货抵顶。再好的船老大，也不能保证网网有鱼，甚至还有"十网九空"的说法。收获少了，渔行的欠账还不上，经常是辛苦一年，拉下一腔饥荒，连锅都揭不开。再者，渔民终究还是人类，属于杂食动物，光吃鱼不吃粮也受不了。我听一位日照当地的朋友讲，他小的时候经常饿肚子，有一年夏天的一个早晨，全家吃了一大筐梭子蟹，他到了东南晌饿得直哭。为什么？因为梭子蟹春天鲜美，满壳是黄，可是下籽之后，到夏天瘦得只剩下壳，被称作"骷髅蟹"。别的鱼虾也是这样，当令时很肥，过一段时间就没有肉，让人吃起来像"嚼麦秸筒子"。于是，怎样弄来粮食，将家人的肚子填饱，便成了许多渔民很头疼的事情。麦收之后，他们更想弄来麦子，磨成白面，让全家人尝尝这种世界上最好的粮食。常见的做法是，五月十三左右的鱼汛过后，渔民们收了鱼货，便与住在山岭、平原的亲戚走动起来，和他们以物易物。亲戚们也明白，就将新麦子送给他们一些。但是，有的亲戚并不情愿，就编出了这样的顺口溜：

    过了五月十三汛，
    狗日的就把亲来认。
    提着两串臭螃蟹，
    捎着两根狗鱼棍（狗鱼，是一种体型较长的鱼）。
    进门就把姨来叫，

眼瞅着门后的大麦囤。

是饥是饱还是小事，是生是死才是大事。渔民们常说："脚踏三块板，性命交给天。"这里说的天，首先是天气。过去没有气象部门发布天气预报，后来有了，也不是百分之百的准确，因为海上天气实在难以捉摸。优秀的船老大，能凭借经验看天，但老天爷的脸却是说变就变，给出海者带来种种风险。

风险，这个词儿造得十分贴切。有了风，便有险，过去海上死人，多由风灾造成。有的时候，明明是风平浪静，海不扬波，却突然狂风大作，巨浪滔天。有经验的船老大，会赶紧降下篷帆，把稳船舵，化险为夷。如果连收篷都来不及，船老大只好忍痛发令，让手下人用早已备好的"太平斧"迅速将桅杆砍断，以保船保命。

即使拼上全力对付，还是有一些船被风吹翻，被浪打翻，弄船的人掉入海中。"一寸三分阴阳板，隔壁就是阎王村"，这是一代代渔民的切身体会。在恶劣天气，一旦坠海，除了有些人水性超强，体力特棒，或者运气好，遇上了能够搭救他们的船只，多数人都是丢了性命，连尸首都不能让家人见到。1952年12月18日，日照金家沟渔民在海上遭遇狂风，有4个人失踪，另有4个人的尸体被找了回来。因为尸体冻僵无法伸展，成殓时只好让他们跪在或蹲在棺材里，寿衣披在身上，棺材盖不上。在一些渔村，过去都有一座座衣冠冢，让人望之凄然。所以，渔民为了避免家中男人死绝，就有了这样的规矩："父子不同船，兄弟不同船。"

后来，船上有了收音机，有了电台，甚至有了卫星云图接收设备，天气预报变得及时而准确，但风险还是不能完全避免。在日照渔民的记忆里，1995年11月7日那次海难最为惨烈。

我是在海难过去一个月之后，听朋友张宗团讲述的。"黑风吹海海夜立，倏忽平地生波涛。"时任岚山圣岚路居委党支部书记的他，用清末诗人黄遵宪的两句诗来描述那天早晨的海上情景。他说，天气预报讲，那天早晨有5—6级北风，阵风7级。这样的风，渔民能够对付，就在那天凌晨四点左右纷纷出海。不料到了四点半，海上突然刮起9—10级大风。有一艘185马力的钢壳船，炊事员做好了一锅饭，正要招呼伙计们吃，一个大浪突然打来，连锅带饭全部飞走。他探头看看外边，一边是浪山，另一边竟是空的。在另一艘钢壳船上，有个船员本来站在船头，被浪一下子打到船尾，导致髋骨骨折。有的船老大，这时早已调转航向，让船头斜对着风来的方向，将机器开足马力。有的船没来得及这么做，在转向的时候侧面迎风，就被吹翻。有的船依旧顺风顺水跑，结果让浪掀起屁股，螺旋桨露在水外导致空车，再来第二浪时就完了。

狂风吹翻了大海，也吹翻了一个个渔村。那天，岚山的渔港和海边站满了人，大伙都在急切地等待着出海者归来。渔民家属更是大泪滂沱，面对涌动着狂涛巨浪的大海一声声呼唤亲人。

日照青年作家雷娟，那年十五岁，是众多等待者当中的一位。她父亲是船老大，姑父在船上帮工，两人出海后没有任何消息。两家人苦苦等了三天，才接到父亲从江苏打回的报平安电话。原来，他们的船一直被大风吹着跑，抛了锚也不管用。老雷开机器掌舵，让妹夫清理船舱里的积水。妹夫吓坏了，加上那些水随泼随进，最后整个人彻底崩溃，瘫倒在船舱里等死。老雷这时腾出一只手，狠狠地扇他耳光，厉声骂他，让他想想家里的老婆孩子。妹夫被扇醒骂醒，这才振作起来与风浪搏斗。后来，他们的船漂到一座海岛旁边，锚挂在了养殖扇贝的网绠上，这才捡回两条命。

平安消息一一传来，噩耗也一一传来，死者家属哭声震天。到第四天，尚有8条船70多人失联，岚山区政府组织了7艘钢壳船，又请求部队派一艘军舰支援，一起出海搜救，最终在江苏射阳县海域找到了他们。看到家乡来人，船上的人放声大哭。他们说，他们做了最坏的打算，有人已经把自己的脚腕拴在船上，好留住尸体。

那次大风灾，光是岚山渔民就有7人罹难，6人失踪。失踪人数本来更多，有的人家里已经给他埋起衣冠冢办完丧事，没想到他又回来了。

张宗团沉痛地讲："一次伤人这么多，岚山从1949年之后从没有过。"他陪政府领导去慰问死者家属，到哪一户都是白花花一片穿孝的人，看到那个情景，谁也无法控制眼泪。离开其中一户时，家属孩子向他们号哭着下跪，司机因为泪水模糊视线，一时无法开车。

据媒体报道，1995年11月7日，山东40多个县（市）遭受暴风袭击，35人死亡，121人失踪，320人受伤，直接经济损失10亿余元。死者和失踪者，绝大部分是青岛、日照和微山湖的渔民。《日照年鉴》记载，那天日照市共损坏渔船124艘，砸碎5艘，死亡9人，失踪6人。

四

因为风险随时都可能发生，渔民们对有关事物抱有深深的敬畏。

他们敬龙王。有的地方在正月初五，有的地方在六月十三，渔民会于船头或海滩祭拜龙王。供品，有的是一头整猪，有的是一个猪头加一条猪尾巴。猪要嘴衔红花，身披彩绸。猪脸上要用刀划出一个十字，抹上豆瓣酱，旁边还放上两棵大葱，这是按山东人的口味讨好龙王爷了。供品摆好，便上香，烧纸，船老大带领伙计们向大海恭恭敬敬磕头，祈求龙王爷保佑。沿海的一座座龙王庙，这天更是渔民云集，香火旺盛。

他们敬妈祖。这位出身于福建渔村、能够在海上救苦救难的女神，也被北方渔民虔诚崇拜。山东沿海多地，都有专门建起的"天后宫"，供奉着"天后圣母"塑像。有钱人造船的时候，要另造一模型，和原船一模一样，放在天后宫里，让海神娘娘认得这船，为其护航。在下海的大船上，后舱中放着海神娘娘的坐像，像前常年放一个香炉、三个酒杯，船老大每天清晨要站在船面上，口吐清水向东南方向吐一口，而后进入后舱为海神娘娘上香敬酒，口中念念有词，祈求风平浪静。

他们敬"老鱼"。过去每到春夏季节，都有一些鲸鱼、鲨鱼出现在日照海域，被渔民奉若神明。据说，这是"大老爷赴龙宫赶考，浮出水面问路"。邂逅之际，船老大会带领船上人下跪磕头，口称"大老爷"，极尽敬畏之态。船老大还要撒小米于海，抛小红旗入水，这叫"撒米施舍，抛旗引路"，同时还焚烧纸钱，给"大老爷"送"盘缠"，让它们赶快离开，免得掀起巨浪，让船翻沉。岚山一位姓徐的船老大，向我讲过年轻时见"老鱼"的经历。他说有一回网住了一条"老鱼"，身子比他们的船还要长，眼有脸盆那么大。他们吓坏了，赶紧跪下求饶，说："大老爷，俺错了，没注意惊动了您老人家，您多多原谅！"老徐说："人家到底是活了几千岁，有胸怀，不跟咱计较，回头望了俺们一眼，抬头压住网边，慢慢走脱了。"有一年，涛雒某村渔民捕回了一条六七千斤的"蛤蟆鲨"，用铁锚拴在海边，准备杀了卖肉。岚山佛手湾村的几个船老大看见了，就偷偷去解了锚，趁着涨潮放掉。该村渔民告到派出所，派出所判赔3 000元。佛手湾全体村民集资交上，毫无怨言。

他们敬各路神灵。过去，每年第一次出海，渔民在头一天都要到船上烧纸，这叫"行文书"，就是向各路神灵祷告：俺们的船要出海了，请多多保佑。船在海上过夜，每到晚上，都由伙夫烧几张纸扔到海里，这叫"烧水皮钱"，目的是与海上神灵们结缘，讨其欢心。

信仰与禁忌是孪生的。在敬拜神灵的同时，不能说、不能做的，也被一代代渔民口耳相传，严格遵守。一条条渔家禁忌，涵盖生产与生活的方方面面，数不胜数。有一些禁忌，让人既惊奇又感慨。

譬如，渔民忌穿湿衣服上船，因为人落了水衣服才是湿的。而在一些穷苦渔家，下海人只有一身夹袄斗裤，上船之前，家里人一定将其晒干。如果遇上阴天不见太阳，就点火烧锅，将湿衣用热锅熥干。

譬如，渔家女人虽然全身心地伺候上船的亲人，她们却要时时小心，免得犯忌。尤其是不能上船，因为"女人上船船会翻，女人过网网必破"。谁家晾晒渔网时如果被女人迈过，那就遭了"血气冲扑"，要用谷秸草烤过之后才能再用。

譬如，渔民上了船，一定不能在船头大小便，不能光着身子睡觉，因为那样会冒犯海神娘娘。船老大发现了，会把那个不懂事的家伙往死里打。

譬如，在海上发现死尸，要称其为"财神"。这位"财神"是不能拉回来的，因为那是龙王爷召去的，不能私自带回。我听日照北部一位老渔民讲，那年他们村有一人使船拉网，拉上了一具死尸，是个小伙子。他认得这人，是邻村的，刚结婚不久，落水而死。他依照老规矩，将小伙子丢掉。再接着拉网，一会儿又拉出一具，仔细看看，还是那个人。他觉得晦气，赶紧再丢。万万想不到的是，下了第三网，小伙子又被他拉了出来。他第三次弃尸后收船回家，心情腌臜至极，好多天没再出海。我听了这个故事，为那个新婚青年痛惜不已——他是不是想回家让爱妻看到，才这么一而再、再而三地投网现身？

尽管敬这敬那万般虔诚，尽管不干这不干那严守禁忌，但海上事故还是不能完全避免，打鱼的人还是有旦夕祸福。所以，渔民历来被视为"死了没埋的人"，久而久之，他们形成了一套人生观与价值观。有一些渔民，看多了生死，对世间得失看得很淡。有的人则得过且过、及时行乐。譬如，渔民上船之前绝对不能喝酒，但出海归来，有些人往往一醉方休。

但是，醉酒是暂时的，醒酒之后的船老大，大多是有担当、有责任感的，无论在家里、在船上，都是有仁有义，顶天立地。

日照广播电视台总经理李世成的高祖父叫李章，李章当年是一个船老大。他有一回运货到长江口，在岸上发现一个五六岁的男孩站在那里哭。他起初没有在意，临走时发现男孩还在那里，近前问问，原来这孩子是个孤儿，家人都在战乱中丧生。他就把孩子带回山东，将他收作义子抚养长大，让他成家立业。一百年下去，这个孤儿繁衍出子子孙孙一大家人。

岚山头街道官草汪居渔民宋祥善，年轻时捕鱼，后来养起了扇贝。1997年8月，11号台风突袭日照，他的5艘船全部被撞碎，80%以上的扇贝死亡，损失500多万元。当时，他连死的心都有了，但想一想欠别人的债务，便召开家庭会议，动员全家，无论如何要把钱还上。他说："还不上这些钱，咱这辈子都别想抬起头。"会后，年过半百的老宋又借债几十万，置办渔船重操旧业。他把捕来的鱼卖钱，一笔一笔偿还债务。风里来浪里去，奋斗了整整十六年，到2012年底，他将260多万欠款连本带息全部还清。有的债主当初看到他受灾的惨状，根本没指望他还钱，把欠条都撕了，却在若干年之后收到了他的还款。

最让人感动的，是渔民在海上救人的行为。千百年来，他们已经形成了规矩：发现有人求救，立即出手相助。有的船正在作业，拉着满满的一网鱼虾，一旦接到求救信号，为了尽快赶到出事地点，船老大会毫不迟疑地将网缆砍断，将网具和鱼货丢掉。出事时一般都是坏天气，风大浪急，随时会有危险，但他们会将生死置之度外。

2002年10月18日21时20分，鲁日渔1007号渔船正在海上作业，船员忽然看到夜空中有一颗浅红色的求救信号弹升空亮起，船长张彦书立即让船180度回航，迎着8级大风和滔天巨浪，向信号弹闪烁的东北方向驶去。主船在前，副船鲁日渔1008号随后，20分钟后，他们找到了遇险船只。那是一艘满载1 400吨陶土的江苏货船，船舱进水，船身明显倾斜，14名船员已经用一根绳子把大家串在一起，准备集体跳海。经过一个小时的努力，他们把这14个人一一救了上来。有人估算了一下，这次救援行动，让日照的两条船损失10万元。船长却说："要考虑这个，我们就不救人了。"

2010年9月3日上午7时，在黄海中部103海区，有十几只大马力渔船正在作业，渔民们都期盼着开海后的第一网能有丰硕收获。突然，一股龙卷风从天而降，直击鲁岚渔2883船。转眼间，船被掀偏，船舱进水下沉，五名渔民只好爬到尚露出水面的垛楼顶和船头上。此时，鲁岚渔7237渔船正在百米之外，船长王汉海看到险情当即大喊："快砍断缆绳救人去！"他们丢弃了价值10 000多元的渔网和价值5 000多元的鱼货，向出事的船头靠近，抛去缆绳让对方固定到船帮上，遇险的五个人一个个顺着缆绳爬了过来。等到最后一人脱险，那条船已经完全沉入海中。

六年过去，救人的王汉海又被别人救了。2016年11月10日晚8时，他正带船在车牛岛东南海域作业，船上突然停电，他赶紧跑到船舱查看，只见舱内严重进水，导致电瓶停电，已经无法发出求救信号。他一边喊话，让船上三名船员赶快逃生，一边向附近的渔船高声呼救。这时，海上风急浪高，失去动力的渔船倾斜下沉，王汉海差点被浪打到海里，只好拼死抱住船尾垛，另外三人已经被浪打到了海里。王汉海想，完了，回不了家了。就在这时，有两条船靠了过来。原来，同是岚山甜水河村的张明书、牛桂伟两位船长离他不远，听到呼救，立即驱船赶来。张明书指挥船员抛下缆绳，合力把落水的三人拉到船上；那边，牛桂伟也找到王汉海，将他救起。

五

1958年12月24日，位于海淀区中关村南大街的北京友谊宾馆遍插红旗，迎接全国农业社会主义建设先进单位代表大会的代表。山东代表团报到时，一位头发花白、满脸沧桑的男性代表走到登记处，递上一个木盒子，羞笑着说了几句什么。工作人员听不懂他的话，他就指着盒子上写的字给他看。原来，上面用毛笔写着"献给毛主席的西施舌"，落款则是"山东省日照县人民"。工作人员搞不懂什么是"西施舌"，这位代表就向他解释了一通。因为他的方言实在难懂，工作人员只好打开盒子看，只见里面放着一些大蛤蜊。这是日照产的一种珍贵海蛤，因其斧足扁长如舌，清白如玉，被人称作"西施舌"。

献"西施舌"的人叫柴立清，是当时全中国最著名的船老大之一。他1915年生于山东省日照县岚山公社官草汪村，出身贫苦，十六岁就到别人的船上当小伙计，挣点儿鱼货糊口。但他聪明能干，爱动脑筋，熟练地掌握了驾船和捕鱼技术，能灵活果断地应对海上险情，二十二岁就当了船老大。新中国成立后，渔业实行集体化，他当选为官草汪大队第七生产队队长，仍然担任一条船的船老大。他整天琢磨怎样才能多打鱼，创造了兼作轮作的生产经验。别人下坛网，只管每天按时起网，他却在等待潮水的六个小时里，带领本船的人用钓钩钓鱼。他一年出海多达250天，创造了单船年捕鱼5.1万斤的成绩，为全社平均单产的1.6倍，被县委、县人委命名为"英雄船"。所以，他被选为中国渔民的优秀代表，出席了全国农业社会主义建设先进单位代表大会。第二年，他再接再厉，9个月捕鱼4.8万斤，为全社平均单产的2.2倍。这年秋天，他应邀参加国庆十周年观光活动，带着一身难以去除的海腥味儿，满怀激动地站到了天安门广场的视礼台上。

对柴立清的捕鱼业绩，当地渔民由衷钦佩；对他两进北京享受至高荣誉，大伙也真心为他高兴。但是，岚山渔民却有两句话流传至今："柴立清，进北京，嘟嘟囔囔说不清。"为何嫌他说不清？我听一位老渔民说，希望柴立清能到北京反映老百姓的一些疾苦，譬如"大跃进"运动中的浮夸问题，办公共食堂吃不饱的问题，但他没把这些反映上去。

在当时的政治氛围里，柴立清不可能将这些问题向上反映。全国农业社会主义建设先进单位代表大会上，有的代表在介绍"先进经验"时就出现了明显的浮夸现象。

中国农牧渔业，经历过三十年的"集体化"，给船老大留下了不可磨灭的记忆。有人说，最突出的感觉，就是自己掌不了舵了。像柴立清这样的船老大，还能有较大的自主权，驾驭着属于集体的船只，用发自内心的劳动热情去创造非凡业绩。有一些船老大就觉得窝火，受不了干部的"胡吹海嗙"，受不了他们的胡乱指挥。

这种情况，当时在中国沿海渔村普遍存在，以至于酿成了一次特大海难。我在上文说到，"吕泗洋"是著名渔场，每年春汛，这里渔船麋集。1959年4月初，来这里的船比以往任何一年都多，达5000多艘，其中来自舟山群岛的就有3000多艘。在这之前，舟山地委要求舟山渔业春汛要完成捕鱼150万担，力争200万担，舟山渔区就掀起了一场"争时间、抢潮水、攻暴头、捕暴尾"的春汛千担小黄鱼擂台赛。因为北方的吕泗洋盛产小黄鱼，舟山渔场指挥部做出决定，于春汛期间大规模向那里进军。4月7日，普陀区三万渔民举行"北征誓师大会"，长达数公里的港湾里桅樯林立，渔船密密麻麻。有的渔民一面听广播里的领导讲话，一面写决心书、保证书，等到大会结束，这支大军浩浩荡荡向北进发。

有关领导组织他们"北征"，犯了三条致命错误：第一，好多舟山的船老大不熟悉吕泗洋海况；第二，舟山的尖底渔船不适应吕泗洋里沙岭遍布的实情；第三，这些船多是木帆船，经不起大风大浪。他们到达吕泗洋渔场后，4月10日这天半夜就刮起了大风，第二天凌晨越刮越猛，从8级到了10级以上，风向也由东南风转为东风。那些木帆船无力靠岸，只能随风漂流。漂到那些沙脊上，好多船搁浅，倾斜，很快被巨浪击碎，渔民纷纷落水。据目击者讲，当时站在岸边一座山头眺望，只见海面上到处漂浮着死尸、船板和船上器具，那情景惨绝人寰。

据《浙江当代渔业史》记载：这次海难，"浙江全省沉没渔船278艘，占出海渔船的8.39%，损坏渔船2 000艘；死亡渔民1 479人，占出海渔民总数的4.5%。"这是中国当代渔业史上最为严重的一次海难，是天灾，更是人祸。传说，当时去吕泗洋的还有一条女子捕捞船。因为时代变了，人民公社鼓励从不上船的女人也驾船出海，但是这条船被风浪打碎，船上的人一个也没生还。她们的年龄都在十七八岁，都未出嫁。

我了解到，遇难渔船两千艘，却没有一艘是山东的。在日照，已经实行了渔业集体化，大型"黄花船"很少，组织不起船队，因而就没去吕泗洋。

那时，一条条渔船上还有船老大，但他们只是生产队的一个个组长，要听从大队、小队干部指挥，让到哪里干就得到哪里干，让怎么干就得怎么干。过去渔民出海，上了船当然要吃鱼。只是，吃好鱼还是吃粗鱼，要由船老大说了算。集体化的时候，上级要求"多献爱国鱼"，把打到的鱼都交给国家水产部门。为了保证做到这一点，出海不准带锅。但大伙上了船要喝水，带茶壶是必须的，于是，日照一些渔民就把鱼放进茶壶里煮，把堂而皇之的福利变成

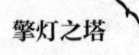

了"鬼鬼祟祟"的偷吃。

还有一段时间，谁当船老大，不看他能力如何，要看他家庭出身，以保证渔船的指挥权掌握在"贫下中渔"手中。这样一来，有一些船老大再怎么出众，却因为出身问题，只能改任普通船工，忍气吞声。

日照渔民每年一次的"下北海"，也要集体行动。每个大队都要有一条大船，用于指挥，大队部安在上面，统领各个生产队的几十条船、几百个渔民。"文革"期间，大伙每天还要学习毛主席语录。

我听官草汪村的老渔民们讲，那一年秋天，他们正在渤海湾垦利县海域作业，有一天大队突然通知所有的船和人都回到指挥船那里，因为下午三点中央人民广播电台有重要广播。他们大队的指挥船是五桅大船，三百多人全部上去，早早坐在那里。广播一响，听清楚是谁"老了"，所有的人一齐痛哭流涕。听罢广播，渔民们悄悄议论：老人家走了，谁能给咱掌舵？当时人心惶惶，谁也无心作业，一天到晚轮流在主船上搭起的灵棚前守灵。

六

在日照，还有一项"非物质文化遗产"——"岚山号子"。2010年前后，岚山渔民号子主体舞蹈节目先后在央视多套节目上亮相，2007年11月代表山东省参加"舟山群岛·国际渔歌邀请赛"，获"最佳号子王"称号。日照市每当举办大型文艺演出活动，都有"岚山号子"唱响。

我第一次听"岚山号子"是在二十年前。那时我在岚山采访，文化站长周平和先生向我介绍它，还找来几个船老大唱给我听。

几个船老大都已年过花甲，脸上皱纹纵横，分明是被岁月与风浪镌刻而成。周平和让他们唱号子，他们摇头道：不拿网不使船，怎么唱？我想了个主意，让他们背对我们，把眼前空空的墙壁当成海，就像当年出海一样。他们点点头：中。几个人商量了一下，决定先唱一个《张篷号》。

　　他们伸出筋骨嶙峋的双手，做出抓篷缏的动作，最老的船老大喊一声："哎来响哟！"其他人接唱："哟来哟哟来！"那种近乎假嗓的高亢声音，像电流一样突然将我击中，让我的半边脸麻酥酥的，心脏也震颤不已。我看见，船老大们一边唱，一边竭尽全力做着动作，全身的肌肉统统绷紧。我恍惚间看到，他们正踩在甲板上，通过一下下拉拽，让篷帆升起、张开，让船借助风力驶入大海……我听说，过去日照渔家制作船帆，都用槲树皮煮汁染成紫色。在他们的喊唱中，我眼前出现了一片片紫帆，像神鸟翅膀似的飞翔于海面之上……

　　唱完《张篷号》，他们又唱《撑篙号》《溜网号》《拿鱼号》，唱了一支又一支。

　　我看明白了，听明白了，这是渔民的劳动号子。一人领，众人和，以协调劳动节奏，并相互鼓劲。号子里多是语气助词，像"啊、嗨、嗷、哟、哎、啦、唵"等。这时，我想起了家乡老辈人唱的"吆牛号子"。但那种号子是唱给牛听，让牛振作精神干活的，曲调舒缓，节奏自由，风格大相径庭。对比两种号子，我看到了渔业生产的两大特色：群体性与节奏感。

　　船老大们唱完，兴奋劲儿久久没有消退。他们说，一唱号子就来劲，可惜，现在用不上了，没人唱了。

　　原来，自从机器船代替了木帆船，渔民的劳动方式发生了很大改变，好多号子用不上了。譬如，过去要唱着《成缆号》打缆绳，现在的缆绳多是用买来的尼龙绳子。过去要唱着《抬网号》往船上抬网，现在是用拖拉机送。过去开船，要唱《点篙号》《张篷号》，现在机器一响船就开了。即使有一些活儿还跟过去差不多，但是那些年轻人，尤其是来打工的农家子弟，也不愿学、不愿唱了。

　　船老大们讲，机器船的普及，是从1980年左右开始的，从那以后，在渔港里，在码头上，在海里，号子声越来越少。再后来，到处是一片机器声，再也听不到号子了。他们还说，自从有了机器

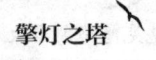

船，船老大就"不值钱了"。说罢这话，他们默默抽烟，脸上的失落与沮丧显而易见。

"不值钱"，是指他们失去了价值。我明白了一件事情：渔家号子的消逝，其实代表了传统渔业的终结，宣告了老一辈船老大的退休。在过去，出海捕鱼全凭对传统渔具的熟练掌握，对天气、海况及渔情的经验性判断，而现在，用了机器，老一套基本用不上了。譬如，在几百马力、上千马力的钢壳船上，配备了各种现代化的仪器，包括雷达、卫星导航、通信电台、卫星云图接收设备、垂直探鱼仪、渔用声呐、网情仪和应急救援系统等，驾驶者要经过严格的专业培训。这些人，是与机器形成一体的，离开了机器，他们无法捕鱼。

更重要的一个变化，是人们称那些大船的驾驶者为船长，一般不称船老大。那些大船，有的从事远游捕捞作业，太平洋、印度洋、大西洋，哪儿都能去，鱼货随时销给当地的收购者，船上人员的称呼，当然要与国际接轨。

所以，那些上了年纪的船老大，一批一批告别篷帆桨棹，一批一批成为"闲人"。在沿海的码头上，街道边，会看到一些高龄船老大蹲在那里打牌、拉呱，有人还带着酒容骂骂咧咧，吵吵闹闹，宣泄着心中的郁闷。有一回，我在日照街头遇见一位老头，正穿着环卫工的马甲扫大街，可能是因为工作不达标，被一位年轻的管理人员训了一通。望着管理人员离去的背影，他压低声音嘟嘟囔囔，眼神里满是愤怒。我与他交谈起来，原来他竟然是昔日的船老大，因为年纪大了不能弄船，才当了环卫工，挣点零花钱。他说，像他这样转业的船老大有不少，有的扫大街，有的当门卫，反正都成了磨道里的驴，听吆声受人管了。听了他的诉说，想想他们当年的叱咤风云、今天的虎落平川，我望着城市东面的大海怅然许久。

目前在沿海，被称作船老大的人还有一些。他们或者开船到近海拉网，或者像前辈一样，每天要去自家的定置坛子网那里作业。然而，下坛子网用的坛子已经不是砂坛，而是塑料做的了。跟随他们的伙计是雇来的渔工，而且多是来自平原和山地的年轻人。我老婆的一个堂弟，十几年前就骑着摩托车跑二百里路到岚山打工，中间出了一次车祸差点儿丧命，他还是没有退缩，伤好后又上了船。现在他已经成为一个技术熟练、粗皮糙肉的渔民，用挣来的血汗钱在临沂买了楼房让老婆孩子居住，供女儿读到了研究生。

然而，现在的船老大，日子并不好过。我多次看到海边有这样的情景：正值鱼汛期间，却有渔民一群一伙地蹲在海边，看着停泊在港湾里的渔船发呆。问他们为何不出海，他们愤懑地说：出海就赔本，还出什么出？经过了解，原来是近海的鱼越来越少，经常是出海忙活几天，收获寥寥无几。卖完鱼货算算，不够油钱和人工钱，出海成了赔本的生意。

为了减少成本，有的船老大就移风易俗，不惜犯忌，让老婆上船当帮手。渔港里偶尔蹿出的"夫妻船"，让老一辈船老大瞠目结舌、议论纷纷。还有人不带老婆也不雇帮工，铤而走险。我在日照北部的一个渔村听一位中年渔民讲，他出海拉网不雇人，一个人使船，出一趟就是两天一夜。我不敢相信，说："你要开船、下网、起网、吃喝拉撒，两天一夜不睡，能干得了吗？能熬得了吗？"他说："干不了也得干，熬不了也得熬，因为雇一个帮工，一天开支三百块钱，连阴天下雨不能出海的时候也得发给人家，我一个人干，还能有些节余。挣不着钱，一家人生活靠什么？孩子上学靠什么？"

我无言以对，心中悲怆。看着海面上来来往往、轰轰作响的那么多渔船，耳边的波涛声全都化作了一声声深沉而悠长的叹息。

七

2017年农历六月十三，日照市举办"渔文化节"，几处海边，几座龙王庙里，都摆上了供桌，一头头整猪趴在那里用作牺牲。船老大们毕恭毕敬，在供桌前上香、敬酒、磕头。

裴家村的祭海仪式，早已被政府列为"非遗"。该村的龙王庙建在海边，规模很大，且有常驻道士。"潮汐汐潮舟顺渔盛，晴雨

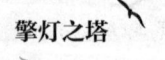

雨晴禾茂粮丰"，大殿门柱上的这副楹联，表达了人们对于龙王爷的恳切祈求。

一位中年渔民磕过头，站到一边抽烟。我过去与他攀谈，问他休渔期间干什么。他说："休渔跟我没有关系，我现在搞海水养殖。"我问："今天来磕头的船老大，有多少还是出海打鱼的？"他说："很少，多数都是养殖户。"我问："都养些什么？"他说："扇贝、贻贝、海参、牡蛎、梭子蟹、基围虾等，品种很多。"

通过交谈，我了解到了沿海渔业的又一重大变化：从捕捞为主，到养殖为主。渔民们的养殖场就建在海边，即使在海里，也不是太远。这样，他们面对的风险大大减少，收入也较为稳定。

这位船老大说，风险减少，不等于没有风险。搞养殖，怕台风，怕大潮，怕病害，还怕海水污染。另外，气候变暖带来的海温升高，化肥入海造成的海水富营养化，都对养殖业产生影响。

他说，过去海上很少见到浒苔，现在几乎年年都有，就因为海水太有营养了。这些天，海上漂来大量浒苔，绿油油的看上去很美，可是它们进入养殖场被笼子挂住，会腐烂下沉，造成扇贝缺氧死亡。他整天拦截，清理，浒苔还是像潮水一样涌来，可把他愁坏了，累坏了。说到这里，他打了个呵欠道："唉，不说了，我还得去跟浒苔战斗！走啦！"

看看他晃晃悠悠的背影，再扭头瞅瞅在大殿内端坐的龙王，我在心里发问：龙王爷，你了解这些新情况新问题吗？你能保佑海水养殖业繁荣昌盛，让今天向你跪拜献祭的新型船老大们安心生产吗？

袅袅青烟里，龙王爷表情凝重，一声不响。

（原载于2018年第1期《中国作家》纪实版，获庆祝改革开放四十周年首届"大沙杯"国际海洋散文大赛二等奖）

鲅鱼圈的诱惑

鲅鱼圈，诱惑山东日照人达百年之久。

十九世纪中叶，清廷撤销对关东的封禁政策，那些饱受战乱与贫穷折磨的山东人蜂拥北上，或走陆路出山海关，或走海路过渤海海峡，在东北那片肥得流油的黑土地上落地生根，开枝散叶。他们中的大多数，继承祖宗传给他们的农耕文化，在平原，在山区，开垦土地，以种粮为生。也有一些人从事渔猎，走向了森林与大海。

说不清是哪个年份，有一帮来自山东日照的流民，走着走着，忽然看到了一片海。故乡的海在东边，这片海却在西边。他们饥肠辘辘，想到海边捡些蛤蜊生吃，不料走到岸边，却见浪打礁石，浪花中有许多小鱼跃出，又纷纷落入水中。"烂船钉！这么多烂船钉！"有认识海鱼的人叫了起来。他们还知道，这种俗称"烂船钉"的小鱼大号为"鳀鱼"，是鲅鱼的主食，有鳀鱼群必有鲅鱼群。他们看看水里，果然有黑压压的鲅鱼群在追捕鳀鱼，吃相凶猛。怎么会有这么多的鲅鱼！日照老乡兴奋起来，跃跃欲逮，可惜手头没有网具。见旁边有人正用网子往外捞鱼，就过去问，这是什么地方。那人操着另一种方言说，鲅鱼圈。日照老乡问："为什么叫鲅鱼圈？"那人说："因为这里鲅鱼多呀。"日照人点点头举目打量，发现这是一个月牙形海湾，依傍着一座座小山，就说："鲅鱼圈有鱼吃，有柴烧，咱们就住下吧。"于是，他们放下挑来的家当与铺盖，向当地人借来网具捞一些鱼，生火烤熟。还学当地人建窝棚，挖来土坯子垒墙，搭上树枝与芦苇，再覆盖一层厚厚的海泥，里面砌上灶台与土炕。他们站在窝棚门口向海南遥望，在心里向家乡的亲人们说：放心吧，俺在北海边上安下家了！

在这里生活，果然比在老家容易。这里有一些来自河北滦县的"老滩人"开着几家网铺，就是合伙打鱼的小团体，日照人可以入伙，凭力气挣钱。日照人将前辈们创造的坛子网技术带到这里，在海里定桩"打户"，拴上大网，拦截随海流游来的鱼虾。每天摇船过去解一次网，将网囊中的鱼虾倒出来，拉回去分拣、加工，等着商人过来收购。日照人挣了钱，买网，造船，也开起了网铺。他们托商人捎信给别处亲友，说这里鱼多人少，可以过来，便引来了一些在黑龙江、吉林等地的日照人。还有些光棍揣上钱，背上腌好晒干的鲅鱼，回老家住一段时间，娶个媳妇领回来，顺便也宣扬了鲅鱼圈的富足。于是，更多的日照人和日照以外的山东人就来了。民国初年，来此谋生的日照人越来越多；新中国成立之后，还有日照人陆续过来。北边的海星村，南边的仙人岛，日照人占半数之多。那时候户口管理不很严格，况且几个村的干部当中就有日照人，有一位叫戴金生的石臼戴家村人担任海星村党支书许多年。他们对老家的人来者不拒，热情有加，海星村竟然扩展到一千多户，成为公社驻地。

鲅鱼圈，也诱惑了我三十年。我刚到日照时从文史资料上读到，晚清时期就有日照人到鲅鱼圈打鱼定居，渐成村落。读了之后我浮想联翩，猜度鲅鱼圈的样子。得知鲅鱼圈里鲅鱼多，更是感到好奇。因为我生在离海一百多里的鲁东南山区，小时候只在过年时才能吃到鲅鱼（我们那里叫它"马古鱼"）。要凭票购买，一家只能买一两条。劈成两半腌制的，齁咸。平时挂在墙上，母亲偶尔切下二指宽的一段，用油煎熟，倒进大量萝卜丝，熬出香喷喷的一锅，我享用时十分惬意。后来听朋友讲，因为鲅鱼好吃，在青岛有一习俗：用鲅鱼孝敬岳父，并有一句"鲅鱼跳，丈人笑"的谚语。在日照，鲅鱼和刀鱼是收获量大、品质也好的鱼类，1990年代以来每到春节，人们带着成箱的冷冻鲅鱼、刀鱼走亲访友，是最常见的做法。我还了解到，鲅鱼的学名为蓝点马鲛，广泛分布于北太平洋西部。鲅鱼有洄游的习性，每年春天等到海水温度上升，便从越冬的东海出发，浩浩荡荡向北而去，四月到达苏北鲁南沿海开始产卵，一边索饵一边继续前行。五月份到达山东半岛东端，一路向北，留在黄海北部；一路向西，进入渤海。莱州湾，渤海湾，辽东湾，到处都有。等到秋风刮起，水温降低，它们记起南方的温暖，便原路返回，再回东海。

我想，鲅鱼圈，中国最北方的鲅鱼驿站之一，到底是什么模样？在那里的日照人，过着怎样的生活？我很想过去亲眼看看。前些年我去过几次东北，但机缘不巧，都没能到鲅鱼圈。从去年开始，我大量读书，广泛采访，想写一部海洋题材的长篇小说，去鲅鱼圈看看的念头更加强烈，但是因为疫情，一直没能成行。

今年正月，我偶尔结识了日照市海洋与渔业局渔业技术推广站原站长朱志校先生，得知他在二十世纪八十年代曾经带领日照渔民去鲅鱼圈作业，便请他讲述去那里打鲅鱼的事。他将手一摆："不是去打鲅鱼，是打海蜇。"我问他是怎么回事。他说："鲅鱼圈的鲅鱼已经不多，因为四十年前渔民的捕捞能力开始增强，鲅鱼群体在北上途中不断减少，能进渤海的寥寥无几，咱们千里迢迢过去会赔本的。1979年，涛雒公社有人去鲅鱼圈探亲，发现那里海蜇特别多，回来一说，第二年就有人去了。涛雒公社有十几条渔船过去，生产二十多天，满载而归。从此，日照渔民每年都去鲅鱼圈。"

听到这里，我笑着点头："这是鲅鱼圈对日照人的又一轮诱惑。"

朱志校，1951年生于日照渔村石臼，毕业于山东水产学校。因为是科班出身，并且经常出海作业，渐渐成为日照水产行业的技术权威。二十世纪九十年代，担任日照水产集团群众渔业部主任的他，曾率领多艘日照渔船远赴赤道附近的帕劳海域延绳钓金枪鱼，到印尼海域捕捞杂鱼。说起去鲅鱼圈打海蜇，这位古稀老人意气风发，不时站起身来用手比画，形象生动地向我讲述了一次次去鲅鱼圈的经历。

他第一次去鲅鱼圈，是1983年。因为涛雒公社的渔民连续两年去那里打海蜇，收入丰厚，县水产局决定成立工作组先去调查一番，以便组织更多渔民前去捕捞。朱志校带领工作组，坐汽车到烟台，再坐轮船到大连，然后转乘火车北上，到熊岳城下车，花一块五毛钱坐当地人的毛驴车去鲅鱼圈。老朱说，十八公里路，两边都是一眼望不到边的玉米地。到了墩台山下，工作组的人下了驴车，从旁边一座海泥屋里走出一位妇女，朱志校发现，竟然是他的堂妹。多年未见的堂兄妹这样巧遇，他俩十分惊喜。堂妹让他们进屋喝水，说一会儿话，然后带他们去见海星村的干部和老乡。老乡们听说老家的人今年还来打海蜇，纷纷表示支持。

工作组住进鲅鱼圈的一家小旅馆，集体睡在一盘大炕上，自己用柴油炉子做饭吃。他们在当地做过调查，再租毛驴车去远处的渔村、渔港了解情况。他们发现，日照人在这里到处都是，不只是出海打鱼的，就连在街上摆摊卖肉的，路上赶毛驴的、开三轮的，都有好多。老乡们讲述来鲅鱼圈落户的历史，表达对"海南"老家的思念，让他们十分感动。到了仙人岛，受到该村党支部书记王建兴的热情接待，原来王书记是日照戴家村人，六十年代到这里落户。他向工作组介绍了渔情，还带他们去营口见了市水产局长，取得了当地水产部门的支持。朱志校他们紧张工作一段时间，到鲅鱼圈村南的小邮电所发电报，向日照县水产局报告：鲅鱼圈海蜇呈旺发态势，建议在8月20日过来捕捞。水产局接到电报，立即动员沿海各公社做好准备，458只渔船于8月上旬出发。全是机器船，但马力大小不等，小的12马力，要走半个月；大的20马力，只需三个昼夜。他们先是北上，绕过山东半岛的最东端，向西进入渤海，然后拐弯向北，走了一个大大的"S"形。到了鲅鱼圈，停泊在海星村边。因为船来得太多，过于拥挤，有的继续北上，在二界沟等海湾抛锚。大家到岸上建起一排排简易窝棚，砌起一片片水泥加工池。此时的辽东湾成了海蜇的世界，岸边就有好多，可用网兜直接捞起；有的海蜇被海浪冲上沙滩，像一坨一坨凉粉。渔民们开船入海，或用坛子网，或用流网，每网都是满满当当。拉到岸上，用竹刀将海蜇的头与身体切开，分别放进池子，用矾使其脱水。"一矾"脱水50%；"二矾"脱水70%；"三矾"脱水90%，成为可进入市场的成品。

海蜇旺季，本地渔民也是忙于"海里捞金"。船多网多，免不了剐蹭牵绊，出现争执。有一回，日照一艘船与当地一艘船的渔网相互碍事，当地人让他们赔偿。因为数额过高，船上的一个日照人接受不了，只好跪下求饶。一个鲅鱼圈的小伙子是日照人的后代，掏出一把刀子大吼："不准欺负日照人！"当地人见状，放弃索赔走开。日照人见这位老乡如此仗义，感激涕零。他们在鲅鱼圈忙活四五天，就装上一船加工好的海蜇回来，去青岛或南京卖掉，带着大捆的钞票回家。

此后，日照人去鲅鱼圈打海蜇的一年比一年多，1984年，610条船；1985年，802条。有人脑洞大开搞技术革新，将20马力的船上加上插篷，机器与风力并用，顺风时50来个小时就到鲅鱼圈。朱志校先生讲，这年辽东湾的海蜇特别多，个头也大。岚山三村的徐从来开着20马力的渔船过去，带了10条网，只用3条，每天只捕捞一个流（一次潮涨潮落）还加工不完，四天就将带去的150公斤矾全部用光，收获成品海蜇10 000多公斤，收入近20 000元。1985年，日照人在这里生产成品海蜇2 830吨，约占辽东湾当年海蜇总产量的十分之一。

然而在这一年，日照渔民遭受了重大海难。进入8月中旬，第9号台风产生于日本冲绳岛西北方向的洋面上，18日中午在江苏省启东登陆，时间不长回到海上，向正北方向移动，一路挟带狂风暴雨。经日照，过山东半岛，毁掉无数房屋，摧垮多处海堤。进入辽东湾后，于19日半夜在鲅鱼圈一带登陆。日照渔民虽然收到台风预报，事先靠岸，但因为港湾里船已停满，有一些船只好停在挡浪坝外。这天夜间风狂浪急，船船相碰撞上石坝，很快粉身碎骨。天亮后，日照渔民和当地人涌向海边，只见海湾里到处都是船板与网具。急忙清查，发现有22条船毁掉，有4人下落不明，40多人受了重伤。当地政府、港务局和边防派出所等部门急忙组织施救。港务局长见日照渔民都是赤脚，将自己穿的凉鞋脱下，递给了坐在石坝上哭泣的一位渔民。当地政府将70多名落水渔民安排在村民家中，将受伤者送往医院救治。4位失联者，尸体被陆续发现。朱志校亲眼看见，那位已经白了头发的派出所所长，让一青年摇橹，坐小舢板去海里寻找尸体。寻到一具，他伸手到船外抓住死者的后衣领往岸边拖，拖上一看，原来是日照岚山镇的一位渔民。消息传到日照，家乡人含泪北眺，一位副市长和水产局长立即动身，去鲅鱼圈看望。

经此重大挫折，日照人还是抵挡不住鲅鱼圈的诱惑，第二年依然去那里打海蜇，共去了1086艘，而且都是40马力以上的大船，最大的为124马力。但他们去后，海蜇却像集体藏匿一样，不见踪影。辽宁省水产研究所的专家过去研究一番，认定两个原因：一是水温比上年同期偏低，不利于海蜇生长；二是7月20日洪水入海，降低了盐度，导致海蜇死亡。日照渔民只好改变计划，或者南下烟台，更换网具等着捕对虾；或者直接回山东，到家门口的海州湾张坛子网，从事常规生产。

海蜇是一种十分奇特的海洋生物，它不能自主运动，只能随波逐流。它没有眼睛，却感觉敏锐，对温度、盐度特别讲究。有的年份它特别多，有的年份却特别少。鲅鱼圈的海蜇从1986年起呈现枯竭态势，此后再没大量出现。1987年，日照渔民再来这里，发现海里似有海蜇，但近前看看却是沙蜇。这种沙蜇，因伞盖上有沙粒一样的突起而得名，长有毒刺。人被它蜇了，皮肤红肿，又痛又痒，有过敏体质的人还可能丧命。渔民们对它很反感，有的长吁短叹一番，掉头回转。但多数渔民依然留下，打起了沙蜇。虽然沙蜇的价格低，但它产量高。加工好了，以一斤一毛多钱的价格在当地直接销售，收入不菲。有的船一直干到8月初，才恋恋不舍开拔，回家过中秋节。这一年，日照渔民在鲅鱼圈共收获沙蜇1 225吨，产值1 100万元。

此后两年，海蜇时多时少，与沙蜇此长彼消，日照渔民继续前来，但他们船上备有多种网具，一看形势不对立即转向别处。进入1990年代，鲅鱼圈的海蜇与沙蜇都不多见，这里很少再有标有"鲁日渔"字样的渔船出现。

听朱志校先生讲完这段历史，我更想去鲅鱼圈走一走，看一看。2021年3月23日，根据我的长篇小说《经山海》改编的电视剧《经山历海》在央视一套开播，大连海事大学团委邀请我3月31日这天做客他们举办的"有鹏来·读书沙龙",谈谈《经山海》创作过程。我想,缘分终于到了,决定借机去鲅鱼圈。我通过日照的朋友,找到了几位鲅鱼圈日照老乡的联系方式,与他们约好,4月1日见面。

4月初的辽东半岛,已是花红柳绿。与前辈们不同,他们坐蒸汽火车从大连去熊岳站,我和老伴是坐高铁到鲅鱼圈站,只用40分钟。到预定好的旅馆刚办好入住手续,日照老乡戴玉江应约而至。

戴玉江个子不高,头发花白,喝一口给他泡好的日照绿茶,憨厚地笑一笑,开始接受采访。他说,是爷爷那辈人闯东北,才让他成为鲅鱼圈人的。爷爷是石臼镇戴家村人,从小就给人家补渔网。等到结了婚,生下两个孩子,靠补网不能养家糊口,就带着老婆孩子连同二弟一起坐船到了大连。他们先投奔在敦化的亲戚,在山里开荒种地。但爷爷却怀念大海,觉得扔掉补网手艺很可惜,听说鲅鱼圈有日照老乡,就独自来到这里。这里有网铺,也需要人补网,他就在这里飞梭走线,一天天忙碌。等到冬天辽东湾结冰,渔民们把船拉到岸上,将网铺锁上门各自回家,爷爷也回到敦化与亲人团聚。但这样终归不方便,爷爷让全家跟着他到了鲅鱼圈。戴玉江的父亲就出生在这里,长大后一直在此打鱼。

他的二爷爷,来这里也是补网。有一天他补着补着,扔下梭子就走,从此失踪。后来才知道,他去当了兵。这个名叫戴芳忠的日照汉子,一天学也没上,入伍不久得了个外号,叫"机灵鬼戴快腿"。他参加过解放营口的战斗,参加过抗美援朝,官至团长。戴团长回国后又去大西南剿匪,后来转业到兰州一家大型国有企业,2017年去世,享年九十多岁。

戴玉江1973年出生在鲅鱼圈。他说他十来岁的时候,每年夏天都有日照船来打海蜇,好几百条,港湾里停得满满当当。有一天他下海洗澡,爬到一条船上玩,船上一个日照人问他家里有谁,名字叫啥。听他一说,那人拍着大腿惊喜地说:"你是我侄子呀!"原来,戴玉江的母亲嫁到东北之前,在老家认过一个干妈,这人是她的儿子。那人说:"要不是遇上你,我真不知道去哪里找我那个姐！"戴玉江领他回家，母亲见了这位弟弟欣喜万分，好好招待了一番。戴玉江说，那几年，每当日照人来打海蜇，鲅鱼圈的日照人几乎家家都要招待日照的家人和亲戚，日照话响在大街小巷和许多庭院。

戴玉江说，他十七岁那年开始下海，因为读书读烦了，就跟着父亲去拉蚬子（蛤蜊）。那时父亲已经置办了一条12马力的船，还雇了两个人。辽东湾是泥沙底，蚬子特别多，他们用船拉一铁耙，后面拴一网兜，在近海跑十来分钟、两三海里，就把网兜拽上一次，每次都有二三百斤蚬子。拉满船舱，到岸上卖给收购的人，一天能赚两三百元。尽管晕船、劳累，尽管有风险，但他从不退缩，觉得自己生来就是靠海吃海。过了几年，有了积蓄，他家换了一条80马力的大船，还是拉蚬子，有时一天能拉两万多斤。那时鲅鱼圈没有渔港，大船停在海里，人上人下，卸货，都靠小舢板倒腾。拉一船蚬子回来，要倒腾十几趟，又苦又累，但是卖完蚬子点点钞票，又不觉得累了。

戴玉江本来认为，自己会和父亲那样当一辈子渔民，没有料到，他干到三十四岁就转了行。因为鞍山钢铁厂在鲅鱼圈建新厂，厂址定在海星村，全村整体搬迁到市区，选了一部分年轻人进厂工作，他于2006年成为鞍钢的一名汽车修理工，直到现在。他上班，是干一天一夜，再歇一天一夜，见我的这天正好歇班。他说，海星村已经不存在了，但是仙人岛还是个纯粹的渔村，可以去看看。我说好呀，吃过午饭就去。

午后，我们坐出租车上路。如果说，鲅鱼圈这处海湾像个月牙儿，仙人岛就在月牙的最南端。在仙人岛村头停下，只见沙滩平平展展，海水退去千米之外，有许多人提着桶来此赶海。戴玉江指指岸边停着的大片车辆说，都是城里来的。有人从海滩上回来，我见他们的桶里有蚬子，有螃蟹，收获多多。转身看看仙人岛村，楼屋错落，在海边大片排开。因为没有预先联系这里的老乡，我们决定去村委会寻找线索。找到村委大院，办公室却锁着门。正站在那里商量怎么办，一辆豪华轿车突然开进院里，下来一个身材高大的帅哥。他问清楚我们的来意，说他也是日照人，是老爷爷那一辈来的，但他不清楚当年的事。他有急事要办，就让刚刚进院的一位大嫂领我们去找老乡。这位大嫂说："我带你们找老马，他当过多年会计，他知道。"

我们就跟着她，走进旁边一个院子。一个头发乌黑、面容清癯的老者迎出来，听说是日照来人，立即让我们进屋，十分热情。经攀谈得知，他叫马祖新，今年六十九岁。他的祖籍是日照石臼镇马家庄，祖上也当渔民。当年父亲带领全家闯关东，先去敦化林区，听说有个本家爷爷在这里下海，就投奔他来了。那时这里没有多少人，只有几家网铺，有"老滩人"开的，有"旗人"开的。父亲他们到网铺打鱼，立夏前后打黄花鱼，小满过后打鲅鱼，两个"大海市"过去，就日复一日打毛虾。因为这里有辽河、浮渡河等大河入海，饵料丰富，毛虾旺生。他们在海里选那些有沟有流的地方，立起"衍杆"拴上网，用泥坛做浮子。"小墙子""大墙子""岗上""岗西"等，都是有名的网地。把小船划出去，使篷借风，辅之以橹，一两个点儿（小时），三四个点儿，才能到达自己的网地，将一张张网拽起"倒户"。拉回来分拣，将毛虾放进大锅加盐煮熟，晒成"虾皮"，装进芦席包。虾皮蓬松，装包时要进去用脚踩实。一百斤一包，卖得了分钱，卖不了直接分虾皮。有的人赌钱，输者没有现金，就用成包的虾皮抵债。后来山东人到仙人岛落户的越来越多，有三四百户，多亏海里的毛虾打不尽，能养人。仙人岛土地有限，各家只能开辟一点用来种菜，粮食要拿钱买，靠毛虾换。粮食不足，就吃毛虾，掺上一点高粱面、玉米面，烙虾饼，做虾丸子，有人吃伤了，一见毛虾就想吐。但是，他们还是恋着这片海，一直守在这里繁衍生息，经历了新中国成立，经历了集体化，经历了"大包干"。眼下，仙人岛村不只靠打毛虾为生了，还从事海参育苗，买大船去远海捕捞，办家庭旅馆做旅游业，挣钱的门路多种多样。兔儿岛也不是原来的样子了，应该去看看。

兔儿岛？原来这是老地名。村外有座山，是个半岛，远看像一只兔子趴着。岸边都是礁石，远看像兔子牙齿。潮水拍打礁石，浪花很高，响声很大，过去的"盖县八景"，"兔岛潮吼"就是其中一景。大概是一百年前，有一艘三桅船在辽宁湾夜行，遇上风雨，迷航难行，船老大忽然发现前面有个亮点，就向那边行进。走了一会儿，忽然到了一个可以避风的海湾，天亮后看看，山上有个洞。他们认定这个洞里住着仙人，为夜行船指路，从此把这里叫作仙人岛。

我们告别老马，出村上山。登高远眺，只见碧波万顷，风平浪静，"兔岛潮吼"的景象是领略不到了。远望刚才去过的海滩，此时已经涨满潮水，赶海的人都已撤退。山顶上，有一尊妈祖像，一座龙王庙，都是新建的。岛子下方的石岸边，则有一座小庙。下去看看，小庙建在一个洞口，洞壁已被香火熏得乌黑。

手机突然响了，日照老乡叶庆柱问我在哪里，说他已经回到鲅鱼圈，晚上请我吃饭。我们回到村中，坐公交车回去，老叶很快开车到了我住的宾馆。他五十九岁，看上去很精明，也很有活力。但他说，五年前得过一次大病，虽然好了，还是要定期到北京复查。他昨天去北京，今天见了约定的医生，一查完就坐高铁赶回来。我听后十分感动，与他紧紧握手。他与戴玉江相见，二人感慨不已：原来都是海星村的人，搬迁后很少见面，他俩上一次见面，已经是几年前的事了。

老叶带我们去一家饭店，点了多种鱼虾，说要让赵老师和嫂子尝尝鲅鱼圈的海鲜。我尝了一样又一样，味道果然不错。我与他边吃边谈，才知道他们家来鲅鱼圈较晚。他老家在日照城南二十五公里的海员村，全村都是渔民。父亲当过兵，参加过淮海战役，复员后上船打鱼。新中国成立初期，日照人听说东北生活好，纷纷闯关东，十九岁的父亲也动了心。他写信与本村在这里的一个人联系好，然后坐汽车去烟台，坐船到大连，再坐火车到芦屯站，最后步行走到海星村。那时候这里有了生产队，一来就到队里上船打鱼。干了一年回去，经人介绍在邻村找了对象。叶庆柱说，他父母成亲时，父亲没说还要去东北，结婚后说了，母亲很不乐意，但经不住父亲的一再动员，只好在一年后过来。母亲生前说过，她一来就后悔，觉得远离老家亲人，对这里的生活也不适应。但是等到在这里生下孩子，她只好安心过起了日子，直到二十年后才第一次回老家，这期间父母先后去世她都不知道。

我考虑到老叶刚从北京回来，不能劳累，建议明天再谈。他答应了，吃完饭开车送我们回宾馆。这时我发现，路边好多地方火焰明亮，仔细看看，原来是一些人在那里烧纸。老叶叹口气说，马上到清明了，他们不能到亲人坟前祭奠，只好这样寄托哀思啦。我看着那些火堆，火堆旁悲伤的面容，心想，此时此刻，有多少日照老乡的心飞越大海，回到了老家？

第二天上午，老叶来到宾馆，与我继续交谈。他说他小的时候，父母经常给他讲老家，讲的时候很动感情。母亲因为想念亲人，经常眼泪汪汪。他九岁的时候，父亲把他送回老家，住在大爷家上小学，三个月后才回来。大爷是海员村的渔业队长，是当地有名的船老大，出海打鱼很有经验。叶庆柱从老家回来，多年没再回去。想不到，1979年夏天，大爷突然来了，挑着花生米和白面馒头，给他们全家一个惊喜。大爷是来看弟弟的，在这里住了十来天。他到处转悠，跟老乡们拉呱儿，看这边的渔情。发现这里的海蜇特别多，回去向公社领导做了汇报，第二年就有几十条船过来。

我听到这里说："日照人来鲅鱼圈打了十年海蜇，原来是你大爷发起的！"

老叶听了连连点头："对，对，是他。那些年，老家每年都来好多船，后来这里没有海蜇了，他们才不来了。我母亲每到夏天就念叨，老家也不来人了，你说那海蜇，怎么就藏起来了呢！老家不来人，我母亲却一次次回去，因为五个孩子都大了，她有时间了。母亲回去伺候老爹老娘，看望兄弟姐妹和亲戚，一去就住好长时间。可惜她走得太早，1993年就去世了，还不到七十岁。三年后父亲也走了，活到七十二岁。但是大爷很长寿，活到2016年，九十四岁。大爷在世的时候，我经常回老家，开车去大连，人车一起上船，到了烟台再开车回日照。在老家住一段时间，感觉十分亲切。不只是喜欢日照，还喜欢整个山东，有一回我开着车，看了曲阜、

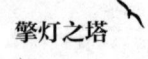

泰山、济南等多个地方。"

我说："你怎么有那么多时间回山东？"老叶说："我早早让自己退休了。我下了多年的海，经了那么多风浪，把好多事都看淡了，只想悠悠闲闲地过好下半生。"

他讲，他从小就跟着大人出海，后来正式成为生产队的劳力。集体化的时候，海星村有三个生产队，每个队有二十多条风船，每条船负责二三十块架子网。这里的海，"小雪"结冰，"惊蛰"化冻，海上无冰的大半年里，渔民要每天出海。春夏之交，先打一茬黄花鱼，再打一茬鲅鱼。这两种鱼可多了，渔民们早起出海，下上"流网"，过一会儿起一次网，网上都卡住大量的鱼。他们把鱼摘干净，再把网下到海里，每天都是满舱回去。黄花、鲅鱼这两次鱼汛过去，就下坛网捕毛虾，一年一年都是这样。但是，海上有风有浪，搞不好就出事，有人在海上遇难，尸体都找不回来。二十世纪六十年代来过一场台风，海星村死了二三十个人。1983年，这里实行"小包干"，分组作业；第二年实行"大包干"，分船到户。开始是至少14户一条船，保证家家有船份，后来有人挣钱多了，就买船单干。过去这里有句老话，"舀不干的海水，捕不尽的鱼"，想不到，船一多鱼就少了。过去每年都大量出现的黄花鱼几乎绝迹，鲅鱼也很少能捕到，有些渔民就买大船，去远海。1985年，他连贷加借，筹集17万元，买了一对120马力的大船。他当船长，再雇一个船长开另一条船，每条船上雇八九个人，大副、二副、大车、渔捞长等，一应俱全。他带船到秦皇岛一带，到莱州湾，到黄海，到东海，哪里有鱼去哪里，哪里打了哪里卖。辽东湾不出海蜇了，江苏射阳那里出，他就去那里打。但是，养船太累，风险也大，他干了七八年就决定不干了，把两条船卖掉，在鲅鱼圈"包滩"。

我不懂什么是包滩，老叶说，就是包下一片海域养蚬子。2003年他包下五六亩海域，办了使用证，买了一条200马力的船，雇了五个人。买来蚬子苗撒进去，两到三年长成，捞出来卖掉。他把那片海分成若干区域，轮流放养，每年都有收入。比起打鱼，包滩的好处是没多少风险。雇的人在海上值班，他不用天天去，可以在家休息，可以出门走走。但是到了2008年，他又不干了，因为养蛤蜊的太多，不怎么挣钱了，国家也不让养了。他买了几套门面房，每年有一些租金收入。一对儿女都已经成家，女儿在交警队，儿子在银行，工作都挺好。他平时没有多少事情，主要任务是接送孙子和外孙女上学。

我让老叶介绍一下鲅鱼圈的风土人情、风俗习惯，他仔仔细细讲给我听。他说，来鲅鱼圈的山东人把老家的风俗也带到了这里，逢年过节，和老家一样热闹；红白喜事，和老家一样办理。鞍钢建厂，海星村搬迁，海星村的人也住在一个小区。但是时间一长，有人换了更大更好的房子，搬到别的地方，相互之间联系就少了。不过，无论住到哪里，大伙都忘不了海星村，有时候过去瞅瞅。

我说："你也带我们去瞅瞅呗？"

他说："那是必须的，咱们吃过饭就去。"

吃过午饭，老叶带我们出了市区，到了墩台山下。只见荒草遍野，道路泥泞。路右边是钢厂的水泥高墙，墙内两根涂成蓝色的大烟囱直插云天。往左前方瞧，那里也有两根大烟囱，却涂成红白相间的颜色。老叶说，那是华能营口电厂。往里面走一段，见路边有旧船，我让老叶停车。下去看看，发现旧船不只一艘，有的靠在厂外，有的卧在路边，船身已朽，与荒草为伴。高墙边，还有一排圆形水泥池，直径约有两米，深一米多。老叶说，这是当年加工海蜇的池子。老伴向南一指，那里还有船。我抬头看看，山坡上果然有一条。我见那船位置高高的，船头向着西面的大海，心想，它被遗弃在此近二十年，已成老朽，还在向往着大海？

再往前走，就到了海堤上。前面有一道挡浪坝，坝内尽是淤泥，有一条船烂在里边，只露出半圈船帮。老叶说，过去这里是海星村的港湾，船那个多呀，真叫一个壮观！他的话音里，流露出浓重的怀念之意。

我问："村庄搬迁之后，海星村还有没有人打鱼？"老叶说："有，但不多，都是养大船，出远海。政府专门给鲅鱼圈渔民建了渔港，叫珍珠湾码头，但除了休渔期，平时停靠的船很少，船都出去了。"

看罢这里,我们去了旁边的墩台山公园。山顶有一座用青砖垒起的烽火台,是明朝初年为防倭寇建的,传说当年由白姓姐妹俩看守,一旦发现敌情,立即举火报警。还有一座上红下白的灯塔,由海事部门管理,为辽东湾的来往船只导航。在烽火台与灯塔之间,则有一座更高的钢结构观景塔,有旋转楼梯可以上去。但入口处挂了牌子,说是正在维修,谢绝参观。老叶说,因为去年的一场台风刮坏了玻璃,加上疫情紧张,这塔好长时间不开放了。旁边的牌子上有文字介绍,塔高55米,一层是营口开发区历史博物馆,二层是观光休闲厅,三层是开发区城市规划沙盘和观光平台。我不能进去看,甚感遗憾。

但是,站在山顶照样可以观光。往北看,钢厂方正广阔,高炉座座,占据了海边很大一块地盘。老叶说,当年搬迁的不只是海星村,还有另外两个村,削平好几个山头才垫起了厂址。我知道,鞍钢是受了鲅鱼圈的诱惑,才来此建新厂的,因为通过海运可以大大降低物流成本,进口铁矿粉能够直接进炉冶炼。鞍钢1916年始建,前身是日伪时期的鞍山制铁所和昭和制钢所,1948年鞍山解放后由东北人民政府接管,被誉为"新中国钢铁工业的摇篮"。因为有了鲅鱼圈分公司,鞍钢这家大型国有企业又焕发了新的生机,2019年位列中国制造业企业500强榜单第35位。

往西往南看,营口新港尽收眼底,塔吊密集排列,像一条长长的橘红色林带。这个大港,也是被鲅鱼圈诱惑来的。营口港原在营口市区,1861年开埠,但因为处在几条大河的河口,淤积严重,发展受限。国家有关部门经过考察发现,鲅鱼圈湾阔水深,条件优越,二十世纪八十年代就开始在这里建设营口新港,现在这个大港的年吞吐量已经超过两亿吨。

我遥遥望见,港区之南,仙人岛之北,有一片银色沙滩。老叶说:"那里是山海广场和月亮湾,很漂亮,我带你们去。"他一边开车往市区走,一边向我们介绍路边景物。经过一座大楼,门口挂着边防检查站的牌子,他自豪地告诉我,他姑爷在这里工作。

沿着辽东湾大街往南走,右边是港区的一个个大门,左边则是高楼林立的市区。我说:"鲅鱼圈是个挺大的城市了。"老叶说:"主要是有了港口和钢厂才发展起来的。这些年,有许多外地人在这里买房落户,黑龙江、吉林、内蒙古,来的很多。"听他这么说,我想起昨天从高铁站下车,乘坐的出租车,司机就是黑龙江人。他跟我一路唠嗑,说他原在国企,后来企业拍卖,他下岗后拼死拼活把儿子送进大学,然后就到鲅鱼圈了,因为这里有海,气候宜人。现在儿子在北京上班,他在这里开出租车,日子过得挺好。

来到山海广场入口,我对老叶说:"你回去吧,我们慢慢逛。"他与我握手道别,说放学时间快到了,他要去接孙子。看着他的车影,我心生感动。鲅鱼圈现在是营口市的一个区,但过去属于盖平县(后改为盖县,又改为盖州市),我从网上购得1930年出版的《盖平县志》,临来时读了一遍,上边讲:"(盖平)居民除旗族外,大抵由山左关里迁徙而来者为多,习俗每沿用故乡惯例,不失幽冀坚强邹鲁朴厚之风。"九十年过去,我来这里感受到,山东人的后代依然"朴厚"。

山海广场规模宏大,建造精良,我们边走边看,一大会儿才来到海边。近处是大片沙滩,远处是"鲅鱼公主"雕塑,路边则排列了"海上十二生肖"大型钢制雕塑。设计者把鼠、牛、虎、兔等换成了海牛、海兔、虾虎、海马等十二种海洋生物。我赞叹这个创意,因为这种新颖视角会让人意识到,无论陆上还是海里,都是生生不息;每一种生命,都应得到尊重。

踏上长长的栈桥,我们来到一个巨型贝壳模样的观景平台。在这里往海上看,60米高的"鲅鱼公主"雕像立于碧波之上,很有视觉冲击力。她两手托举一颗白色的大珍珠,下身化成美人鱼的样子在海面上弯曲,且将尾鳍高高翘起,造型十分优美。

旁边有一群游客,年轻女导游正向他们讲一个传说:东海龙王派大将鲅鱼王统辖渤海湾,鲅鱼王的小女儿有一天忽然遭到鲨鱼攻击,慌乱中进入一个年轻打鱼郎撒下的网中。她哭求打鱼郎放了她,被放走后爱上了打鱼郎,整天思念。后来,鲅鱼公主用修炼所

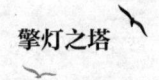

得宝珠又救过打鱼郎的命。经过各种磨难，二人终成眷属。

"鲅鱼公主，我也爱你！"一个胖小伙突然大喊，引来一片笑声。

"鲅鱼公主"，以及鲅鱼圈的美景，对天南地北的游客也成为诱惑了。

"呜——"，响亮的汽笛声从港口传来。

望着停在一个个码头上的一条条大船，我眼前恍惚一下，忽然幻化出百年之前大量鲅鱼在这里聚集喧闹的画面。

（原载于2022年第2期《中国作家》纪实版）

唐岛湾潮汐

唐岛湾像一只蓝色的风向袋，在小珠山之东、黄岛之南铺展着。它显示的风向永远是东南风，只是袋子时盈时虚。盈，是潮水涨满；虚，是潮水退去。

我们去那里时恰逢退潮，阴历八月初九的月亮将海水拽走了许多，让唐岛湾明显变小。海退滩现，水落石出。湾内的牛岛、唐岛，都比平时高了，大大咧咧地露出了绿衣下的裸脚。

长住海边的人们早就熟悉了潮汐规律，卡着点儿来了。脱鞋下去，挖蛤蜊，捡海螺，挖蛏子，工具有铁锨、铲子、抓钩、耙子等。有的还拿着毛笔。毛笔不是用来写字的，用来钓蝼蛄虾。将笔尖伸进洞内，轻动几下，往外一拽，一只蝼蛄虾就现身了。礁石边叮叮当当，有人或敲或撬，让牡蛎脱离基石。还有一些人不带任何工具，只是漫步水边，观赏浅水中的鱼虾蟹子，享受那份闲情逸致。

太阳落到了唐岛湾的西面，亲近着小珠山与楼群。这条有许多圆弧与直角的天际线，背靠晚霞，金碧辉煌，显示着天地与人类的创造之美。我知道，等到太阳隐身于天际线之后，再过几个小时，跑走的海水还会回来，这个长达2.6公里的大风向袋会再度饱满。

潮涨潮落，每日两次，亿万年来都是如此。不过，唐岛湾的潮汐曾经参与过历史，让人评说至今。

公元1161年的秋天，这里的潮汐一次次托举起六百艘战船，阵势惊人。船大多是新造的，木壳与篷帆刚涂了桐油，让海水映现大片棕黄。这是金国的舟师在此训练，将要航行两千里水路，攻打钱塘江畔的临安。而在此时，已经有三路金军从陆地杀向南方，其中的主力部队由海陵王完颜亮亲自率领。他杀气腾腾赋诗一首："万里车书尽会同，江南岂有别疆封。提兵百万西湖上，立马吴山第一峰。"他准备渡淮河，过长江，将南宋彻底歼灭。

唐岛湾里七万人的水师，是完颜亮布置的奇兵，他打算水陆并进，一举拿下临安。南宋朝廷得知消息战战兢兢，君臣慌作一团，唯有原岳飞部将、浙西马步军副总管李宝挺身而出，率战船一百二十艘、水军三千人北上阻击。行至海州北面的石臼渔村，靠岸过夜，有船从北面过来停下，竟是一些南下投诚的金国汉族水兵。李宝听他们讲，金国水军停泊于唐岛湾，觉得敌众我寡，必须智取。传说，石臼海边有一座海神庙，李宝去那里祭拜龙王爷，祈求他赐给南风，结果如愿以偿。十月二十七日清晨，风向由北转南，李宝立即率军乘风疾驰。临近中午，唐岛在望，恰巧潮水大涨。宋军顺风顺水，直冲金国舟师。鼓声杀声，惊天动地；战旗飘飘，与海浪一起飞扬。金兵急忙升帆拔碇迎战，李宝下令用火箭射击，金军船帆随即燃烧，火势蔓延至几百艘船。没烧到的敌船摆出抵抗姿态，李宝命令勇士跳过去用刀剑杀敌，血染战船与潮水，唐岛湾内一片猩红。战斗很快结束，宋军押着俘虏胜利返航，而金军战船还在燃烧，一直烧了四天四夜，映红海面。

这是三国赤壁之战的"唐岛版"：诸葛亮借得东风大破曹军，李宝借得南风大破金军。金国舟师被灭，直接动摇了陆上的军心，完颜亮命令部下强行渡长江，却被部将完颜元宜杀死，金灭南宋的战略大计，从此化为泡影。

唐岛湾的潮水，还曾冲出唐岛湾，流进胶州湾，担负着国家使命。

元朝定都大都（今北京）之后，南粮北运成为一件大事。运河边，纤夫们弓腰撅臀挥汗如雨，将一船船粮食拉往北方，却喂不饱京都地区无数人的肚子。君臣忧心似焚，经常讨论此事。有人提议从海上运输，但又顾虑路程太远，而且成山头那里有激流巨浪。有人向朝廷献计：在山东拦腰挖一条运河，从胶州湾直达莱州湾。元世祖准许，命人于至元十八年（1281）动工，第二年挖通。因胶州湾外暗礁碍路,又有人提议,在唐岛湾北面开凿马濠运河,漕运船只从这里进胶州湾,航程短,且无险。虽然马濠运河只有短短的十四里,但因为在石岗地,难以开挖,只好作罢。而胶莱运河也因冬春两季水量不足、泥沙淤塞等原因,只用了七年便放弃。

到了明代,黄河屡屡决口,南粮北运又遇困难,朝廷决定重启海漕。从1535年开始疏浚胶莱河,两年后又开挖马濠新河。新河道选在旧河道向西七丈处,虽然还有石岗阻挡,却有新技术对付:用柴草放在石头上烧,而后用冷水浇淋,让石头爆裂。历时三个月,马濠新河开通,远近百姓都来观看,沿河一片欢呼。从此,"南北商贾,舳舻络绎,往来不绝"。为求水深而通畅,那些船大多是乘潮入河,每一次涨潮都能送走长长一串。然而,成也潮汐,败也潮汐,涨潮带来的大量泥沙,让河道很快变浅。加上倭寇猖獗,海路难行,朝廷决定改海漕为河漕,马濠运河渐渐荒废。

此后,唐岛湾保持原有模样,早潮暮汐,盈虚交替。船只进进出出,渔夫张网起网;无船无网之人,则趁着退潮赶海。

唐岛湾沿岸的人,祖祖辈辈流传着关于潮汐时间的谚语,"初一十五两头平""月明晌,潮水涨",这是讲高潮时刻。"初六二十一,早晚晒海底""初八二十三,两头响崩干",这是讲低潮时刻。潮水来时,浪花翻卷,"一群蓝狗追白狗,撵上白狗咬一口",这句谚语,生动地描述了蓝色海水涌到岸边生出开花白浪的情景。"蓝狗""白狗"追着追着就到了渔船旁边,让它晃晃悠悠漂起来。渔民们早已上船等着,此刻拔锚撑篙,摇橹升帆,驶向湾外下了定置网的海域。潮水高时,他们返回唐岛湾,往往有一群雪白的海猫子(海鸥)边叫边追,不时扑到船上叼走小鱼。到岸边卸渔获的光景,潮水退去,船也就安安稳稳坐在了海滩上。

每当此时,赶海的人便涌来了。大海可怜这些衣衫褴褛的穷人,一边后退一边馈赠,让他们有所收获。但是,赶海之人很难养家糊口,他们自嘲,只是"腥腥嘴"而已。有一些懒惰之人,即使潮水退了,也不愿去滩涂上出力,所以有一句嘲讽他们的话:"待要穷,睡到日头照着腚。"还有一种情况,"人齐海不齐,海齐人不齐"，是说一些人结伴赶海，有时大伙都来了，海却没有退潮；有时潮水退了，伙伴们却凑不齐，反正是不称心，不如意。

唐岛湾的赶海人，至二十世纪八九十年代渐渐减少。因为，周边渔民建起一个个养殖大池或棚屋，养对虾、海蟹、牡蛎、海参之类。人进海退，滩涂渐少。挣钱的门路却多了起来，没人再把赶海当作营生手段。海边经常出现的情景是，浪打潮回，人迹罕见。

进入二十一世纪，唐岛湾周边景象大变。北岸，修通了滨海大道，建起了海滨公园，一座座高楼拔地而起。南岸，青岛西海岸新区决策者别具匠心，利用原来的滩涂与植被，建成了面积广阔的唐岛湾国家湿地公园。岸上，草木茂密，鸟语花香，让人赏绿意、养心肺。海里，碧波荡漾，鸥燕飞翔，牛岛、唐岛如浮在水面的两块翠玉。

最让人赞赏的是，这里还保留着好几个自然村，有些人依然当渔民，常有一些渔船停在岸边。这里的礁石与滩涂也保持了原生态，基本未动，人们能在此观看神奇的潮汐变化，体会大自然的奥秘无穷。潮水来了，有人欢呼雀跃，奔跑迎迓，甚至挽裤腿撩裙裾，下水做弄潮儿，与浪共嬉。潮水退了，则做赶海人，在滩涂与礁石上寻寻觅觅。

这些赶海人，与当年的赶海人有着本质的区别。他们是市民，是游客，衣着光鲜。赶海不是为了"腥腥嘴"甚至填饱肚子，而是为了寻求一份乐趣。有收获，当然高兴；空手而归，也无所谓。

我在唐岛湾畔漫步，欣赏这些美丽动人的画面时，看到一位年轻女子正和两个孩子蹲在塑料小桶旁边。我以为他们在看自己捕获了多少，就走过去旁观。那位气质优雅的妈妈，正指着桶里的一些活物向孩子讲，这是什么，那是什么，各有什么特性，孩子听得入迷，问这问那。原来，一堂家庭生物课正在进行。妈妈讲完说："咱们回家吧？"那个大一点的孩子说："让它们也回家！"说罢提起小桶，跑到水边，把那些小生灵全部倒掉。

此时，太阳落到小珠山后，晚霞更加灿烂，在海中映出大片的艳红。而在南天上，淡白色的上弦月悄然高挂。我知道，阴历初九的这个时刻，海水已经退到最底。我也知道，唐岛湾内外的大海，正静静地等待月亮的呼唤。一旦等到，又是波涌浪起，向着岸边步步推进。

我很想看一次唐岛湾的涨潮，心想，月光与灯光下的夜潮，一定很美。但是，领队在前面呼唤，我只好向这一湾海水告别，依依不舍地走向车子。

（原载于2023年11月10日《中国环境报》）

邂逅蟹群

1992年，我的主要经历是去日照市海边的一个地方挂职。

那个地方原是一片十分荒凉的海滩，十多年来，有一帮人在那里苦挣苦斗，建起了达五千亩之阔的对虾养殖场。我去挂职就是充当他们那儿一个可有可无的副书记。我这个在沂蒙山长大的人，乍到海边生活，许多事情都让我感到新奇，感到值得玩味。

邂逅蟹群，是在7月中旬的一天。午后开始下小雨，淅淅沥沥一直下到傍晚，我便一直躺在宿舍里看书。吃过晚饭，外边突然明亮起来。出去一看，哦，雨住了，捂了一下午的云层，终于在西天露了边儿。快要落地的太阳将光射进来，把一天云爪爪染了个醉红。那空气，也变得格外清新起来。

这个时候，最应该出去走一走。踩着湿湿的沙子路，我向南门外走去。我打算像往常那样，沿墙外的小路走一个来回，然后再到海堤上坐着，一边看海听涛，一边随便想一些事情。

不料，我一出门就被眼前的景象惊呆了。

那是一大片蟹群。

天知道是从哪里冒出的偌多无肠君子！大概有几千几万只，密挤挤的，黑压压的，把我平时散步常走的小路全盖满了。一直到那条小路在百多米外拐弯没入草丛，也还没见那路面有露白的地方！正惊异间，忽觉院墙也不是平时的颜色，偏脸一看，好家伙，那上面大约一米半以下的地方，也全都爬满了！

我从来没见过这样的场面。

但这种蟹子我是见过的。它们生活在海边有草的地方，据说是以草为食。其个头一般有幼儿拳头大小，壳与别种蟹子一样呈青黄色，唯一不同的是它们的两只钳爪特别粗壮，而且红红的，就像不小心插进了锅里让水煮了一样。这种蟹子非常能跑，一遇见人就像小老鼠似的眨眼间不见踪影。今天，它们却聚起了这么一大片，而且一动不动，无论是地上的还是墙上的。它们在干什么？在学人类开会？要学人类发动战争？

仔细看去，又都不像。学人类开会，应有一个首领指手画脚，大家都傻乎乎地瞧着它；学人类发动战争，它们似乎也没分成相互对峙的两大阵营。只见这些小生灵都做出同样的姿势：高举两只红红的大钳，像举着两个熊熊燃烧的火把；两只杆儿眼，则定定地瞅着天空，十分专注、入神。我故意向它们走去，看它们作何反应，奇怪的是，只在我走近时，我脚边的一些蟹子才慢慢地爬向一边，并不显得慌张。当我停住脚，它们又做出了与刚才一模一样的姿势。

我心里怦然一动：晚雨初霁，海天皆静，它们莫非是全体集合，在搞一种什么仪式？

想到此，便有了些敬意，继而也想加入。我就蹲下学它们的样子，将两臂上举，曲起，两手呈铁钳模样张在脑侧，眼睛也向天空瞅去。

海天仍是静极。太阳已经落下，残败雨云携最后一抹醉红，在慢蔫蔫地向东退去。西边，是一片澄蓝，一片明净。

这情景很美。但美则美，我却觉得它不是蟹们的仪式所膜拜的。因为世界上的宗教，首先都是向真向善。

不了解这仪式的主旨，便也无法全身心投入，我便收回"两钳"，站了起来。

还是不打扰它们吧。我向这蟹群再看上一眼，便回了宿舍。

让门敞着，再打开窗子，便有海风在屋里悠悠地走。在这种风里，我觉得头脑特别清爽，又摸起了下午没读完的书本。

才读过两页，却听窗台上有簌簌的声响。一看，原来是一只蟹子趴在那儿。

这是一只不很大的蟹子，体色黄黄的，正嫩。它趴在窗台上一动不动,就那么瞪着杆儿眼瞅我。我心里说,你的同类正在院子外边举行宗教仪式,你怎么跑到这里来啦?莫非你有信仰危机,是个蟹群的叛逆者?

这么想着,心里便忍不住发笑。再瞅那蟹子,它竟往前爬动几步,吧嗒一声,掉到书桌上了。到了桌上,似要证实我的猜测,便东东西西无忌地横行。我嫌它妨碍我读书,决定捉了它扔出去。谁想它竟加速一窜,去了与书桌紧挨的床上。待我跟了去捉,它却跟我玩起了流寇战术:我到南头捉,它跑向北头;我到北头捉,它又跑向了南头。恰如少年人的调皮,就只差嘻嘻的笑声了。我受了它的感染,便也不真捉,只是虚张声势与它嬉戏。

正这么玩着,忽见床上又多了一个,扭头一看,哦哟,何止这一个,桌上还有两个。看看窗上,还有三四个正向屋里窥视,再看看门外的地上,也有几个停在那儿。

我没想拒绝它们。心里说,你们进吧,愿进就进吧!

果然,窗与门两处均有进来的。屋子里到处都是它们弄出的声响。

书正在桌上打开着。有一只蟹子爬上去,久久伏着不动,似要研究人类使用的这种符号。

我想起,对于汉字,各处的人都有不同的称谓。我的家乡父老称之为"蚂蚁爪子",在这海边,人们却叫它"螃蟹爪子",谁写字写得难看,便谓之"蟹爬一般"。此刻,我便有了一股冲动,想让这蟹也来写几个字。

我铺好一张白纸,倒了半碗墨汁,猛地捉住那只蟹,把它的爪子往墨汁里一浸,放到了纸上。实指望它能认真地为我写一些,谁想一放上去它就跑开,一放上去就跑开,好像要逃避什么。纸上是留下了一些墨迹,但星星点点地不成样子。

我不再勉强它了,任它自由自在爬向了别处。

这时,屋里已有了十来只蟹子,它们或在桌上,或在床上,或在地上,爬爬停停,各得其乐。我呢,就坐在一张椅子上,瞅瞅这个,瞅瞅那个,欣赏着它们各自的模样与做派,让一些人的或非人的念头在心里如浮云般掠过，让时间像穿过这房间的海风一样悄悄遁走。

终于，自己打的一个呵欠，把自己吓了一跳。我这才发现夜已深，该睡了。

蟹子仍在。我思忖了一下，觉得实在无法与它们同眠，就开始请它们出去。一个一个地捡，一个一个地扔到窗外门外。

屋里终于干净了，便决定关门上床。没料到，就在关门的那一刻，我听见了轻轻的一声"咔嚓"。停手去看，呀，在门与门框的夹缝里，竟有一个淌了蟹黄的。我急忙道歉："对不起，我不是故意的。"

那小生灵慢慢爬下来，定定地瞅我片刻，像原谅了我似的，又慢慢爬向了门外的黑暗中。

外面，涛声隐隐，海正在打着呼噜熟睡。

（原载于2001年第2期《中华散文》）

在日照经山历海

1989年，日照升格为地级市。那时候，我正在山东大学作家班学习。后来机缘巧合，毕业后我竟然有机会到日照工作。我的工作单位先是日照市委宣传部，后是市文联。

三十年前，日照市经济规模很小，基础设施与文化设施还很落后。全城所有路口都没有红绿灯，公交车只有城区通往石臼镇的1路车。我到图书馆借书，从电影院西面走进一个小巷子才找到，看遍书库，乏善可陈。

好在这里有山有海，让我赏心悦目。一个周末，我骑自行车去城南登奎山。奎山海拔250米，山巅巨石成莲花状，莲花瓣上有大大小小的风蚀壁龛。扶石东眺，只见碧波无垠，船来船往，港口那条长达1 100多米的钢铁栈桥码头直插海中。而奎山东南被人称作"霸王鞭"的一长溜礁石，伸入海中隐于水下的部分激起雪白浪花，正展现着山海激荡的雄壮气魄。再向北看，城区只占一小块地盘，与港区所在的石臼镇之间是一个个村庄，一片片庄稼地。我想，这不是地级市的样子呀。

然而从那以后，日照与全国众多城市一样，快速发展起来。城西有座海拔600多米的河山，日照人在其崖壁上凿出"日照"两个大字，每个字宽高都在20米上下，非常壮观。2000年春天我爬上山去，站在"照"字下面最后一点的凹槽里向东看，发现城市大变了模样：老城与港口已经无缝连接，东北部还多了个新区，其中有新建的多所大学。

我来日照，不只是被这里的美景所吸引，还想在这座海滨城市感受八面来风，让创作有所突破。果然，日照成全了我。我站在海边回望莒南故乡，以海洋文明的视角审视农耕文明，有了新的感悟，写出了"农民三部曲"等作品。我一次次去浮来山，享受那棵树龄近四千年的老银杏的阴凉；一次次去五莲山、九仙山等地，解读那些文化密码，写出了两部传统文化题材的长篇小说。我去日照第一海水养殖总场挂职，到许多渔村采访，随渔民出海打鱼，听老渔民讲往事、喊号子，写海边生活的作品渐渐增多。我调动在海边生活多年的积累，完成了三十万字的长篇小说《经山海》，描绘山海相依的楷坡镇，讲述一位女镇长的成长历程。小说问世后受到好评，得过奖励，还被有关方面改编，以日照为取景地拍成电视剧《经山历海》，今年春天在央视一套播放。

日照是一个响亮的地名。1184年建县，命名者认定这里"日出初光先照"。我想，那时的日照人到了海边，看见一轮红日从万顷波涛中升起，将她的金辉洒到沙滩上和自己的身上，肯定会生出自豪与骄傲的情绪。这种自豪与骄傲一代代传递下来，成为日照居民的我也不例外。有许多次，我带着这种情绪去海边迎迓日出，包括千年之交的那个早上。每一次我都会觉得，在朝阳沾着一身海水鲜亮跃出时，第一缕光线仿佛射入我的胸中，让我的心间格外温暖。

"初光"，是多么宝贵啊。

感受"初光"的体验，不只在海边，还在这里多如繁星的文化遗址上。1960年夏天莒县陵阳河发大水，一位公社干部捡到了让水冲出来的几个大口陶尊，上面的符号令人费解。文物管理部门的人看到后继续搜集，先后发现二十多种符号，请专家鉴定。专家认为，这些陶文，与甲骨文为代表的早期汉字存在密切关系。我曾多次参观莒州博物馆，看过那些陶文原型，看过先人首领用的牛角形陶号，看过一件件做成鸟形以体现东夷部落图腾样式的陶器，再站到那一大幅展现五千年前陵阳河日出景象的油画前面，我仿佛也变成了先民中的一员，万分虔诚，感受着文明的曙光。

近两年，我为了写一部海洋题材的长篇小说，更加频繁地往海边跑，到海里去。我曾几次坐船去海洋牧场，见识渔业发展的最新举措。我登上新老两座灯塔，感受航运业的百年巨变。记得当年

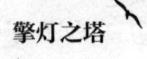

刚来日照时,我去采访当时的港务局负责人,他在栈桥上向西面指点着说:"将来,这个港湾要全部建起码头。"我当时不相信,因为那个港湾太大了。三十年后,我登上1933年建成的老灯塔的最高一层,看见日照港不只把整个港湾占满,还在西港区的南面延伸出数公里形成南港区。我的目光越过港区密密麻麻的橘红色吊车往西看,奎山依旧孤峰独立,山下却已经是美丽的城区了。

在日照生活了三十年,这里已经成了我的第二故乡。在日照经山历海,是我的快乐,更是我的福分。

(原载于2021年5月25日《人民日报》"我与一座城"栏目)

走近海洋　亲近海洋

　　海洋是地球上最阔大最深邃的自然存在物。它的存在，决定了地球的品质，导致了生命的诞生。当人类这种高级智慧动物出现后，人类与海洋的关系便成为世界上最复杂最难处理的关系之一。当人类的精神活动有了文学创作这项内容，人类也把对海洋的认知和人海关系当作了经常涉及的主题。

　　阅读中外文学名著，我们会看到，大海的粼粼波光在许多书页中闪耀，惊涛骇浪在字里行间轰响，人类的海上英姿与面对大海的心理反应，则成为许多作品最为出彩的篇章。从中国古代神话《精卫填海》，到当代作家王蒙先生的小说《海的梦》；从荷马史诗到海明威的《老人与海》，都彰扬了人类面对浩瀚大海的可贵精神：勇敢奋斗，拼死抗争，信念不泯，虽败犹荣。

　　近年来，我也向文坛前辈学习，尝试海洋文学写作。我认知海洋的心路历程以及文学创作实践，经历了复杂的转变。

　　我1955年出生在鲁东南的一个山村，离海有100多里，二十二岁之前没见过海。但我爷爷年轻时是经常去海边的，他赶着一头骡子做生意，在家乡收购花生米、花生油之类，到青口（江苏省赣榆县城）卖掉，再装一驮子私盐贩往临沂。这一趟，用三天时间，挣一块大洋。后来政府禁止这种生意，他只好随大伙一起在生产队里干农活，闲暇时向我也向别人讲"东海"见闻。他说，东海可大了，一眼望不到边儿。他说，东海里什么都有，是个宝库。讲到海里出盐，他端着烟袋啧啧赞叹：清水里捞白银，你说有多么奇怪！

　　但他也讲了海的可怕，说海里有大风大浪，淹死人是常有的事。"挖炭的是埋了没死，打鱼的是死了没埋"，这个谚语从他口中说出来，让我心惊胆战。更让我惊恐的，是爷爷讲的"海笑"。他说，海有时候会"喊"（哭，读xian），有时候会"笑"。"喊"的时候"呜呜"的，声音很大。"笑"的时候，是他打算杀人了。海水本来满满当当，突然就退回去，露出海底，像一条大宽路。那里有鱼、有虾、有珍珠、有宝石，引得人去捡。大伙正高高兴兴埋头捡着，海水又一下子合在一起，把那些人活活淹死。这时候海就"哈哈"大笑，离海很远都能听见……我听到这个故事，抖着心尖儿想：这海也太坏了，它怎能这样笑呢？它怎能笑着杀人呢？后来长大了，我才从书上得知，我爷爷讲的"海笑"，其实是海啸。但是大海狰狞大笑、吞没活人的形象，一直存留在我的心中。

　　在我家乡，像我爷爷这样有涉海经历的人极少，大多数人过着与海没有多大关系的农耕生活。他们虽然也要吃海里出产的咸盐，春天可能从鱼贩子那里买一点黄鲫鱼尝尝鲜，过年时从小卖部买一两条腌制的鲅鱼或白鳞鱼犒劳自己，然而要是做供菜上坟敬祖先，这些"细鳞鱼"是被排斥的，一定要用鳞片较大的淡水鱼。活人吃的宴席，也不看重海产品，鲤鱼、猪肉才是好的。大约四十年前，我们村一个姑娘嫁到青岛，送亲的人回去都很生气，说男方太小气，没上几盘肉，光上海鱼，上蛤蜊碴子，没多少油水。

　　我第一次看海是在1977年，正当着教师。暑假里，我去莒南县东南部的团林公社出差，听说那儿离海只有16里，便借了辆自行车兴冲冲去了。那是江苏赣榆县的柘汪，到了那儿大失所望：近处是一片烂泥滩，远处是一片黄水汤。推着自行车过去看，刚走几步，车轱辘让烂泥糊住，无法前行，只好怀着沮丧的心情原路返回。

　　1990年，我从山东大学作家班毕业后调到日照工作，算是真正走近了海洋。这里的百里海滩非常漂亮，也引起了我的审美愉悦，但作为农家子弟，我心理上对海洋还是有隔膜，有抵触。1992年春天，市委宣传部领导派我到日照市第一海水养殖总场挂职，那儿原是一片荒凉的滩涂，二十世纪八十年代建起了面积达5 000亩的对虾养殖场。奇怪的是，我在那儿的半年间，喜欢那儿的人，却不喜欢那儿的海。我到了那儿没几天，就觉得浑身酸软、骨头发疼、神思倦怠，打电话问当地朋友，他说是潮气侵袭的缘故，搞不好会得风湿病。问一问当地人，他们却没有任何感觉。我想，这是大海欺负我这农家子弟呢。我只好用电褥子对付，三伏天里也要铺，如果不铺，即使是身上出汗，骨头缝里却在发凉。而用了电褥子，骨头缝里的湿气在皮肤上汹涌而出，让我夜不成寐。我听着屋外的涛声臆想：大海正在黑夜里伏在我的身边，向我狰狞而笑。

有一天黄昏时分，场长老陈与几个副场长约我下海洗澡。我们走到养殖场东南角的海边，便脱衣下去了。我不大会游泳，只会"狗刨"，顶多游几十米远。往里游时，不知不觉就离开岸边一段距离。我觉得不能再往里面去了，便转过身往回游。不料，尽管拼命刨水，却靠不近岸边半步，只觉得那水就像大河一样，"嗖嗖"地把你往里边冲。我这时明白，是遇上退潮时的暗流了。我心里惊恐得很，幸亏那地方水不太深，我一下下沉下去猛蹬海底，靠着这种弹力才挣扎到浅水处。爬上岸后我想，这也是"海笑"之一种吧？这海，真是太阴险啦！

我还见过大海的另一种"笑"法。9月初，日照沿海遭遇了罕见的风暴潮，台风登陆加上天文大潮，滔天巨浪狂扑海岸，养殖场大堤首当其冲。我与全场干部群众一道奋起抢险，抗过白天的大潮，到了夜间则扛不过去了。漆黑的夜里，一个个海浪"轰"地撞到堤上，让你感觉到整个大地都在颤抖，紧接着，腾空十几米高的浪头裹挟着泥沙"哗"地砸到你的头上、身上……到了下半夜，大堤终于被撕开了一道口子，然后一段段塌于水中，人们辛辛苦苦喂养的对虾全部投入了大海的怀抱。这个时候，我站在被黑夜与海水包围着的残坝上，清清楚楚地听见了大海的笑声……

在挂职的那段日子里，我常在一早一晚去海边，久久地坐在那儿瞎想。我想这海是怎么形成的，这海存在了多少时间，它存在的意义是什么，它与人类到底是什么关系……我想，如果有造物主的话，他在地球上造出海洋，大概就是给人类增加麻烦，免得他们随便来往，相互沟通，不听从他的旨意。就像上帝得知人类要全力建造通天塔，就搞乱人类的语言一样。

看着渔民们一年到头随潮流而动，在大海里谋生活，我还想道：这地球上的生物是分为两类的，一类以海为生，例如渔民、鱼、虾、蟹、螺等；另一类以土为生，例如农民、牛、羊、庄稼等。这是两类本质不同的生物，很值得比较、研究。看到渔民忙忙碌碌却收获不多，听他们讲海里的鱼一年比一年少，我暗暗惊慌：等把海里的鱼打尽，渔民会不会争夺我们农民的土地？这时我又嘲笑起自己：咳，你什么时候能把农民子弟的尾巴彻底割除？

拖着一条农民子弟的尾巴，我走近了大海，却没有亲近大海。尽管我那时觉得应该写一些海洋题材的作品，证明挂职见效，但是一提笔就心虚，仿佛自己正飘摇在波涛翻卷的大海上，够不到底，摸不到边。我想，我对海了解得太少，应该通过采访进一步积累素材，于是又去渔业重镇岚山头采访了几天，还随渔民下海捕鱼。回来写了几个短篇小说发表出去，却都不理想。

这时，我站在海边回头看，家乡的山山岭岭、一草一木都让我觉得亲切。那些人物，那些故事，在我心里活灵活现。我想，还是先写土地上的故事吧，于是，我用八年时间写了系列长篇小说"农民三部曲"——《缱绻与决绝》《君子梦》《青烟或白雾》。写作时的感觉，那叫一个脚踏实地。接着，我又用八年时间写了"传统文化姊妹篇"——《双手合十》《乾道坤道》，中间还写了一些中短篇小说和散文随笔。

此后，在长达十几年的时间里，我对大海还是没有亲近起来。非但没有亲近，还因为一次海上遇险，有了恐惧心理。2003年夏天，我参加山东省作协组织的访问团到吉林访问，在吉林省作协负责人的陪同下去朝鲜参观两天，去俄罗斯参观三天。从符拉迪沃斯托克返回途中，导游为了省钱雇用的破旧游艇突然熄火，我们就在那片近乎黑色的海上漂着。幸亏那天没起风浪，不然性命堪忧。漂了40多分钟，一艘客轮过来，才把我们接上去。事后好长时间，我一看到海就心有余悸。

我对海洋由走近到亲近，发生在2008年。那年秋天，我带领日照市十来位书画家去韩国平泽市进行艺术交流，乘坐日照到平泽的班轮横渡黄海，来回都是18个小时。秋高气爽，大海碧蓝，我在甲板上长时间待着，思绪万千。我想到黄海的形成，想到古代中国人的东渡移民，想到当年从东方过来的遣唐使和留学僧、留学生，想到海上丝绸之路，想到在这片海域发生的一次次海战，想到中华民族的好多光荣、好多耻辱都写在黄海之上，不由得心潮澎湃，泪湿眼窝。我第一次感觉到，黄海与我息息相关。我决定，等我把正在写着的《乾道坤道》完成，就着手写海上的故事。

也就在那次横渡黄海，我发现了船上的"带工"群体。这些中国人、韩国人，几乎以船为家，利用乘客可以携带几十公斤行李的规定，被两国的一些商人雇用，来来回回带一些紧缺物资过海，赚取佣金。我回来查阅资料，还去日照港采访，得知带工现象曾在英法之间、日韩之间十分活跃，但随着经济大潮的改变，这种现象不复存在，中国山东半岛几个港口与韩国之间的带工，在经历一段辉煌之后，也走上穷途末路，一波一波，恰似潮水。于是，我就写了中篇小说《下一波潮水》，发表在《十月》杂志，被《小说月报》头题转载。

从那时起，我对海洋日益亲近。这种亲近，有感性的，有理性的。

感性上亲近，是觉得大海美丽怡人，可亲可爱。我家离海有3公里，从窗子就能够看到。我在书房工作一会儿，到窗前站着眺望大海，是我休养身心的最佳方式。我也经常到海边走一走，与大海做零距离的亲近。坐在那里观海听涛，无论那海是平静的还是咆哮的，都觉得美不可言，妙不可言。

理性上亲近，觉得海洋对于地球极端重要。海洋孕育了生命，让地球成为生命摇篮。有了海洋，地球才成为宜居星球。海洋连通了世界，航运业让人类的联系更加便捷。想象一下，如果地球上没有了海洋，海底世界以高山与深沟的形式裸呈，人类交通更不方便。航运业的发展，也加速了全球化的进程。人类与海洋共存以来形成的海洋文明，是人类文明的重要组成部分，尽管有海权争夺，甚至由此引发战争，但海洋文明在不断完善、不断改良，它给人类带来的福祉，要比灾祸多得多。但是，进入工业时代以来，人类的行为影响了海洋，改变了海洋，进而让全世界面临生态灾难，我们应该对此保持足够警觉。

从2012年起，我开始大规模创作海洋题材文学作品。2015年，完成了长篇小说《人类世》。我从地质历史学家提出的"人类世"新概念入手，写当今人类的种种造作对海洋的影响：海岸线改变、海平面上涨、海洋生物减少等。书中写了一个从美国留学归来的年轻房地产商，填海造楼盘，显示着资本力量的强悍。还写了一个地质大学老教授，忧思深重，却不被人理解。小说在《中国作家》2016年第1期发表，被《长篇小说选刊》第3期转载，获中国作家鄂尔多斯文学奖。

2018年，我创作了长篇小说《经山海》。书中写了一个海边小镇，主人公是一个叫吴小蒿的女镇长。作品中的海洋元素很多，有鳃岛，有传说中的鳃人和鱼骨庙，有踏着高跷推虾皮等渔家习俗，有一位迷恋风船的船老大，有海上潜水娱乐项目"鳃人之旅"，有放置在黄海中部冷水团里的大型智能养殖设备"深海一号"。最后，吴小蒿去看这个"深海一号"，回程中差点儿效仿"鲸落"现象命丧大海……我让吴小蒿以农家女儿的眼光观望海洋，以大学历史专业的思维考察海洋，在海边建起一座渔业博物馆，用来展示海洋文明和渔业文化。这部小说在《人民文学》2019年第3期发表，由安徽文艺出版社出版，获中宣部"五个一工程"奖，被改编成电视剧《经山历海》在央视一套黄金时间播出。

除了小说，我还以纪实文学来写海洋。2017年农历六月十三，我参加日照市举办的"渔文化节"。目睹渔民祭海的盛大场面，并与几位船老大交谈，我深受触动，回家后梳理传统渔业历史，记叙船老大这个角色的历史性终结，写了近两万字的《晃晃悠悠船老大》，发表在《中国作家》2018年第1期纪实版上。辽宁营口市有个鲅鱼圈，地处渤海湾北部，上百年来有许多日照渔民闯关东，到那里打鱼，有的已经繁衍了三四代。我听说后一直想去采访，2021年春天，大连海事大学让我去讲课，我借机去了鲅鱼圈，从日照老乡那里听说了好多故事，回来写了一篇一万五千余字的《鲅鱼圈的诱惑》，发在《中国作家》2022年第2期纪实版上。

我还写了一部长篇纪实文学《黄海传》。今天上午，中国海洋大学在举行了聘任王干先生和我为驻校作家的仪式之后，接着举办了《黄海传》新书发布会。山东文艺出版社总编杨智先生讲了这部书的策划与编辑过程，海大教授、青岛市文艺评论家协会主席温奉桥先生从专业角度作了精彩评说。

这部《黄海传》，是山东文艺出版社约我写的。起初我还有点犹豫，因为我当时正写着一部海洋题材的长篇小说。但我马上意识到，这是一个很好的机会，能让我把身边的黄海全面描画一番，把我三十年来关于海洋的积累与思考诉诸文字。我就答应下来，停下手头的小说创作，全力以赴开始准备。

首先是案头准备。在写这部作品之前，我就读过许多关于海洋的书籍与资料，决定写《黄海传》之后，又网购了许多书，还上网查阅相关资料。我读了一些基础性的海洋学著作，如《海洋与文明》《海洋变局5000年》《海权论》《海陆的起源》等，也读了好多专业性较强的书籍，内容涉及航运史、渔业史、盐政史、海军史、海盗史、移民史等。每写一节，都要先做案头准备，大量阅读。这是一项艰苦而细致的工作。譬如第一章《亘古沧溟》，分为四节"浩瀚大水哪里来""洪州石河可曾有""黄海之名何时得""海中生物知多少"，总共不到两万字，但内容涉及地理学、历史地质学、生物学等许多学科，将参考书读透并融会贯通，才能写出来。完成书稿，我列了一份"主要参考文献"附在后面，有七十多种。

其次是实地采访。去年夏天，我由日照文友山来东开车陪同，在沿途诸多朋友的帮助下，从黄海南端走到黄海北端。我觉得，这不只是一次为了写作《黄海传》所必需的采访，更是向黄海致敬的一个仪式。

我去的地方很多，包括重要的地理标志、沿海景点、渔村渔港、海上建筑、相关博物馆和展览馆等，还在多个地方与海洋渔业部门的人座谈，与渔民交谈。我在青口河入海口久久伫立，想象我爷爷当年赶着牲口来这里贩盐的情景；我走进盐城的中国海盐博物馆，看着丰富的展品流连忘返；我在"大江之尾海之端"界碑旁边，看长江与黄海汍汍交汇；在辽东半岛最南端的老铁山海岬，看黄海与渤海联袂扬波；在鸭绿江入海口，看夕阳落到有甲午海战沉船的海域，眼前的湿地上鸥鸟纷飞，生机勃勃。我还到国家深海基地看刚去远洋考察归来的"蛟龙"号及其母船，看青岛的水准零点景区，参观山东港口展览馆和青岛港、烟台港、大连港、连云港，以及吕四、日照、石岛等地渔港……完成这次大规模的实地采访，我有点小得意，自言自语道："老夫尚可。"

　　这次采访有好多收获，集中在三个方面：一是验证。有些事物，必须到现场亲眼看到，下笔才有底气。譬如，我在资料上看到，烟台山上有一块"燕台石"，清末浙江人林炳修于石上刻有四言诗十句："崆峒距左，之罘横前，俯临渤海，镇海齐燕。吁嗟群夷，蚕而食之，唯台岌岌，一石岿然。谁守此者，保有万年？"我到现场看了，发现这里刻的原诗与网上的略有不同，"镇海齐燕"，实际上是"镇齐接燕"；"蚕而食之"，是"蚕而食焉"；便拍了照片，回来改正。二是发现。我们沿苏北沿海行走，忽然在海边看到一处雕塑，原来是纪念小沙东海战的，我对这次有16名新四军干部、战士、家属牺牲的海战却不知道，于是肃立致敬，回来写进书中。三是触景生情。看到一些历史遗迹，身临其境，会有情感生发，引起思考。譬如，我在琅琊台上，感受秦皇汉武观沧海、求仙药的心情；在旅顺白玉山顶俯瞰军港，为当年北洋水师与俄国海军在这里的惨败感慨万千；行进在黄海西岸一座座桥梁和拦海大堤上，为天堑变通途而兴奋；到了山东半岛最东端的成山头，想到黄海亿万年历史，更是思绪奔涌，回来专写一章《望洋兴叹》，用作全书的尾声。

　　通过阅读和采访占有了大量素材，我还要对它们进行提炼、挑选、加工、升华。我把这个过程比作古人的"煮海为盐"。我让自己成为一个"老盐工"，我取来一罐罐一缸缸黄海水，满腔热情去煮，烟熏火燎，日复一日。终于，我熬出三十万个盐粒子，组合成这部《黄海传》。

全书完稿后，我到海边走了走，看着潮舌一次次舔我脚趾，突然十分感动。我想，黄海恒久，万古澎湃，而我只是一个匆匆过客。在我短短的生命中，能与黄海结缘，为黄海作传，真是欣慰之至，荣幸之至。

我对海洋的亲近，还在持续。目前我正在写着海洋题材的系列长篇小说，今年写出第一部，但愿能在三五年内，完成这个分为三部、篇幅上百万字的总体计划。我和老伴早就商量了，也嘱咐女儿了，等我俩生命结束后实行海葬，魂归大海。现在，我每当看到海，想到那是我的归宿，心中竟然是一种踏实沉稳的感觉，这算是生死相依的那种亲近了吧？

（此文系作者2023年6月11日在中国海洋大学的讲演稿，原载于2023年第8期《山东文学》）

目标塔

出小区，沿马路往东走一会儿，就进入了水上运动基地。穿过里面的网球公园，便在东南方向看见了它。

我和老伴每天都要走上一个小时，它是我们的目标之一。每次看见它，我都觉得精神一振：碧海蓝天的背景上，一面五十多米高的银色巨帆高高张开，似给航船提供动力，让其乘风破浪。

它其实是不动的，它立在那里当作别人的目标。那些赛艇、皮划艇运动员在比赛时看见它，就看见了终点所在，所以它叫"目标塔"。在海上的帆船、帆板运动员，虽然不把它当作终点目标，但远远看见它，便知道了训练基地的方位，用自己操控的白帆、彩帆与其遥相呼应。

目标塔，是十八年前出现在这里的。日照市将万平口区域的海边滩涂建成水上运动基地，让这里有了一大片蓝莹莹的水域，几座绿葱葱的湖心岛，周边还有美丽的太阳广场、目标塔、综合楼等。因为这个基地的设计与建设匠心独运，2008年荣获中国建筑工程最高奖"鲁班奖"。其中的目标塔，为点睛之作。

我在这里看过比赛。坐在水边的石阶上，享受悠悠海风，观赏百舸争流。运动员们奋力划桨，带着一串串雪白的浪花疾驰。无论男女，肤色黝黑，肌肉绷紧如铁。铁的刚与水的柔，相济亦相克。多数运动员来自外地，有省队的，有国家队的。一些人在这里结束训练，去了更高端的比赛场所。2021年东京奥运会，2024年巴黎奥运会，都有在日照集训过的运动员，有几位还斩获金牌。

我在这里参加过诗会。那年秋天的一个晚上，海上生明月，高塔接星空，日照日报社邀请几十位文朋诗友到了塔上。站在第十一层望窗外，只见月映水面，波光粼粼。目标塔的每一层都像挂在桅杆上的横杆，小厅绕着作为桅杆的粗大圆柱而建，呈半月形。如果诗人在这一头朗诵，另一头的人只闻其声，往往离座去瞅。有的诗人就改变策略，来回踱步，把激情送到每个人的面前，引发阵阵掌声。

我在这里看过卫星发射。2024年，国家为建设"天启星座"，两次在日照近海发射卫星，每次都是四颗。5月29日那次是在下午，我去灯塔景区看了。12月19日这次是在晚上，考虑到海边路远人多，我和老伴去了目标塔。走上塔腰的观景台，已有几十人站在那里，后面还有人陆续上来。向东望去，水面平静，夜空乌黑。媒体预告的时间将至，我打开了手机。等了两分多钟，东方突现大团火球，引发众人的热烈欢呼。接着，一束巨大的火焰腾空而起，"咚"的一声爆响也稍迟一步撞入我的耳廓。我用手机拍摄那火焰升高，升高，直到它变成亮点消失在苍穹深处。我看了一遍视频，在朋友圈发了出去。马上有一位报社的朋友留言，说这是他所见的最早发布，我看后十分高兴。

更多的时候，是散步来此。走到塔下，迈上台阶，再沿着褚红色的弯道步步登高。至尽头停脚，仰望一下右侧的巨帆，见它鼓鼓胀胀，我似乎听到了强劲的风声。俯瞰水中，见各式艇子像被海风驱动一样飞速行进。它们闯过终点，绕一个圈儿返回，再度冲刺。等到太阳落入西面的楼群，它们便去北边的码头停下，被人拖上去，用淡水冲洗干净，送进船库。

在观景台上极目远眺，风光满眼。向东北方向望去，东夷小镇的瓦房鳞次栉比，烟火气十足；相邻的海洋公园，外观像巨型扇贝，吞吐着游客；向东瞅，目光越过有年轻男女流连的情人岛，会瞅见海边像白帆一样的张拉膜景观；向南看，能看到为船只引航的灯塔、昭示潮位的潮汐塔、泊着许多游艇和帆船的世帆赛基地、壮美如虹的万平口大桥，以及经常举办大型活动的太阳广场。

到了晚上，这里处处上演"灯光秀"，让人眼花缭乱。目标塔通体发亮，且不停变色。基地东岸，一排激光灯亮起，光束射向深邃的夜空。潮汐塔变成红蓝两段，此长彼消，让你直观地领略月亮引力。太阳广场上的音乐喷泉，水柱随着曲子起舞，时高时低。目标塔南边200米处，则上演"海之秀"，激光、音频、影像、4D动画、喷泉、水雾、烟花等全都用上，讲述渔家少年和龙王千金邂逅相恋的故事。我在现场看过，像进入了光怪陆离的梦境。直到最后，庆祝有情人终成眷属的烟花腾空爆炸，才将我惊醒。后来，我常在目标塔这边看一会儿，作为散步中间的休憩。虽然离得远且在侧面，只看见八块船帆模样的屏幕上光影闪烁，我还是心驰神往。

眼前有诸多美景，我和老伴想与孩子们分享，经常拍照片拍视频，发到名为"赤道南北"的家庭小群里。在奥克兰的女儿和外孙，在墨尔本大学读书的外孙女看了，或点赞，或点评。

我平时忙于读书写作，多亏有这种把目标塔当作目标的散步，缓解了疲劳，愉悦了心情。我庆幸自己生活在这个海滨城市，让我在家中能从窗子看见海，出门后能走到海边，亲近大海。

但是，这种生活在龙年秋天突然改变。我被山东大学引进，入职文学院从事创意写作教学，在国庆节后的第一天去了济南。我的办公室在中心校区，宿舍在兴隆山校区专家公寓。这时我女儿已回国住了两个月，我报到后，让她和她妈过来，将房子收拾了一番。收拾完毕，女儿去青岛胶州机场坐飞机，又去了赤道之南。

这个校区建在济南之南的群山之中，有绿树红楼，宁静优美，被坊间戏称为"兴隆寺"。专家公寓旁边是操场，我们经常过去散步，看学子们锻炼，挥洒青春。还到校园一角的"天工湖"边，看静水幽深，兼葭苍苍。学校南边有一座高山，巉岩与青松并举，小路与红叶杂糅。阴雨天，云在空中行走，会被山尖挂住一些，白如棉絮，缓缓而降。快降到山坡上的楼顶了，才再度飞升离去。有一天我在宿舍南窗观赏这一景象，有朋友来信息，问我住在山里好吗，我随手录了一首古诗给他："山中何所有，岭上多白云。只可自怡悦,不堪持赠君。"

有一天，从东南方向来了大片云彩，比山顶高出许多。我立刻猜想，它是从海上来的，很可能来自日照的海，心中突然生出强烈思念，想马上回去，到海边走一走。

　　过了一段时间，济南这边没事了，我和老伴回到了日照。当天晚上，我们去了目标塔。来到巨帆之侧，我觉得胸腔也像灌满了海风，激情涌动。我拍了一段视频发到"赤道南北"小群，还附上一句："我们又来到目标塔了。"

　　女儿很快回话："你俩就是我们的目标塔。"

　　那一刻，我遥望东南方向的两万里之外，眼窝湿热。

（原载于2025年2月25日《光明日报》）

第二辑

一根地瓜秧的视角

一、殖民地の映畫的内容

莒南，高乡

山东莒南县城，过去叫十字路。我七岁那年，第一次去。爷爷要看望在县城工作的二儿子，把自己的大孙子带上了。他赶着一头驴，驮篮的一头装着我，另一头装着刚收下的地瓜和花生。40里路走完，县城到了。我这里看那里看，眼睛一亮，指着路边的建筑物大喊："楼！楼！"我早听大人讲过，屋上还有屋，那就是楼。我看到的那间大屋，屋顶上就有一间小屋。爷爷哈哈大笑："那不是楼，是伙房的透气窗户。十字路没有楼，临沂才有。"自作聪明的我，往驮篮里缩了又缩，羞窘不堪。

到二叔家住下，爷爷带我逛街。逛着逛着，他说去看看戏楼。我问爷爷："你不是说十字路没有楼吗？"他说："那是唱戏的楼，不能住人。"我随他走进一所小学，果然看见一个高台，台上只有一堵墙和几根大柱子。戏楼虽然破旧，但楼顶很好看，四个檐角垂下来又翘上去，都挂着铃铛，风一吹叮当响。爷爷说："过去到了关公老爷过生日那天，这里都要唱大戏。"我问："关公坐在下边听？"爷爷把头一摇："他能跟老百姓坐在一块儿？他在北边的大殿里，那个大殿已经拆了。"

祖孙俩站在戏楼上，居高临下看县城。爷爷指指点点，说这里叫十字路，因为城里有一横一竖两条大路，还因为从这里东去安东卫，西去临沂，南去青口，北去莒县城，都是110里。爷爷早年赶着骡子做生意，走过许多地方。我不知道110里有多远，但我想到十字路竟然是很大一块地方的中心，自豪感油然而生。

过了十年，我在老戏楼旁边的一间教室里扯开嗓子高唱。我那时已经当上民办教师，在县师范音乐班参加培训，结业前到这所小学实习。我用脚踏风琴伴奏，把刚刚流行的《我爱北京天安门》这首歌教给学生。这些小学生，多是城镇户口，高我一等，所以我上课时有自卑心理，十分紧张。上完这堂课没几天，我回到本村小学继续担任民办教师。但我一直想着十字路，忘不了在那里见识的一切。

又过了十年，我被调到县委办公室担任秘书，在十字路落下户口。这时的莒南县城已经繁华多了，有好多楼房出现。我住在县招待所的一间平房里，发现大院东南角有一座二层小楼，十分排场。听别人讲，这是1976年建的。因为莒南在二十世纪五十年代就有厉家寨、王家坊前、高家柳沟三个村被毛主席批示过，来参观的人络绎不绝，新西兰进步作家、记者路易·艾黎先生也要来考察。外宾将至，县里当然要隆重接待，于是突击建造了这座小楼。

招待所旁边是电影院、"一零"（县百货公司第一零售店）、图书馆、新华书店等，每天都是车水马龙。有一天我出门左拐，到了电影院门前小广场，突然看到一个零食摊位上打出了一条红布横幅，上写一行大字"这里虽然比不上北京王府井大街但也差不了多少"。我很吃惊，觉得这个摊主的自豪感有点过头，但我人微言轻，不好意思上前劝阻。两天后，横幅不见了，不知是谁出面，让摊主明白了县城与首都的真正差距。

我上班是在楼上，三年后宿舍也搬到了楼上。那是在县委大院东边建起的一座四层宿舍楼，我分到两室一厅，使用面积43平方米。有意思的是，负责建设宿舍楼的领导，在楼下为各家各户建起了鸡窝，大家每天凌晨听雄鸡高唱，白天有空就去喂鸡、拾鸡蛋。现在想想，1985年前后，县城干部宿舍还保留着农家生活传统，耐人寻味。

1988年春天，早已迷上文学创作的我决定转行，报考山东大学作家班。领导很支持，让我考前一个月不再上班，专心备考。那段时间，我几乎每天都骑着自行车，到县城东面的赤眉山上看书。休息时，我瞅瞅身边的春花，再望望山下的县城，既深深留恋我从小向往的十字路，又期冀我的文学梦想早日开花。终于，我在夏天等来通知，在秋天离开了这里的工作岗位。

我在山大学习两年，毕业后去了海滨小城日照，把家也搬到那里。但我每次回老家都经过十字路，而且经常到那里走亲访友，看到了县城的种种变化。三十年过去，原来繁华的地方继续繁华，而且随着县城像摊煎饼一样不断外扩，新的繁华区域陆续出现。尤其是北城新区，鸡龙河两岸风景如画，高楼林立。而过去通往四个方向各是110里的大路，早已成为高等级公路，但是车与人大多被分流到县境内的高铁与高速公路上了。

北城新区东边5公里有座娘娘山，山前建起一处田园综合体，董事长杜凤海和总经理李东邀我过去看看。我徜徉其中，只见满目葱绿，处处生机，一些文化设施初具规模。他们指点着不远处的河边平地，说那里曾经出土一尊西汉时期的青铜鼎，是县博物馆的镇馆之宝。我立即想起，西汉时，这里是高乡县治，历史悠久。他们还说，想建一座书院，请我当院长。我早想为家乡的文化建设做点事情，就答应下来，并为书院起名为"高乡书院"。随后，我请中国作协副主席张炜先生和莒南籍著名作家厉彦林先生担任名誉院长，请郭晓东、何中华等一批莒南籍文化名人担任顾问，他们都欣然应允。莒南县的领导们得知此事，也大力支持。

2023年的早春，高乡书院举行落成典礼，几百人聚集于娘娘山前，共襄盛事。在随后举办的第一届高乡论坛上，张炜先生以他创办万松浦书院的历程与经验，讲了建设现代书院的重要意义，希望高乡书院经常开展活动，努力传承中华文化，办出成果，办出特色。山东省作家协会主席黄发有先生也对办好书院提出了许多好的建议。

听着他们的殷切叮嘱，我想，家乡建起这座书院，接续高乡千年文脉，助力莒南文化事业，这是多么好的一件事情。我虽不才，亦须勉力为之。

此时，外面百草权舆，春光融融。

（原载于2023年3月30日《山东商报》。2023年3月22日在《人民日报》发表时题为《莒南的楼和路》，有删节）

故乡的老房子

日照文友乔小桥，一直想去看看我的老家，上个周六，我就与老伴、二妹妹坐他的车去了。看了我当年读书的联中，看了我工作过的学校，又去看我家老宅。侄女送来钥匙，打开院门，只见三间房子更加破败，院中春草丛生，上面浮着一层白白的荠菜花。走进堂屋，朽味儿扑面而来，发现地上、床上、家具上落满灰尘。挂在墙上的父母，依旧向我们微笑，然而二老的骨灰已经埋进东山墓地五六年了。

怀着满腹伤感，看一圈出来，四叔在街上对我说："这宅子太难看了，德发你赶紧翻盖新屋！"我说："我已经给德强了，由他处理吧。"四叔说："给他了，你也盖起来！看看四邻，就这宅子难看，你就不怕人家笑话！"

前后左右瞅瞅，我家老宅真是最破的了。水泥瓦覆盖的屋顶已经高低不平，乱石垒起的房墙有了裂缝，门窗掉光油漆露出了朽木的灰黑。而在屋后，姑家表弟刚落成的三层楼高高耸立，十分壮观。东面的平房也宽敞漂亮，那是二叔家堂弟的。16年前，在县城工作的二叔病危，他想在老家拥有房子作为去往冥界的出发地，我父亲就将自己的这块宅基地送给他，堂弟找人帮忙突击把房子建成了。近两年，我的几位堂叔分别住在日照、临沂、济宁，也都回村翻盖了房子。对比他们，我很有压力，因为四叔这话说过不止一次，别人也多次这样劝我。

建不建新屋？我曾多次追问自己。建设费用，我不是没有，然而思来想去，还是决定不建。

为什么？为了留住一份记忆。

故乡的老房子

有这座老宅，我能更加清楚地记得，当年父母建这房子，吃了多少苦，受了多少累。他们从牙缝里省钱，筹备了好几年，终于在1975年的春天建成，为我准备好了婚房。那时我在外村教学，没空回家，家里人和我的众多亲友都为建这房子出力流汗。从没上过学的大妹妹那年十六岁，一直在建房时打下手，脸晒得乌黑。

有这座老宅，我能更加清楚地记得，我1979年在这里结婚，1984年搬家到县城，五年间我这个小家庭的酸甜苦辣。妻子在油灯下给人熬夜做衣服，为了挣钱贴补家用；女儿在我回城时扑在自行车前轮上大哭，为了让我留在家里陪她；院里还留有老辈人的足迹：我爷爷蹒蹒跚跚走进院子，从怀里掏出几个鸡蛋，让我煮给他的重孙女吃；我姥娘拄着拐棍，送来她做的一双小鞋，说她要是哪天不在了，这鞋能给重外甥女留下一点"影像"……

有这座老宅，我能更加清楚地记得，父母在我三弟结婚后住到了这里，三十多年来为耕种承包地忙活，为儿女的事情操劳，也让自己一点点变老。堂屋内墙，颜色焦黄，那是父亲抽烟、冬天烧煤球取暖熏出来的。院子里，山楂、木瓜、香椿、月季等列队于墙边，还在年复一年地以新叶、以花果纪念我的母亲——她活着时，为打理这个小院打理这个家，付出了多少心血。前几年父母病重，我与弟弟妹妹轮流回来伺候，两年间先后送走二老，病床、灵棚，夏夜晚上萤火虫的光亮，冬夜子时猫头鹰的叫声，等等，都让我终生难忘。

这都是我姥娘说的"影像"，是我的独特个人经验。我偶尔回来看看老宅，这些影像会从记忆深处联翩而出，让我与故乡的感情联系更加牢固，让我书写故乡与亲情时有实实在在的凭据。我回来时每每有灵感迸发于脑际，催生出我的一件件新作。

朋友小桥在我老宅里里外外拍照，边拍边说："你这房子，就该保持原样。"我说："决定权在我三弟手里，他让这房子存在多久就存在多久。"

这个决定权，曾经在我手里，因为房子的所有权前些年属于我。父母去世后，日照一位朋友找到我，想把这宅院买下来，意思是留着做我"故居"。我说，别开玩笑了，我这个等级的作家，那样搞让人嗤之以鼻。我考虑到，父亲把宅基地给了我二叔，我三弟的孙子长大后没地方建新房，我就与妻子商量，将这座老宅给了三弟。事后我向女儿说了这事，她也完全同意。因为三弟的孙子还小，目前用不着新房，所以老宅就继续保持着原貌。

这样挺好。要是将这房子翻新，老宅将灰飞烟灭。我即使回去住几天，感觉也完全变了，那样我会更加伤感。

留着吧，让它与我一同朽老，直到三弟将它翻新的那一天。

（原载于2020年6月18日《人民日报》海外版，题为《故乡日照老房子》，有删节）

"拐棍"

过去在乡间，检验一个人有无学问，主要看他识字多少。不识字，他就是"睁眼瞎"；能识字，就是有学问。夸奖某人学问特别大，一般这样说："人家没有不认得的字！"这话给我留下深刻印象，所以上学之后，我就把认识所有的字当成了自己的目标。然而在学校学了一年，读课外书时还有好多"拦路虎"，让我无法沿着字行前行，只好拿着书去请教老师。老师看看那些字，有的认识，有的不认识，说："我给你查字典。"他从办公桌抽屉里摸出半块砖头一样的厚书本，封面上有我认识的四个大字《新华字典》。他翻一翻，告诉我此字读啥，然后拉着长腔道："字典，是读书人的拐棍哟！"

这个"拐棍"，在我眼里成了神奇的魔杖，心想，我要是有一本字典就好了，放学回家就向父亲提出这一要求。但父亲不同意，说："哪有闲钱买字典，你只管跟着老师学就是了，老师教多少你识多少。"我不甘心，因为老师教的生字太少，一篇课文只有那么几个。我想起，姥姥家有姥爷和三姨当年读过的书，就去翻捡。翻遍两个破篓，果然找到了两本，线装的，黄旧颜色，被书虫咬得残缺不全。它没有封面，书页上有密密麻麻的大字和小字，边沿上有"康熙字典"四字。那个"熙"字，当时我并不认识，便将字典拿给老师看。老师说了它的读音，又告诉我："这字典是几百年前康熙皇帝编的，你用不了，因为它不用拼音标注，用反切法。"我问什么是反切法，他翻开一页教我。我虽然会"切"了，但有些用于"切"的繁体字我不认识，只能干瞪眼。老师又说："这种线装本的《康熙字典》大概是四本，你只有两本，而且缺了有总目的第一本，没法查。"我听了很沮丧，把它送回姥姥家，再没看过。

对字典的渴求依然存在，我做梦都想拥有一本，然而直到十四岁时辍学，始终没有。十五岁那年，我当了本村小学的民办教师，心想这一回肯定能用上字典了，到那里看看，几个老师都没有。一位老教师有一本，却因为是旧版的，上面有"封资修"内容，不敢拿到学校用。直到第二年也就是1971年，看到报纸上发布消息，《新华字典》出了修订版，我急忙跑到县城书店买了一本，花了七毛三分钱。这个版本，有好多在今天看来很可笑的内容，但我当时对它爱不释手，经常翻看。我不是遇到"拦路虎"时才用，而是想借助它认识更多更多的字。

一年后，《汉语成语小词典》修订本出版，我也立即买来，花了七毛钱。这本小词典又小又薄，带着深蓝色塑料封皮，从此成为我的"口袋书"。因为成语词典里有故事，比字典好看，我翻来覆去看得入迷。有的同事拿它考我，选一个成语让我解释，或说出词义问我是什么成语，很少有难住我的时候。此后，在我们公社的教师同行中就有了一个传说：赵德发能把词典背下来。我听了之后羞愧不安，因为这个说法过于夸张。

1978年春天，我被公社党委临时抽调，去通讯组帮忙，与另一位专职通讯员一道，采写新闻报道向县广播站投稿。后来有了野心，想让稿子变成铅字，就将一篇两千来字的人物通讯寄给了《农村大众》。时间不长，稿子见报，我收到四块钱稿费，到书店花两块二毛钱买了一本刚刚出版的《四角号码词典》。因为它检索容易，我用一张厚厚的塑料纸做封皮，用了多年，至今还在。

这年秋天，山东省招考公办教师，我报考中学语文教师。当时我在一所联办初中教历史、地理、音乐等几门辅课，从没教过中学语文。在备考的那几天里，我不知道从何下手，恰巧学校用公款买了一本刚出版的《现代汉语词典》，内容丰富，又厚又重，我想，就读它吧。我一字一词地读，一页一页地读，读到考试前夕只完成三分之一。好在我平时看书多，竟然考上了，从此成为有国家干部身份的公办教师。

1980年秋天，我被调到公社党委工作，有一天去县城开会，逛书店时发现了一套新出版的三卷本《辞海》。我让那个"海"字深深震撼,遂让售货员拿过来看。读罢前言,得知毛泽东主席、周恩来总理都对此书修订有过指示,费了好多周折,才在1979年9月出版,向新中国成立三十周年献礼。再看看正文,收录的词条多之又多,真是海量。我突然明白,以前我用过的词典,多是收录语文词汇,而这套《辞海》,百科内容居多。我在那一刻认为,全世界的知识,都在这《辞海》里了。我非常想买,但看看定价,是我月工资的两倍,而且我身上没带多少钱,只好恋恋不舍地离开书店。

回去还念念不忘,想攒钱去买。这天在报上突然看到消息:《辞海》缩印本出版,定价22.20元,可以向出版社邮购。我欣喜不已,立即跑到邮局汇走书款。半月后收到一个包裹,里面是又厚又重的一部《辞海》。1 342万字印成一本书,字号很小,但我能看得清。我想起,庄户人家置办了重要的农具,能代代传承下去,会称之为"祖业家什",我觉得这部《辞海》就是我的"祖业家什",用上一辈子,后代还可以继续用。想到这里我再看它,神情与目光都带着庄严。我从文件橱里翻捡,找到一面废弃的红绸子旗,将《辞海》小心翼翼地包起,放进抽屉,每次用它都要先把手洗净。我用它查资料的时候不多,更多的是当书来读。一个个词条读下来,会增长许多见识。我曾打算,将这部《辞海》从头读到尾,但因为忙,业余时间有限,终于没能完成。

《辞海》问世后三年,又出版了增补本,收录了1979版上没有的词条,我也买了。《辞海》还有分册问世,将一个学科的词条汇编成书。我因为爱上了文学创作,特意买了一本文学分册,将全书读了一遍。我本来想把20本分册全买来的,但发现有一本《〈辞海〉百科目录分类索引》,正好满足我分科阅读的需求,就买来当作了"工具书的工具书"。

1982年,我报考了电大中文专业,用三年业余时间完成学业。第一学年结束,我被评为"三好学生",山东广播电视大学莒南县工作站奖给我一本《康熙字典》,精装,定价7.40元。这本字典,我童年时在姥娘家见过残本,现在终于拥有了全书。但它用反切法注音,用文言释义,让我觉得很费脑筋。我虽然知道,这本字典收录四万七千多个汉字,在字典中收字数量最多,但此时已经明白,学问大小,不在于识字多少,而且我已经有志于文学创作,对古文字没有多少兴趣。所以我很少阅读、使用《康熙字典》,辜负了电大老师的一片苦心。

1986年夏天,我又从报纸上看到消息,《简明不列颠百科全书》中文版由中国大百科全书出版社出版,共11本。我早就知道,这套百科全书享誉全球,遂决定购买。这书不是一次性出齐,而是出一本发行一本,每本价格15.60元。我向出版社邮购部汇一次钱,就收到一本,前后半年时间,才把11本买齐。我把它们摆上书架,看到那些书脊的深棕底色、烫金书名,我十分敬畏,心想,这才是知识的海洋呢。我经常查阅、翻看,让自己的视野不断拓宽,看待人间万物的视角也在改变。

过了几年,《中国大百科全书》出版。这套书从1978年就开始编纂,有关方面先后组织两万多名专家学者,历时十五载才完成,是我国"八五"期间重点出版工程。我曾去县城书店瞻仰过,共74卷,汇成一大片紫红,让我目迷神醉。我买不起,只买了一本"宗教卷",一本"戏曲、曲艺卷"。好在又过了两年,《中国大百科全书》简明版问世,共12卷,定价1 380元,我马上买来一套。这套书与《简明不列颠百科全书》相比,最显眼的一个区别就是插图全用彩照,印刷精美。后来,74卷本《中国大百科全书》出了光盘,一盒四碟,总容量13 866兆,定价50元,我也买了。

这时,我已经从山东大学作家班毕业,到日照从事文学创作。因为安居乐业,藏书与日俱增,其中有一些是辞书。除了上述两套大型百科全书,我还买了各类辞书,如《辞源》《说文解字》《唐诗鉴赏辞典》《古代散文鉴赏辞典》《古书典故辞典》《文心雕龙辞典》《外国文学名著赏析词典》《文学艺术新术语词典》《简明哲学辞典》《伦理学辞典》《简明美学辞典》《中国近代官制词典》《中国民俗辞典》《切口大词典》《宗教词典》《中国神话传说词典》《简明美术辞典》《简明生物学词典》《海洋开发技术辞典》等，共几十种。这些辞书，都是我在文学道路上行走时的"拐棍"，从不同方面给了我加持之力。

我还有过一套三卷本的《英汉词典》，一本袖珍版的《英汉汉英双用辞典》。我女儿1999年出国念书，她刚走，我就心血来潮，决定和妻子一起学习英语，以便出国时与外国人交流。我买了英语教材，买了相关的光碟，煞有介事学了起来。一天学上一会儿，好不容易学了几个单词，第二天醒来后大多忘掉。有一回在外地开会，与烟台作家陈占敏兄说起这事，他说："德发你不要学了，我学了二十年，现在还是'哑巴英语'，口语交流不大行。"我听他这样说，便打消了念头，将那套《英汉词典》送人，再也不学。后来，只会"哑巴英语"的占敏兄都出版了多部英译汉小说了，我却偶尔看着书架上那本《英汉汉英双用辞典》哑然失笑。

女儿出国后的第三年，我和妻子去新西兰看望她，在那里住了一个月。因为学习英语失败，看不懂外文出版物，闲暇时百无聊赖，忽然想起女儿出国那会儿带了《现代汉语词典》，就让她找了出来。这是我在1978年考公办教师之后，时隔二十三年又把它当书读。我一字一词地读，一页一页地读，那种对母语的亲切感，入骨彻髓。

不知不觉间，我年近古稀，虽说拥有的辞书不少，却很少再用。为何？第一，我改用"某度"。虽然"度娘"不那么可靠，但她在电脑上、手机上随叫随到，非常方便。第二，淡漠了对辞书的崇拜。我此时明白，光靠掌握概念与知识，并不能培养出强大的创新力与创造力。第三，我自惭愚钝。看看文化界的一些同龄人能够一言九鼎，给世界的万事万物下定义；"后浪"们经常创造出网络新词，成为大众流行语，我觉得要是还对辞书过分依赖，大概是"巨婴症"的一种表现了。

无论如何，我还是要感谢那些辞书的编写者与出版者，是他们给了我那么多"拐棍"，让我几十年来在求知的道路上不懈前行，一步步接近了梦想之境。

（原载于2024年5月22日《齐鲁晚报》）

粉坊里的少年时光

在我关于故乡的记忆中，1970年的早春空气，因为几位外村人的来临变得格外新鲜。外村人来自东南乡，到宋家沟二村第二生产队传授开粉坊的技术。我们的队长头脑灵活，觉得要增加社员收入，光靠种地不行，得搞点儿副业。听说做粉皮、粉条能赚钱，就从十几里外的玉山村请来师傅。师傅是两男两女，男的年纪都大，三四十岁的样子；女的都是姑娘，二十来岁。他们按性别分别住进两户人家，每天在二队大院干活、吃饭。饭是会计做的，经常用猪肉炒菜，在墙外就能闻到那种奇香。

粉坊也安在这个院子里，东北角的屋里支了一盘大磨，放了几口大缸。两个男劳力宋世平、赵洪美在里面向人家学技术，神神秘秘，把门关着不让人看。做粉皮、粉条时就不怕人看了，把大锅安在了院子里。人们都吃过粉皮、粉条，却不知道是怎么做出来的，成群结伙前去围观，我也在内。给我留下深刻印象的是"揣粉"，一个黑色的大瓷盆装了加水和好的淀粉，放在一个用砖垒起的方台上，周围站了五六个男女，有请来的师傅，有本队的徒弟。他们挽袖侧身，用一只拳头往盆里揣，揣一下走一步，身体一歪一歪，节奏整齐。那些拳头有大有小，揣下去时"卟卟"有声。粉团在瓷盆周边陷下去，在中间又冒出来。我听见有人小声评论："几个'识字班'的'小皮槌'真好看！"在我们那里，把姑娘叫"识字班"，把拳头叫"皮槌"。我听了这话也注意观察几个"识字班"的"皮槌"，又白又嫩，果然好看。

把粉揣好，旁边大锅里的水也浇开了。一位男师傅取过漏瓢，装满粉团，左手端着悬在锅上，右手攥成皮槌，在左手腕上轻轻敲打，瓢底便漏出九根雪白的粉溜子。是九根，因为我研究过那个漏瓢，底下有九个铜钱大的圆洞，每行三个，呈正方形排列。粉溜子漏出后由粗变细，到达热气蒸腾的水面时细如铁丝。入水后被两个外村姑娘用长长的竹筷引导，从锅边出来，滋溜滋溜，沿着水泥通道跑进一个大盆。洗个凉水澡被捞出来，缠在一根短木棍上，架在两根绳子中间晾晒。我们近前打量粉条，发现它们一根根晶莹透亮，不由得啧啧赞叹。有人从地上捡一截掉下的，撸掉泥土放进嘴里，宋世平瞥见了大声道："偷嘴骡子不值钱！"大伙就冲那个"偷嘴骡子"笑，但是宋世平不笑，脸上的每一个麻坑都装满严肃。

宋世平四十岁上下，按辈分我叫他老姥爷，因为我母亲姓宋。宋世平不光麻脸，还瘸腿，是年轻时得天花症落下的。他为人正直，头脑聪明，庄稼活儿样样干得漂亮，这回被队里任命为副业组组长，也就是粉坊头头。副业组还有我的族叔赵洪美，三十来岁，说话细声细气像个女人。还有宋月明，是个二十多岁的识字班，按辈分我叫她姑姥娘。师傅教了他们十来天，觉得几个徒弟可以自己做了，便背着铺盖卷儿告辞。

我那年十五岁，已经辍学一年。这天，我正跟着一群女劳力在大院里捣粪，准备捣细了运到地里。宋世平把我叫到粉坊，说你今后在这里干。俺三个人都不会记账，跟队长要人当会计，队长说，叫你过来。我十分惊喜，愉快地点点头，到粪场上跟妇女队长说了这事，妇女队长笑道："了不得，捣粪的当上大会计了！"

在粉坊干过几天才知道，我这个会计并不是专职的，因为粉坊的账目很少，基本上只有收入这一项：从生产队仓库提取了多少斤地瓜干，做出多少斤粉条、粉皮，换来多少斤地瓜干，卖了多少钱。账由我记，钱由赵洪美保管。所以，我在粉坊只是个小跟班，必须干活。每天早晨天还不明，宋世平就到我家院墙外叫着我的小名喊我，我醒后答应一声"噢"，急忙起床。到粉坊里一看，马灯在梁头上铮亮，毛驴在磨道里"咯噔、咯噔"转圈儿，石磨在"呜

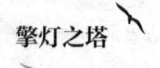

噜噜"转动。宋月明负责添磨，身边有一盆泡软并铲碎的地瓜干，石磨每转三圈就添上一勺。宋世平和赵洪美在旁边忙活着，或用大布兜装糊子漉粉，或从大缸里取出已经发酵好的淀粉，吊起来控水。这都是技术活儿，我没有资格插手。我遵照宋世平的指派，每天早晨只管挑水。

粉坊每天要用大量的水，用于泡地瓜干，磨糊子，漉粉，装缸发酵。我挑上两只大铁桶去200米外的后沟，那里有一口井。我走到井口停下，用井绳钩子钓住一只铁桶往井里放，井绳像蛇一样从我掌心蹿下去，静静的水面上映出我的身影与桶影。当桶影将我的身影覆盖时，我猛甩一下井绳，力量传导至铁桶，让它几乎倒扣。待它装满水，我蹲牢马步用力往上提，双手来回倒腾。桶梁终于到达手边，我抓住它用力一提，放到井台上。将另一只桶也打满水，我就从地上抄起钩担，将它俩挑起来。两只铁桶装满水，有七八十斤，我感觉自肩往下，骨头全部撑紧，身体也似乎矮了一截。我挑着两桶水往回走，走出沟底便是上坡，每一步都很吃力。我咬牙硬撑，一步步攀上去。进了粉坊，到大缸边一蹲，两只铁桶落地。我直腰站起，身体恢复原高。倒水入缸后，我怀揣成就感，挑着两只空桶再去后沟。路上，我常常摇晃钩担，让空桶左右摆动，桶梁便与钩担的钩子磨出声响，"吱呕、吱呕"悦耳动听。

然而，过一会儿我就不愿如此奏乐了，因为我挑了几趟觉得累，心也烦了。但我知道，粉坊的两口大缸还不满，我还没完成任务，于是来来回回，两个肩膀倒换着用，直到把缸装满。回到家，母亲发现我两肩紫红，心疼地跟我父亲说："咱儿正是长个子的时候，压得不长了怎么办？"这话让我心酸，泪水从心间往上涌。父亲却说："这么娇贵？我十五六的时候都挑百多斤！"听了这话我很惭愧，赶紧将眼泪逼回去，吃完饭再去粉坊忙活。

我在粉坊的另一项职责是烧火。每当天气晴好，就是做粉皮、粉条的时候。干这活用人多，队长就指派一些"识字班"过来帮忙。每到这时我就很狼狈，因为我胳膊尚细，端不动漏瓢，宋世平让我当"火头军"。他们围着大瓷盆转着圈儿开始揣粉，兴高采烈,有说有笑,我却独自坐在锅台前生火,左手拉风箱,右手操火铲。烧一把柴草把煤点着,拉风箱助燃,让火旺起来,给一大锅水加温。

他们把粉揣好,锅中水也沸腾翻滚了,赵洪美端起漏瓢开始下粉条,"识字班"们忙着打捞、晾晒。如果是做粉皮,下粉条的人改用镟子。镟子是铜的,圆圆的像一面小锣,放进锅里让开花浪顶得到处跑。赵洪美舀一勺淀粉汤放进去,手捏镟子两边猛地一转,淀粉汤就均匀地跑到周边。有一些被烙熟,固定在镟子底上;有一些多余的回流到中心凹处,赵洪美再转一下镟子,淀粉汤又往周边跑。但因为少,马上受热凝固,成为一朵散着瓣儿的白菊花。菊花在锅中漂上片刻,白色消失,镟子就被一个"识字班"端出来。她用拇指指甲在镟子边上划一圈,将熟透的粉皮揭下,铺在了旁边的荻箔上。荻箔一张张靠墙斜立,一张张圆圆的粉皮迎向太阳。

不管做粉条还是做粉皮,都由我烧火。我这个少年"火头军",开始时精神抖擞,将风箱拉得"呼嗒、呼嗒"响,搞得灶火熊熊,沸水滚滚。但这活儿太单调,加上烟熏火燎,过一会儿我就昏昏欲睡,操作也有些迟缓。在锅台上忙活的人就说:"火小了!火小了!"我就急忙添煤,猛拉风箱,让水再度开花。但我还是无法长时间保持亢奋状态,灶火不够旺,我又被提醒。在一个上午或一个下午的劳作中,瞌睡一次次发生。我攥着风箱把手一推一拉,脑袋一仰一伏,眼睛半睁半合。脸上有汗,也有煤灰,我用袖子一次次乱擦。那些"识字班"一瞅我就笑,说我成了个"花脸狼",让我羞窘不堪。

我在粉坊那段时间,还经常外出卖货。宋家沟虽然是两千口人的大村庄,但那时消费能力有限,我们要经常推着车子去外村叫卖。头一回外出,我是跟着宋世平去的。他两腿不一般齐,走路歪歪扭扭,却照顾我尚未成年,亲自推车,让我在前面背着一根绳子助力。我们走进一个村庄,他将好腿站直,将坏腿虚挂着,鼓腹大喊:"换粉条啦!"喊上几声,让我也喊,但我喊不出口。他指着我说:"你这个熊样,吃屎也撑不上热的!"我面红耳赤,憋了半

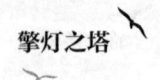

天，终于喊出声来。

听到喊声，有人聚集到车子边观看，有人端着地瓜干来换。当时的行情是三斤换一斤，我们用秤称出顾客的地瓜干斤两，倒进车筐，再按三比一的比例折算，给他粉皮或粉条。那个年代家家都穷，地瓜干是主食，不够吃的，很少有人舍得拿来换我们的产品。我们从早到晚要跑好多村庄，喊得嗓子冒烟，才把买卖做完。而后，推着两大筐地瓜干踏上归程。

我们还卖黄粉。地瓜干磨成糊子，漉出粉渣，要在缸中沉淀一段时间。舀出上面的浆水，会出现一层淡黄色的沉淀物，这就是黄粉。用铲刀撇出来，下面才是白色的淀粉。黄粉虽然不能用来做粉皮、粉条，但是煮熟装盆，冷却后跟凉粉差不多，无论是凉拌还是热炒，都很好吃。卖黄粉都在本村，两个人抬着大盆，走街串巷。黄粉不用地瓜干换，拿钱买，一斤两毛。那时候家家都缺现金，能买黄粉的人不多。但是我们有一个老顾客，是闯过东北又嫁到我们村的女人，说一口东北话。她每次听到我们叫卖，都要走出家门买上二斤。她买了黄粉，我们当然高兴，但她回家后，我们又议论她，鄙视她，说她不会过日子，胡乱花钱。

过了一段时间，我算算账，粉坊赚了。赚来的地瓜干，可以继续做粉皮、粉条；赚来的现金，为集体增加了收入；落下的粉渣，可以喂牲口。另外，那些零碎的粉皮、粉条没法卖，隔一段时间就按人口分给社员，家家户户的菜碗里就多了一些滑滑溜溜的好东西。

在粉坊的那段时间，我体力增长，挣工分也多了。我十四岁辍学后给队里割驴草，一天挣6分，进了粉坊挣8分，跟那些女劳力一样了。我想，等我胳膊变粗，能托住漏瓢，就能和男劳力一样挣10分了。一想到不久的将来能挣10分，我就很振奋，挑水的步伐变得轻快，烧火的时候很少打盹，出村叫卖的喊声也更加响亮。

不为人知的是，我这时还萌生了一个野心：想当上大队会计。宋家沟二村的会计叫宋家章，五十多岁，会写毛笔字，会"唱账"。"唱账"是会计们的独特艺术，就是一边打算盘一边吟唱：

"你加上，一千双零三；再加上，八百五十四……"我每次听他"唱账"，都像后来年轻人听流行歌曲一样陶醉不已。于是，我谋划好了自己的人生"三级跳"：先把粉坊会计干好，过几年当上生产队的会计，等到宋家章老了，我接他的班。三级会计，只有当上大队会计，才可以长年不下地。整天坐办公室，看报纸打算盘，肯定很恣！

想不到，那年秋后，我的这份野心被大队干部掐灭。因为宋家沟小学的老师不够，他们让我补缺。从此，我又开始了当民办教师的一段少年时光。

（原载于2025年4月9日《农村大众》）

我与《农村大众》二三事

《农村大众》1950年创刊,我1955年出生。回想一下,我与它真是有些缘分。

一、生产队里分报纸

我从记事起,就经常看《农村大众》。我父亲是大队党支部书记,有时候把报纸拿回家看,我也拿过来翻一翻。我不识字,只看上面的"花儿","花儿"就是照片、插图之类。后来识字了,就连文章一起看。大队订的报纸,有《人民日报》《大众日报》《农村大众》三种,我最常看的是《农村大众》,因为我胳膊尚短,而它是小报,正适合我在胸前展开;它的内容也比大报活泼,而且都是农村的事儿。父亲看完报纸,再拿回大队部。但后来父亲就很少拿报回家了,因为他发现报纸有时候会少,原因是我母亲用它给人家剪"鞋样子"(做鞋的图纸);还有人来要报纸贴墙,我母亲不好意思拒绝。庄户人家买不起年画,墙上光秃秃的,贴上报纸就"洋气"多了。有人看不懂上面的字,却爱看上面的"花儿"。我和二弟睡在西屋,床边就贴了几张,但时间长了看得乏味,想换新的又不敢,怕被父亲发现了挨骂。

有一年,我的床边终于换上了新的。哪里来的报纸?生产队里分的。那时每个生产队只订一份报,就是《农村大众》,收到后由会计保管。有人提意见,说报纸是集体财产,社员都有份儿,不能成了他自己的。于是,会计看完后锁进抽屉严加保管,到了年底按人口数目分下去,四舍五入,每户能分到几张。社员们欢天喜地拿回家去,让家中识字者看过之后,或者留给女人剪"鞋样子",或者贴到墙上美化家庭;或者除夕夜做"蒙饺子纸",防备包好了准备到初一早晨下锅的饺子落上灰尘。我把我家分到的几张《农村大众》贴到了床边墙上,让陋室陡然生辉。冬天的早晨醒后不愿起床,我就侧过身看报纸,看了一遍又一遍,觉得那个年过得格外有味儿。

生产队里分报纸,持续了好几年。后来搞"文革",一切都乱套,报纸就分不成了。

二、文章首次"变铅字"

1978年年初,我在一所联中当代课教师,被公社调到通讯组帮忙。那时通讯组早有一名通讯员,姓王,比我大一岁。我俩在公社党委秘书的领导下,齐心合力搞报道,听会,采访,忙得不亦乐乎。每写出一篇,就用复写纸垫在方格稿纸下面,抄出一式两份,一份留存,一份寄往县广播站。

稿子寄出,我们一边继续采访,一边等待结果,每天晚上七点钟,必听县广播站的本县新闻节目。我们知道,公社领导每天晚上都要听本县新闻,全公社大量的干部群众也会听,觉得他们都在考察我俩的工作成绩。我们眼睛盯着宿舍里的小喇叭,高竖一双耳朵,捕捉播音员吐出的每一个字节。一旦听到我们的稿子被播送,就欢欣鼓舞;如果听不到关于相沟公社的消息,就唉声叹气,羞于见到领导。记得我俩最好的成绩,是一个月之内被县广播站采用十一篇。

我们干这行,每天看报是必须的。公社订的报纸有五六份,另外还有几份刊物。我这时产生了野心,想让稿子见报。因为稿子到了广播站,播了就播了,什么也留不下,在报纸上登出来,什么时候都可以看。那时我们同行把这事叫作"变铅字",谁要有一篇稿子变了铅字,大家都很羡慕。那时县里没有报,地区没有报,省里和中央的大报让我觉得高不可攀,就把《农村大众》当作主攻目标。可是,投了一篇又一篇,都不被采用。后来,我得知一位大队书记死了老婆,家庭困难,他依然带领本村干部群众搞好春季生产，就去采写了一篇，时间不长发表了。这是我平生第一次看到自己的文章"变铅字"。两千来字的稿子，挣到四块钱稿费。我用其中的两块二毛钱，在书店买了一本《四角号码新词典》，用厚厚的塑料纸包起来，一直用到现在。

三、艰难跋涉登"沃土"

在公社通讯组半年，由于上级要求被抽调的教师"归队"，我又回到了学校，当年秋天通过考试转为公办学校教师。第二年，我突然萌发要当作家的念头，开始疯狂写稿。因为写的是"文学作品"，《农村大众》的"沃土"副刊便成为投稿目标之一。我至今保存着当年的投稿记录，发现寄往这里的有多篇小小说和诗歌。"沃土"每年春节前要发出一个版的"新春联"，我在1982年年底也自撰了几联寄去。但寄了一次又一次，多数都被退回，没退回的也没"见报"。当然，那时我寄往其他报刊的稿子，也有95%以上的失败概率。直到1987年5月5日，我的一篇小小说《牛的呼唤》才在"沃土"发表。那篇作品写了这样的故事：一个农村青年发现牛拉犁时戴着硬木料做的梭头，想改一改老祖宗的做法，为牛减轻痛苦，用布袋子做的"驴套"代替，却遭到父亲的坚决反对。

1988年我到山大作家班读书，热衷于写较长的作品，就不再与"沃土"副刊联系。想不到在30年之后，主编"沃土"的刘秀平女士突然与我联系，说为了庆祝改革开放40周年，报纸要开辟"乡村振兴原创文学故事"栏目，向一批作家约稿，让我也参与。我欣然答应，就写了一篇散文《天路》，很快见报。2019年，"沃土"又两次节选了我的长篇作品片段，一是《经山海》，一是《一九七〇年代：我的乡村教师生涯》。这些做法，都让我十分感激。

我祝贺《农村大众》创刊70周年！祝"沃土"百花盛开，更加繁荣！

(原载于2020年5月13日《农村大众》)

阅读助我圆梦

我二十四岁那年,在一个秋夜里心血来潮,想当作家。

之所以萌生这个念头,是因为看了一本刊物。我任职的学校订了多种刊物,收到后放在办公橱里供老师阅读。这天晚上我备完课,同事们也都走了,我就打开橱子,从站立成排的刊物中抽出一本。那是1978年秋天出版的一本《山东文艺》"专刊",淡绿色封面,汇集了山东省文学艺术界联合会第三届全委会第三次扩大会议的材料。会议虽然早在一年前就结束了,但我读到几位作家的发言,看他们意气风发谈创作计划,还是深受感染,蠢蠢欲动,心想,他们能当作家,我也要当。

我走到院子里,仰头看着清澈的夜空,闪亮的星星,确定了我的人生目标。秋风嗖嗖,吹落许多树叶,却不妨碍我整个身心高度发烧。回到宿舍,躺到床上,心脏还是急跳不止,直到村里传来鸡叫声才恢复正常。

现在想想,那天晚上我在橱子里成排的刊物中抽出一本,等于从"命运扑克"中抽出了关键性的一张。

这张牌,把我推向了狂妄的境地,让我不知天高地厚。那时的我连小学文凭也没有,因为读到六年级,学校因动乱而停课;十四岁去邻村读初中,却因为学校不正规,我愤而退学,干农活去了。多亏我十五岁当上民办教师,又亲近了书本,八年后考上公办教师。我本来打算当一辈子教师,在讲台上让粉笔末染成白头的,没想到那本刊物改变了我的人生方向,让我觉得今生今世必须走文学这条路。

于是就写,仓促开练。写小说,写散文,写出就投。除了第二年夏天在《大众日报》上发了一个几百字的"豆腐块",别的稿子不是"完璧归赵",就是泥牛入海。向《无名文学》投稿也没被采用,我悲愤满腔,在日记里写道:"无名尚不许,何望成名哉?"

但我依然冥顽不化,把文学看得高于一切。我这时知道了天高地厚,明白了失败的原因是读书太少。从此,我在书本的海洋里勇猛精进,终于在三十五岁时梦想成真,成为一名作家。之后,我又梦想成为一名优秀作家,写出又多又好的作品。这个梦至今还在做着,所以我一直把阅读当作生活的重要内容。

我的读书经历,大致分为三种。

一是基础性阅读。

有人听说我小时候没上过几天学,就认为不上学照样可以当作家。其实不然,我是扎扎实实学了两遍大学中文课程的。

第一遍,读电大。我二十五岁那年被调到公社党委,但每天忙完工作却偷偷写小说。第二年冬天,我辛辛苦苦写的一部10万字的大中篇又被退稿,深受打击,头发严重脱落,并且出现了几处斑秃。春节后得知,山东广播电视大学中文专业招生,可以在业余时间学习,我立即报名。找来中学课本,16天看了21本,以高分考上。这时我被调到县委工作,工作之余开始学习电大课程。我的目的是为写作打基础,恨不得把课本内容都装进脑子里,因而在三年的六次考试中,我的成绩五次是全班第一名,一次是第二名。大学中文课程,有效地弥补了我的文化差距,提高了我的创作水准,三年间发表了十几篇小说,让而立之年的我有资格加入了山东省作家协会。当然,我也拿到了平生第一张文凭——山东电大发的专科毕业证书。

第二遍,读山大。加入了省作协,创作欲望更加高涨,但我忙于工作,欲写不能。有好几次,我读到刊物上那些同龄作家发表的好作品,冷汗涔涔,心急如焚。煎熬了将近三年,突然看到上级文联的通知:山东大学招收为期两年的作家班。我获得领导批准后疯狂备考,志在必得,终于通过了成人高考,于1988年秋天踏进了山大校园。山大中文系安排最好的老师给我们上课,我在课余又读了大量书籍。我有了登高望远的感觉，回首故乡，满目珠玉。于是精选素材，精心创作，发表了以《通腿儿》为代表的一批作品，让我站上了第四届《小说月报》百花奖的领奖台。

这两次系统的文学教育，我称之为基础性阅读。但我不是说，这是作家的必由之路。有人天分奇高，经多见广，照样能写出好作品。就我而言，还是庆幸人生中有这五年读书时光。

二是专题性阅读。

要写一本书，先读许多书，这是我的一贯做法，也可以叫作"急用先学"。这不是急功近利，而是写作前必要的案头准备。准备什么？我从两个方面着手：

一是"望尽天涯路"。每写一部长篇作品，要看看前辈与同辈作家写没写过这个题材，如果写了，就找来认真拜读，看人家写了什么，是怎样写的。我写第一部长篇小说《缱绻与决绝》，因为要表现农民与土地的关系，就找中外作家的经典作品阅读，如外国的《土地》《农民》《大地》，中国的《暴风骤雨》《太阳照在桑干河上》《创业史》《古船》《白鹿原》等。从这些作品，我看到了农村小说的高度，给自己定下了标杆。当然，我最终没能写到那样的水准，但我尽力了。

二是"努力成专家"。我深知，读者都很聪明，我不能胡编乱造，以伪劣之作糊弄他们。所以每当定下一个写作项目，都要大量阅读，把许多事情弄懂弄通，尽量让自己成为这个方面的专家。尤其是超越自身经验的写作，更要恶补有关知识，对这个领域从陌生到熟悉。我曾用八年时间创作了《双手合十》《乾道坤道》这两部长篇小说，对其中涉及的传统文化，从理念到礼仪，从宏观到细节，都通过阅读和采访尽量搞清楚。这两部长篇小说问世之后，一些传统文化的修习者也觉得我写得挺地道，没有硬伤。去年秋天，我开始写长篇纪实文学《黄海传》，这是中国第一部关于海洋的传记文学，主要内容是钩沉黄海历史，讲述黄海故事。我从自己的藏书中挑取，从网上陆续购买，最后整理出参考文献目录，共70多本。这些书帮助了我，加持了我，让我得以顺利完成作品。

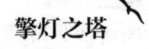

三是普泛性阅读。

基础性阅读阶段早已过去，专题性阅读视创作内容而定，我平时多是普泛性阅读。一旦有空，就广泛阅读，随心，随缘，随时，随地。我虽然年纪大了，还是要求自己"保持好奇心，追求大视野"。

有人说过，小孩都把眼睛瞪得大大的，因为他们对这世界看得太少；老人多是让眼睛眯缝着甚至闭起来，因为他们对这世界已经看得够多。我这双老眼虽然瞪不大，但还是想看到更多的东西，想知晓许多事情的真相与奥秘。于是，我读各种书籍、各种报刊，也从网络和手机上了解资讯，阅读文章。有句老话说，"世事如棋局局新"，世界每天都在变局之中，究竟有什么变化，"新"在哪里，实在值得关注、值得深究。

普泛性阅读，还可能直接催生新作品。举例说，我多年来一直订阅《参考消息》，2011年的一天突然读到一则新闻：国际地层委召开会议讨论一件事，要不要以"人类世"取代"全新世"。这是荷兰大气化学家保罗·克鲁岑在2000年提出的，他认为，自十八世纪晚期的英国工业革命开始，人与自然的相互作用加剧，人类成为影响环境演化的重要力量，地质历史已经进入了"人类世"。我的眼睛一下子亮了起来，心想，可不得了，这是地质历史的改朝换代呀！我得知，由于科学家们争论激烈，"人类世"的命名未获通过，但是国际地层委成立了一个工作组，负责调查研究这件事情。我从此关注这件事情的进展，浮想联翩，大量阅读地质历史学等方面的书籍，于2015年写出了长篇小说《人类世》。

四十多年来，我为了圆梦读书不倦。虽然当优秀作家的梦想至今还没实现，但勤于阅读成了我的习惯。但愿我能活到老读到老，读到老写到老。

（原载于2022年第3期《阅读与创作》）

与小树林一起成长
——寄语山大文学院同学

这些年，我多次到山东大学中心校区，或是参加关于我作品的研讨会，或是在文学院的安排下给同学们讲创作。来后住进学人大酒店，都要抽空在校园里走一走，到小树林坐一坐。

说起"小树林"，好多山大人都懂。那片位于图书馆西面、文史楼东面的树林子，一些山大毕业生即使身在五洲四海，即使白发满头，也都深切怀念那个地方。他们当年在那里可能读过书，可能谈过恋爱，可能与同学畅谈过理想，争辩过是非。总之，小树林承载了他们的青春记忆。好多人回母校，都要去那里看一看，这似乎成了一种仪式。

我去小树林，不是为了怀念青春，因为我在山大读书时已经是青春不再。我是去看那些树，回忆"梦想成树"的时光。

我入学时是三十三岁，在中文系作家班就读。我们是通过参加成人高考入学的，"成人"二字曾严重灼伤我的心灵。我们不是本科生，两年后只能拿到一个专科毕业证书。我感觉低人一等，在那些小我十多岁的本科生面前深感自卑。他们的言谈举止，在我看来是"趾高气扬"。这其实是我自卑心理的一个投射，人家那叫自信，叫青春焕发。

他们真是优秀。二十世纪八十年代，大学没有扩招，能考上大学尤其是山东大学这种国家重点大学的学生，必须出类拔萃。有一些本科生到作家班聊天，他们那些深刻而犀利的思想，以天下为己任的情怀，让我打心眼里佩服。还有一个男生，谈锋极健，且爱飙英语，竟然是一个精神病患者，刚回家休学一年回来。他为何得病？因为在家乡一直是学霸，一直数第一，到山大发现同学们都很优秀，这就让他极其痛苦，进而精神崩溃。这个例子，从反面证明了山大学子智商平均数之高。所以在我看来，那些同学都是"小树林"里的"钻天杨"，挺拔向上，前途无量。

我自知无法与他们相比，因为我是戴着"成人"帽子进来的，迈过的门槛比他们低。但我"非成人"时干什么去了？我十四岁便辍学，帮父亲挣工分养家去了。多亏我十五岁当了民办教师，二十三岁时考上公办教师，才改变了农民身份。我二十四岁时突生一念，要当作家，即使被调到党政部门工作，三十岁当上县委组织部副部长也不死心。三十三岁那年春天，得知山大要办作家班，我不理会众多亲友的规劝，毅然决然报考，就在那个龙年的秋天踏进了山大校门。

那时，我只是文学界的一棵小草，没多少作品，默默无闻。我有时候到图书馆借来书，到小树林里坐着，看身边那些高高的树木，一次次向自己发问："你能在文学界快快成长，长成一棵树吗？"答案是一个字："难。"我甚至觉得这个梦想永远不能实现。因为我小时候没上几天学，虽然从二十七岁起读了三年电大，但那是业余的，学到的东西不足以提供一个作家所必需的营养。

好在，山大给了我和我的同学以充足的雨露。中文系副主任孔范今先生为办好作家班费尽心血，并亲自讲授中国现代文学。他还安排袁世硕、狄其骢、吴开晋、牛运清、马瑞芳、张可礼、解洪祥等著名教授给我们上课，连同好多才华横溢的中青年教师，一个个登上作家班的讲台，向我们传授真经，对我们悉心栽培。

除了认真听课，我们还大量读书。那时思想解放的洪流汹涌澎湃，八面来风在校园里冲撞激荡，我读的书既多且杂。我有时候坐在小树林里，头顶的树叶在响，手中的书页在响，心灵深处也有了对于天籁对于真知的微妙回应。那感觉，真叫一个幸福！

在山大的第二个学年，我的创作终于有了突破。短篇小说《通腿儿》发表后得到读者好评，获《小说月报》第四届百花奖，让我找到了自信，找到了由草变树的感觉——尽管我这棵树在文学森林里并不起眼，但毕竟身处其中了。

三十年过去，2019年8月底，山东大学在威海举办中国小说论坛国际研讨会，文学院院长杜泽逊先生让我在论坛开幕式上致辞。我讲了在山大求学的经历，满怀感恩之情说道："不才如我，倘若没有在山大读书的经历，是难圆'作家梦'的。"

我们那届作家班毕业后搞过几次聚会，都是纪念入学多少年，而不是毕业多少年。为什么？是我们觉得自己还是山大学生，一直在享受山大的恩泽。2018年秋天我们举办入学三十年聚会活动，我写了一首七律，其中有这么两句："常闻夏雨催新果，莫怨秋风撼老枝。"

叫作"赵德发"的这棵树，现在已经老了。虽然人生到了后半场，秋风强劲，我感觉到了它那摧枯拉朽的威力，但我依然怀念在山大享受春风雨露的时候，每次忆起都是感奋不已。我想，世事真是奇妙，像我这样一个三十岁之前没有任何文凭的农家子弟，也竟然有了在山大读书的经历，在山大成长的幸运。

年过花甲，我也看惯了世事无常。就像这个鼠年的春天，疫情嚣张，山大师生谁也想不到竟然无法开学，小树林里会空空荡荡。

然而，世事无常，人心不能无常。向真、向善、向美，是人类永恒的天性。天行健，地势坤，人类社会也会继续向前、向好、向强。就像山大中心校区的树林，山大各个校区的树林，遍布地球的树林，在经历寒冬或各种摧残之后，依然会发新叶长新枝，热爱着浩瀚天空与日月星辰。

十年树木，百年树人。山大建校近一百二十年来，培养了多少人才呀。"一树十获者，木也；一树百获者，人也。"那些从山大走出来的无数成功者，即使在百年之后，也可能会以另一种方式活着：凭其一生的业绩、著作、思想、德行，成为文明森林中长久存在的一棵。

这样的活法，我做不到。因为我的思想没多少价值，我的作品可能速朽。然而，虽不能至，心向往之。

与山大一起进入二十一世纪二十年代的同学，大概是"90后"

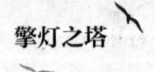

和"00后"了。我当年读书时认识的本科生，应该是你们的父母辈。等到疫情结束，你们重聚山大，小树林里肯定又是生机勃勃。我想对你们说："走进山大，是我们的殊胜之缘；与那些树木一起成长，是我们的珍贵经历。拍拍树干，寄存愿想，十年后、二十年后、三十年后，再来回望一番，不知意下如何？"

（原载于《文学天地》第一辑，山东大学文学院编，山东大学出版社2020年8月出版）

山大作家班学习生活琐忆

1988年的济南秋景，让我的生命染上了别样色彩。9月16日这天早上，我从莒南火车站上车，到达济南站时已是下午。提箱子背包走了一段，在经二路坐上1路公交车往东去时，路边满是凋零的法国梧桐叶子。看着不断延展的落叶黄，我心情激动，也忐忑不安。我知道，在我老家，父亲还在生气。他认为我在县委组织部干得好好的，突然转行去学写作，一定是"神鬼拨乱"。我认可他说的"神鬼拨乱"，因为我从二十四岁那年秋天莫名其妙地萌生了当作家的念头，在公社、县委工作了八年还是贼心不死，三十三岁这年春天得知山东大学招收作家班，不假思索决定报考。那时，我仅在报刊上发表了十来篇小说，到底能不能吃写作这碗饭，没有一点点把握。但我去山大学习的决心比钢铁还要坚硬，就找县委领导表明志向，开明的领导竟然点头放行了。我近乎疯狂地看书，参加了成人高考，于9月初接到入学通知书。后来才知道，我的考试成绩在全班排第三。

入学前我已得知，山大作家班的举办一波三折。招生是山东省文学讲习所组织的，他们打算与山东大学中文系合办作家班，但因为考试成绩过线的人数太少，未获省成人招生办公室批准。文讲所所长卢兰琪女士初心不改，坚持要办作家班，在文讲所全体人员的艰苦努力下，眼看开学在即，又因为其他情况，这个班不再联办，由山大中文系接手。当时在文讲所供职的刘强先生曾在2019年第1期《时代文学》发表题为《作协文讲所与山大作家班》的文章，把这件事讲得比较详细。

那时山东大学有老校、新校两个校区。但我们报到的地点不在老校，也不在新校，而是在二者之间的历城区政府招待所。我下了公交车走进去，迎面是一座五层旧楼，院里有花坛，有竹林，还有几棵大柳树。楼门口有指示牌，让山大作家班学员到四楼报到。上去一看，走廊里人来人往，同学们大多到了。班主任王培元老师在迎接我们，把我送到朝阳的一个房间。那个房间很大，竟然安了四张双层架子床和两张普通木床。我来晚了，下铺已经没有，只好爬到了一个上铺。一屋住十人，这让我感到意外，想一想两年前参加省委组织部一个培训班时的待遇，有点儿失落感，心情像秋日落叶一样狼藉。但转念一想，又对自己说，你是来求学的，不是来享福的，于是平静了心情整理床铺。过了几天，王老师与招待所协商，调整各房间住宿人数，我们屋只住六人，让我从上铺下来，去了靠窗的普通木床上。

入学当天傍晚，王培元老师把我叫出去谈话，让我担任作家班班长兼党支部书记，我听了直摇头，心想我要是当官的话，还不如不来呢。我说："我来山大，是想全心全意读书，提高创作水平，您还是让别的同学干吧。"王老师说："这是系里的意见，觉得你最合适，你还是把这担子接下来吧。"听他这样说，我只好点头。他还说，让孙晋强、张丽娜担任党支部委员，郝永勃担任副班长兼团支部书记。他给了我一份学员花名册，上面有四十多位，其中有一些名字我在报刊上多次见到，他们都发表了许多作品。几天后我统计了一下，班里有22位省作协会员，还有两位编剧，分别是省戏剧家协会和省电影家协会的会员。我发现，我的创作成绩在他们中间属于中等水平。

入学第二天，开学典礼在山大新校"春风园"——山东大学留学生楼内举行，那天也是第二十四届夏季奥运会在韩国首都汉城（今首尔）开幕的日子。我们步行十来分钟，从北门进入山大校园，里面的美丽景色让我心旷神怡，山东最高学府的读书氛围也让我十分羡慕。走过图书馆与文史楼之间的小树林，见里面落叶铺金，有好多学生在读书、聊天，心里便蹦出了"天之骄子"这个词儿。但我知道，人家是国家重点大学的本科生，我们是"干部专修班"性质的专科生，比他们矮半截，不可同日而语。

　　山大作家班开学典礼十分隆重，出席者有省作协副主席、评论家陈宝云和任孚先，《作家报》总编辑、诗人马恒祥，《黄河诗报》主编、诗人桑恒昌，《山东文学》副主编、作家高梦龄，山东省文学讲习所副所长、评论家宋曰家，山东大学副校长乔幼梅，省作协副主席、山大著名教授袁世硕，山东大学中文系主任、著名教授牟世金，山东大学中文系副主任、著名学者孔范今等。乔幼梅副校长、陈宝云副主席、袁世硕教授、孔范今副主任先后讲话。孔主任在讲话时，宣布了中文系对班干部的任命。最后，郝永勃代表同学们发言。他是来自淄博市青少年宫的青年诗人，考试成绩在班里是第四名。他虽然说话有点腼腆，但道出了我们的心声。

　　过了两天，孔范今先生又骑着自行车到历城区政府招待所，在作家班教室（原是四楼的一间会议室）给我们讲了一场。他讲山大中文系的光辉历史，讲创办这个班的艰难过程，希望我们不负众望，经过两年时间的学习，圆满完成学业，争取创作丰收，让作家班名副其实。他讲话时用济宁方言，而且不停地抽烟。我至今记得他吐出一口烟，说了这么一句话："我们山大有八千子弟，现在又增添了你们这几十位……"

　　孔先生为办这个作家班，真可谓呕心沥血。他是孔子后裔，身上既有迷人的儒雅气质，又有令人敬畏的名师风范。他是我们这个班的缔造者、组织者，对办班的每一个环节、细节都考虑得十分周到，并亲自安排课程，率领一大批老师前来讲课。他是山东省现代文学研究领域的领军者，有许多著作与论文面世，他一次次给我们讲课，将他的学术成果与我们分享，带领我们回到五四新文化运动现场，领略那时的风云际会、名家风采。他对学生一方面严格要求，一方面关怀备至，对我的关心让我感念至今，我视先生为恩师。

　　教授古典文学、担任作家班班主任的王培元老师，性格沉稳，宅心仁厚，为我们操心出力，任劳任怨。他经常提着一个布包，步行到作家班住处，与同学们谈心，为我们排忧解难。有一次，他邀请几位同学到他家做客，我惊讶地发现，他家与邻居共用一个厕所，谁进去谁就把门插上。此后，我再也没见过哪里的住宅是这样的结构，也由此知道了山大老师当时的居住条件之差。一年后，王老师被派到山大威海分校任教一年，接替他的摄影课李亚田老师也为班级做了大量工作。

现在回忆作家班学习生活，我还能清清楚楚地记得历城区政府招待所四楼的长长走廊，排列两边的一间间学员宿舍，以及位于走廊西头的那一间朝阳的教室。我还记得一位位老师在讲台上的音容笑貌，一个个同学端坐倾听的样子，以及从楼外飘进来的桂花香味和竹林清气。下课休息时，有的同学回宿舍短暂休息，在一间住了几位诗人的房间里，往往响起收录机放出的克莱德曼钢琴曲，《秋日私语》《致爱丽丝》等曲子给我留下深刻印象，至今还能让旋律在耳边"重放"。

我们的课程，与中文本科生基本相同。不同的有两点：一是给我们增加了有利于文学创作的课程，譬如文艺创作、当代作家作品、古代文论、当代影视艺术欣赏、民俗学、摄影技术等。二是授课教师阵容强大，中文系的著名老教授和年富力强的中青年教师轮流登上作家班讲台。教授古代文学课的有袁世硕、牟世金、张可礼、曲世川、马瑞芳、王培元、孙之梅；现代文学课有吴开晋、牛运清、解洪祥、孔范今、张志甫、耿建华、张学军、高旭东、庞守英；古代汉语课有路广正、吉发涵、殷正林；现代汉语课有盛玉麒、王新华、罗福腾；文艺理论课（包括古代文论、美学）有狄其骢、滕咸惠、于维璋、孔智光、王汶成、谭好哲；外国文学课有马诒、姜桂栩、焦士瑜；写作课有严蓉仙、唐锡光、郑凤兰；另外还有教民俗学的李万鹏，教哲学的张冬梅，教摄影的李亚田等。老师们有的是跨学科教学。在此，向所有为我们授课的老师表示衷心感谢！

山大中文系在全国学术界非常有名，二十世纪三十年代，杨振声、闻一多、舒舍予、梁实秋、沈从文、游国恩等一批大师、学者和著名作家云集于此；新中国成立之初，著名学者王统照、冯沅君、陆侃如、高亨、萧涤非、吕荧等人先后在这里执教。冯沅君、陆侃如、高亨、萧涤非四位先生,被学术界称作"四大金刚"。给我们上课的老师,有的是他们的弟子,有的是他们的徒孙。老师们继承前辈优良传统,将薪火传到了我们这儿。听他们的课,真像禾苗遇上了及时雨,收获非常之大。有的老师讲完课,常常被同学留住,我们继续请教问题。有的老师,还对同学的人生选择提出指导性意见。马瑞芳老师给我们讲散文写作,第一节课休息时,听说我是县委组织部副部长,笑道:"赵德发,你的账算错啦!"意思是我不该来学创作。但后来她布置作业,看了我交上去的一篇文章之后又对我说:"写得挺好,你走这条路走对啦!"她这样改口,让我坚定了终生从文的信心。

省文讲所担负着培养全省文学后备力量的重任,虽然不再与山大联办这个作家班,但他们一直牵挂着这个班的情况,保持着与我们的联系。有一天,所长卢兰琪,副所长宋曰家、何寿亭,辅导老师孙震博、刘强以及工作人员梁莹专门去我们的住处看望,与全班同学合影留念。后来他们举办全省青年作家培训班,还邀请我们班的同学去参加联谊活动。我们有些同学也经常到文讲所拜访,与刘强等老师成了朋友,三十年来友谊长存。

既然是作家班,就要用作品支撑这个牌子。为了鼓动同学们积极写作,班里成立了三个创作组:小说散文组,组长孙嘉嶙、副组长张建光;诗歌组,组长王玉民、副组长赵雪松;影视文学组,组长唐焕新、副组长孙晋强。三个组经常开展活动,交流创作体会。在省委机关门诊部工作的邓基平(笔名自牧)人脉关系广,热心为同学们做事,他与在媒体工作的张建光一道多方联系,作家班在11月14日发起组织了"当代文学走向和文艺报刊态势"座谈会,邀请中文系老师和省城文艺报刊的多位主编、编辑到会,有山东大学中文系老师吴开晋、谢洪祥、耿建华,《当代小说》主编孙国章,《作家报》总编辑马恒祥,《时代文学》副主编于友发,《山东文学》编辑刘烨园、张小琴,《黄河诗报》编辑谢明洲,《齐鲁晚报》副刊部主任孙培尧,《山东青年报》副刊编辑柳原,《影视文学》编辑部主任孙春亭，省文讲所工作人员孙震博、刘强、梁莹。他们和作家班全体同学聚集在历城区政府招待所南院的一间会议室里，畅所欲言，各抒高见。

　　学习步入正轨之后，有的同学觉得光上课太单调，学习也有压力，提议搞一场晚会放松一下，也活跃班级气氛。经过刘琳等同学积极筹备，有一天晚上，教室里黑板上出现了用彩色粉笔写的"个性之光"四个大字，作家班文艺晚会正式举行。一个个同学上场，或唱或跳，各展风采，我也在谭延桐弹着风琴伴奏之下唱了一首《满江红》。我的嗓子一般，但有几位同学的歌唱水平很高，获得大家一致赞赏。因此，过了些日子中文系举办元旦晚会，我班王玉民、赵雪松、李巨峰先后登场，赢得全场热烈掌声。就从这次晚会起，中文系的一些本科生才知道有个作家班，经常有同学来找我们聊天，交流读书与写作心得。后来成为著名诗人的路也、成为省级领导干部的胡家福等同学，都是作家班的常客。

　　那时每到周末，新校、老校都有学生会组织的舞会。我被同学们叫上，去老校观摩了一回。舞厅在食堂上面，花四毛钱买门票进去，发现里面空间很大，有上百人成双成对跳着，其中还有一些老师。我是第一次进舞厅，觉得头晕目眩，心跳如鼓。我在家乡当了十年乡村教师、八年机关干部，所接受的教育让我一直老老实实规规矩矩。这回进了舞场，觉得有堕落之感。然而，让人容易坠落的事情总是极富诱惑力。听同学说，学生会有免费的跳舞培训班，我就随几个同学去学了几个下午（那时山大学生下午不上课，或自习，或出去玩）。三步、四步大体上学会，再逢周末就壮着胆子跟同学们一起去了。中途要经过洪家楼天主教堂，周末去做弥撒的信徒很多，门口排了长长一队。我走过他们身边时，心中有罪恶感涌起。然而我还是没有撤退，心里说，我去跳舞，算是解放思想吧，算是体验生活吧。给自己打足了气，进舞厅后却不敢邀请舞伴。经同学再三鼓动，才敢向女生伸出手去。一回生，两回熟，心态慢慢变得平和，舞步也轻松了许多。

　　这时，一个不好的消息在班里传开：孙嘉嶙同学得了重病。

他三十八岁，是我们班年龄较大的学兄。我刚开始学习创作时就读过他的作品，1980年第3期《山东文学》的头题小说就是他的《希望》。小说篇幅不长，但真实地表现了农业集体化的穷途末路以及一位生产队长的奋力抗争。孙嘉嶙在这篇作品中表现出的胆识和才华，让我十分佩服。因为这篇小说的优异，《山东文学》在这年两次安排了评论专辑，下半年又发了他的两个短篇，年终评奖时还给了他一等奖。然而嘉嶙入学后刚上了一个来月的课，就请假离校，再没回来。到了冬天，与他是老乡的张迎军同学透露，老孙诊断为胃癌，大家听了都很震惊。听说他住在省城一家医院，同学们三五成群，先后过去看望。那时孙嘉嶙虽然更加消瘦，但与同学们见面时还是微笑、交谈，神情里有一股不服输的劲头。

做完手术，过了几天，老孙回到邹平住院。我们时常向张迎军打听消息，他说老孙的病情不见好转。快放寒假时，班主任王老师告诉我："系领导决定，由解书记代表中文系，你代表全班同学，去邹平看望孙嘉嶙。"一个寒冷的早晨，我和中文系党总支副书记解洪祥老师去济南东站，坐长途客车去邹平县，到了孙嘉嶙的家中。他的院子很小，房间也很逼仄。他躺在床上无力坐起，我与他握手时发现，他已经瘦得皮包骨头。解老师向他表达中文系的关心，我转达同学们的问候，他听了默默点头，眼中泪光闪闪。看着他的样子，我知道他时日无多，握住他的手默默无语。从他家出来，解老师仰天长叹："唉，嘉嶙太年轻了呀！"我点点头，戚然落泪。

回济南的路上，我眼前晃动着孙嘉嶙的病容，想了好多。想到他比我只大五岁，人生就接近了尽头。他本来是想到作家班充充电，让创作有更大突破的，然而出师未捷身先死，悲夫！我此刻明白了：在我们以为人生尚有无穷时间可以挥霍时，在我们不知忧愁寻欢作乐时，死神其实就在不远之处窥视并狞笑着。想到这里我冷汗浇背，谴责自己不够刻苦，没把时间全部用于读书写作上。

其实，我入学后并没有忘记自己来山大的目的，在课余也写了不少作品，但能够发表出来的寥寥无几。邮局把作家班的邮件送到新校，我们班每天都有人去拿回来，在班里分发。一些同学频频发表新作，隔三岔五就有汇款单到手，我却经常接到鼓鼓囊囊的退稿信封，让我这个班长很没面子。当时，省作协主办的《山东文学》《时代文学》《文学评论家》《作家报》等刊物在洪楼南路10号，就在我们住处东面只有几百米的一条窄巷里，我有时去那里送稿。编辑老师收下稿子热情接待，但过一段时间我去打探结果，老师往往用很委婉的语言讲："你这个稿子不错，但我们相信你的潜力，希望你能给我们更好的稿子。"我道谢一番，灰溜溜回去，再写一篇，依然不是"最好的稿子"。我想，怎么会这样呢？我弃政从文，本来想赶紧拿出像样的作品，以证明我是写作的一块料，现在却迟迟证明不了，真是急死我了！我在看望过孙嘉嶙回济南的路上问自己：一个学期快过去了，你身为作家班班长，每天在课堂上喊着"起立"向老师致敬，创作成绩却近乎空白，你羞不羞呀？我的心情恰如车窗外的冬景，一片萧瑟、悲凉。

回去没几天便放了寒假。我坐车回家，真切地体会到了"近乡情更怯"的滋味，觉得无颜面对家乡父老。老婆倒是大度，说写文章像女人生孩子，要怀胎十月才行，你才学了几个月，不用着急。我回老家看望父母，父亲盯着我问："你去上大学，学得怎么样？"我无言以对，只说了两个字："还行。"父亲把嘴撇了撇，表示不满。那时的县直机关，拜年之风很盛，大年初一我见到一些领导和同事，他们也问我怎么样，我敷衍说，作品正写着，现在主要是上课学习。有的同事见了我，笑称"赵作家"，我更是听出了揶揄之意，满脸臊红。从一些同事与熟人的态度看来，我已经不是官场上的人了。

年后开学，我晚上独自出去散步，走到洪家楼教堂跟前，抬头看着在空中飞来飞去的蝙蝠，心想，家乡的人认为我离开了官场，文坛却不接纳我，我成为一只非禽非兽无所归依的蝙蝠了！想到此，孤独感与失败感齐聚心间，让心脏变成了一个大铅蛋子，直往下坠。我捶着脑壳思考，我的创作到底在哪里出了问题，想来想去有了答案：读书太少，底子太薄。

明白了之后，我加大读书力度，经常去图书馆借书，在课余苦读。下午，周末，我大多在教室里用功，有时借了书之后去小树林里读一会儿。

日复一日，书本渐渐垫高了我的站位。回望历史，观察当下，我有了许多新的认知。尤其是打量家乡，审视我多年来积累的素材时，忽然有了新的感觉。到了暑假，我就在家中开始写短篇小说《通腿儿》。那是我业余写作十年之后的第一次自觉写作：自觉追求内涵的丰盈与厚重，追求语言上的独特风格。写完改了几遍，心想，这一篇大概不会被退稿了。

想不到，几个月之后此稿还是"完璧归赵"。那是一家外省刊物，以前多次发表过我的作品，但这次换了主编，刊物也就换了面目。我沮丧，痛苦，但又不甘心，就硬着头皮去找《山东文学》编辑燕冲先生。他看了之后拍手叫好，让我做些改动再给他。过了几天得到消息，主编邱勋、副主编刘玉堂以及全体编辑都对《通腿儿》非常赞赏，决定用于1990年第1期头题，还配发刘玉堂先生的读稿札记，这让我喜出望外。拿到这份刊物，又得知一个消息：《山东文学》决定，从第三期开始集中推出青年作家马海春、赵德发、陈占敏的作品，并组织评论家撰写文章向读者推介。果然，编辑部连续几期发表我们的小说，后面则是"马海春、赵德发、陈占敏作品笔谈会"专栏。写评论文章的，都是省内外的著名评论家。山大孔范今老师亲自撰写一篇《我读<通腿儿>》，对这篇作品以及我的创作给予充分肯定，让我十分感动。文讲所的孙震博老师也写了一篇《大俗中见大雅》。还有山大的高旭东老师写了《我眼中的赵德发》，发表在《作家报》上；张学军老师写了《戚而能谐的悲剧人生》，发表在《文学评论家》上。同学自牧说，著名作家张炜在医院病床上看了《通腿儿》，说了这么一句话：德发将成为齐鲁文学的一员骁将。得到张炜先生的鼓励，我不胜感激。

几位本科生也关注着我的创作，胡家福曾在一篇整体评述山东青年作家的文章中提到了我。焦桐写了一篇《冰层下面是河流》发表在《文学评论家》上。得知他为我写评论，我请他吃了一顿饭。

他带着一个美丽女生，说是他的女朋友，叫姜丰。吃饭时，我们相谈甚欢。焦桐毕业后去了南方，后来我们失去了联系。再后来我从媒体上看到，姜丰成了个大名人。

1990年第4期《小说月报》在头题位置转载了《通腿儿》，引发广泛关注。后来这篇小说获得《小说月报》第四届百花奖，三十多年来入选十几个权威选本。就在我着手写这篇文章时，《小说月报》副主编徐福伟先生给我打电话，说今年第10期《小说月报》大字报"经典再读"栏目，将刊发《通腿儿》。

因为这篇小说的影响，我在山大学习时获得了参加一些文学活动的机会。1990年4月中旬，山东作协创作室通知我去烟台参加笔会，后来得知还有丁学君同学。在烟台西炮台的一家招待所，我结识了山东当时最活跃的中青年作家李贯通、刘玉堂、王良瑛、贾庆军、刘学江、卢万成、孙鸶翔、王春波、钟海诚、刘强、张中海、陈占敏、解永敏等人。长达二十天的时间里，我们除了去崆峒岛游览了一次，其余时间大多是写作。我与刘玉堂兄同住一屋，每天吃过饭，我俩背对背，各自趴在床上写。现在我也觉得奇怪，在那样的环境里居然也能创作，我写出了一个中篇一个短篇。7月份，我又应邀参加了《青年文学》组织的山西笔会，在陈浩增主编的带领下，与作家李佩甫、阿宁、方敏、韩春旭、程鹭眉等人同行，从五台山到大同，几乎看遍了晋北的主要景点。

1991年6月，山大作家班正式毕业，同学们各分东西。但老师并没有忘记我们，继续关心着我们的成长与进步，我本人就获益多多。1997年春天，我的第一部长篇小说《缱绻与决绝》在人民文学出版社出版后不久，已经担任中文系主任的孔范今老师让我回校讲一讲创作体会，他亲自主持。他退休后，我每次去看望，他都是询问我的创作情况，给我以指导。后来，山大文学院几任领导和老师们也对我继续关注、扶持，多次召开我的作品研讨会，让我与研究生、本科生分享创作心得。

三十年来，作家班同学们各自努力，成果丰硕。赵德发、瞿旋、凌可新、王涛、自牧、赵雪松、郝永勃、王玉民、谭延桐、张宝中、王迩宾、李耀奎、魏天作、张劲松、刘广胜、丁学君、杨润勤、刘琳、郭牧华、生昌义、张迎军、徐勇、高崎等，都发表、出版了大量作品，光是获齐鲁文学奖、泰山文艺奖、山东省精品工程奖的就有二十多人次，有的还获得中宣部"五个一工程"奖，有些作品被译介到海外或在海外出版。还有同学编剧的作品，或由同学的小说改编的作品，被拍成电影或电视剧，有的在省级卫视播放，有的在央视一套黄金时间播放。成为国家级会员和取得高级职称的同学，有二十多位。有些同学致力于文学之外的事情，也成为行业翘楚或担任领导职务，非常成功。可惜的是，除了孙嘉嶙，又有几位同学陆续去世，没能完成自己的文学梦想。他们是诗人由俊良（笔名鲁小鹰）、影视编剧唐焕新、剧作家孙晋强以及王如贵同学。

2008年10月2日，在姜自健、自牧、胡威等同学的操持下，我们回到济南历城区政府招待所，举办山东大学作家班入学二十周年师生座谈会，孔范今、马瑞芳等十多位老师和山东作协文讲所原所长卢兰琪女士、时任副所长的刘强先生，都应邀出席。我手拿同学花名册，一个个点名，叫到谁谁答"到"，仿佛又回到了上课的时候。老师们十分高兴，先后开讲，让我们又聆听了一次教诲。大约在2018年春天，我去济南开会时再次去洪楼一带闲逛，看到历城区招待所已被拆除，由蓝色挡板圈起的大片工地上塔吊林立，这里正改建为商住小区。所以，在张建光、姜自健、杨润东等同学组织开学三十周年同学聚会时，我们与几位老师便去了北京雁栖湖畔。我写了一首七律《山大作家班三十年聚会抒怀（新韵）》："流年似水三十载，忻忻相逢聚雁栖。深念洪楼花作赋，遥思绿柳叶吟诗。常闻夏雨催新果，莫怨秋风撼老枝。但愿师生情意重，天长地久赛磐石。"承蒙著名学者、著名书法家、现任山东大学书画研究院院长的王培元老师当场挥毫写出。当年教我们诗歌写作、曾任山大文学院副院长、退休后担任山东诗词学会副会长的耿建华老师和诗一首："一别转眼三十载，渐老师生会雁栖。作赋还思楼外树，为文尚记案头诗。曾经风雨惜残果，除却青红爱老枝。最念校园桃杏

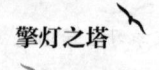

好，经春度夏干仍直。"让我感佩不已。

今年是山大建校一百二十周年，也是山大作家班毕业三十周年。回顾当年的学习生活，总结我们班的创作成绩，算是向母校的一次汇报。前些日子，山大文学院领导向我要简介与照片，拟建"校友墙"迎接校庆。听他们讲，上墙的几十位校友中，作家有三位：杨争光、周晓枫、赵德发。我感激不尽，把这看作山大作家班的集体荣誉。此时此刻，我更加感恩山大，感恩那些为作家班付出了心血的老师们。我会永远记住老师们的谆谆教诲，在文学道路上继续努力。

（原载于2021年第12期《山东文学》）

红薯飘香

我的手机上有好几个小视频APP，但很少看。在这个虎年的春天，我却频频点开，看上一会儿。看啥？看家乡的人卖红薯。那天，我在"美丽家园—宋家沟群"看到一个通知：镇上要搞直播培训，请能说会道、想做地瓜直播的报名参加。我早就知道，家乡相沟镇的红薯产业红红火火，已成为名闻遐迩的"薯香小镇"，没想到还专门培训直播人才。我想看看，这些主播都是什么人，播得怎么样。

一看，竟然被吸引住了。主播多是农村女性，或在地里，或在红薯交易市场，介绍指点，倾情推销。有的脸上带着腼腆，言辞朴拙；有的从容自如，眉飞色舞。还有一些是从别处请来的"网红"，容颜俏丽，打扮时尚，言谈举止十分得体。我看到有一位身边带着两个孩子的女主播，在一大堆红薯旁边讲得十分起劲，就下单买了一箱。第二天接到，红皮黄瓤，让人心生欢喜。老婆用烤箱烤熟两个，把皮一剥，那种金黄，那股清香，让我恍然回到童年，回到故乡。我用私信与主播联系，原来她叫郑华秀，沂南县人，八年前嫁到莒南县相沟镇王祥村，今年春节后才当主播，想赚点佣金补贴家用。一开始她收入很少，但后来就多了，有一天竟然挣到460元。她平时到位于本村的"鲁南红薯交易市场"直播，中午多在野外，因为她公公一年四季外出放羊，她要骑着电动车送午饭。公公吃饭时，她就直播一会儿，向观众介绍红薯产地和山区风光。有一次我看见，她直播的地方在我村东不远的高速公路桥下，几十只羊吃饱了卧地小憩，她儿子在河沟里摸鱼捉虾，她在麦田里热情洋溢直播，这些画面温馨感人。

直播，时间由主播说了算，我有时因为有事看不到，就看他们发布的小视频。那真叫一个蔚为大观。男男女女，各显神通，把红薯的一生展现给我看。我看到了育苗和栽种，看到了收获和储存，看到了销售和加工，以及与红薯有关的种种乡村物事。看着看着，年幼时经历的一些场景又重现眼前。

记忆中最早的一个场景，是我七岁时的七月十五，去生产队分地瓜。经历了漫长的春天与夏天，男女老少都在眼巴巴地等待着庄稼收获。七月十五是个节日，但是好多人家已经没有像样的东西下锅，就向队长提出要求，刨两亩地瓜垫垫饥。队长也许有过踌躇，因为地瓜还没长足个头，但他最终还是在夕阳西下时，带着大伙来到一块地瓜地里，我挎着篮子也去了。刨了一会儿，一轮圆月从东山升起，新出土的地瓜散发着香甜气息，激发了人们的活力。成年男女一边干活，一边大声说笑；孩子们追逐嬉闹，在松松暄暄的地里打着滚儿。月上三竿，人们分到地瓜回家，每个庭院都传出急促而响亮的风箱声……从那以后，生产队隔几天便刨一回地瓜分掉。许多人明显地胖了起来，我们把这叫作"长地瓜膘"。

地瓜，养活了一代代的人。四季轮回，一些人也随着地瓜的有无膘长膘落。地瓜是鲁南人的主食，没有它很难活下去，但是天天吃、年年吃，就让人受不了。用地瓜或地瓜干磨成糊子烙煎饼，是最好的吃法，但做煎饼很麻烦，费柴费工，就用水煮。煮出来的地瓜或地瓜干口感极差，难以下咽，吃下去还可能胀肚子、泛酸水。我曾体会过那种难受的滋味，便暗下决心要逃离它。二十三岁那年，我考上了公办教师，吃上了大米白面。此后，对地瓜的恨意延续了二十年，直到我进入中年，讲究养生，知道那是一种营养全面的好食品，才允许它出现在餐桌上。

让我回忆起来的另一个场面，是我十岁那年初春，经过路边的一个地瓜窖子，见好多人都站在窖门口，就走了过去。我看见，那些人都是满脸焦急，唉声叹气。我不知道发生了什么事情，只闻到一股酒味儿，但掺杂着霉味儿。这时，队长手里拿着几块地瓜从窖子里怒气冲天走出来，旁边的人拿起地瓜捏捏看看，说："烂了呀！毁了呀！"我这才知道了事情的严重性，知道那股酒味儿其实是烂地瓜挥发出来的。那时除了天灾，庄稼人最怕两件事：一是死牛；二是烂地瓜种。死了牛，就没有牲口拉犁耕种；烂了地瓜种，则会影响地瓜的栽种与收成。那一年，生产队没有足够的地瓜育苗，只好等到别的队栽完，去拔人家剩下的或新发出的地瓜苗，秋天收的地瓜少了许多。

而我在直播中看到，现今到了暮春时节，从窖子里取出来的地瓜依然表皮发红，没有腐烂。前年，我在老家进过新式的地瓜窖。上级派来的驻村第一书记，用他们争取到的60万元在宋家沟村建起了10个窖子，帮乡亲们贮存地瓜。那些窖子又宽又深，每个窖子能存10万斤，农用车可以直接开进去。秋天把一包包地瓜装进去，春节前开始往外运，分拣装箱后，被商贩运往城市。因为有许多科技手段检测和控制温度、湿度，地瓜即使到了麦收前也完好无损。经过一段时间的存贮，一斤地瓜能增值好几毛钱。

我看见，一些主播并不是只想卖红薯赚钱，还有一份闲情雅致。他们直播本地的山山水水、拍摄绿油油的庄稼地，对家乡的热爱溢于言表。有的直接秀才艺，弹着吉他唱自家红薯有多好，还有人播着播着玩了起来。有位年轻农妇，将地瓜叶柄一截截折断，每隔1厘米左右留一段，让叶柄的表皮连缀起来，挂在耳朵上当"坠子"，摇头摆动，风姿绰约。当年农村女孩们的玩法，我已彻底忘记，时隔半个世纪又重新看到。还有一个女主播，到地边折下一段柳枝，拧巴拧巴抽出枝干，将空心皮管做成柳哨。她仰脸吹响的那一刻，我被那久违了的声音感动得泪湿眼窝。

看家乡人的直播和视频作品，我不只是怀旧，还能学到一些新的知识、新的语言、新的观念。

我从小吃地瓜长大，自认为对它非常了解，但今日才知道，我过去熟悉的品种全被淘汰，因为没有人再晒成地瓜干长期保存，代之而起的是农业专家培育研发的新品种。那些专业名称很多，有"烟薯""济薯"的多个型号，还有"西瓜红""紫罗兰"等。一位主播说，他们把"济薯26"叫作"板栗香水"。这种红薯产量高，容易贮存，而且"颜值高"，色、香、味俱佳。

主播们使用的语言也值得品味。有人用方言，一开口就是老地瓜味儿，用的一些词语土得掉渣，让人倍感亲切。也有人用普通话侃侃而谈，其中还夹杂着网络新词，像"绝绝子""奥利给""浅尝一下""好嗨哟"等，一些主播经常使用，便于和城里年轻人沟通。

我还发现，一些主播有思想，有情怀，观念新颖。他们一方面为了赚钱，另一方面也想当"网红"，展示自我，实现人生价值。有的讲，自己万一红了，就能让父老乡亲多赚一点钱，为乡村振兴出一把力。还有的向往更高的精神层次，身在乡下，放眼全球，对国内外许多事情都能评说一番。一个网络新词"格局打开"被频频使用、反复强调，就是说，眼光不要短浅，做事不要拘谨，审时度势，奋发有为。我听到这些，不禁暗暗赞叹。

今年4月下旬，相沟镇党委邀请我给年轻党员干部讲一次"微党课"，课堂设在宋家沟社区的办公楼上，不在现场的人可以在网上收看。我站在楼上向东南方眺望，那里有一块地是我老婆四十年前的"责任田"，我在那里帮她种过地瓜。想起劳作时的艰辛和那年秋天的微薄收成，我心中五味杂陈。

讲完课，镇领导陪我去参观在沈保村建的"红薯文化展馆"。宽敞的展厅里，有图片，有文字，有实物，将红薯栽培的历史与现状展示得全面而生动。墙根摆放着一件件旧时农具，把柄上滑溜溜的磨痕和汗水浸出的油黑，让人瞬间回到那个以地瓜续命的年代。另一个展室，摆满红薯加工后的多种产品，各有特色，琳琅满目。

镇领导告诉我，因为相沟镇多是沙岭地、棕壤土，有种红薯的传统，镇委镇政府因势利导，推广优良品种和先进技术，让农民通过种红薯增加收入。全镇每年种植红薯6万亩，占耕地总面积的60%；有500多个大中型红薯窖，能将每年秋天收获的红薯全部存下。红薯交易市场已有20多处，客户前来收购后运往青岛、上海、南京等大城市，很受欢迎。相沟镇还积极发展电商平台，鼓励网上直播带货，每天都有大量红薯和红薯衍生品根据订单发往天南地北。"相沟地瓜"地理标志也正在申报中。相沟"红薯文化节"以前举办过几次,影响很好,以后也还要再办。

走出展馆,我看到了一尊红薯雕塑。几个红薯一根秧,在蓝天白云的衬托下散发着无穷的魅力。想到红薯传入中国四百多年,瓜瓞绵延,活人无数,而今又为乡村振兴再立新功,我站在那里,向它瞩目良久。

（原载于2022年7月9日《人民日报》海外版）

一根地瓜秧的视角

过去，地瓜是鲁东南一带老百姓的主食，大部分土地用来秧地瓜。秧，在这里是名词用作动词。人们用犁扶起一道道地瓜垄，然后手捏秧苗，抠出土窝栽上，再浇一点水，它就扎根生长。那些根，有的慢慢变粗变大，成为地瓜。

凭空结出一个个地瓜，需要好多养分，光靠根须吸收远远不够，还要靠秧子帮忙。它长出许多叶子接受阳光，还从垄顶爬到沟底，生出一些不定根。从这里汲取肥料，而后再向相邻的地瓜垄登攀，秧尖昂扬，企图再去另一个沟底。秧子上一旦生出不定根，可能长成指头大的小地瓜，消耗和分散养分，所以人们在夏天要经常翻地瓜秧，将它翻到瓜垄的另一边。地瓜秧暂时悬空，过几天它还会下沉地表，再生出根来，秧尖也会在另一个方向继续前进。因此，在地瓜秧生长的旺盛期，每隔一段时间就要翻它们一次。

小时候，我对地瓜秧的这一习性十分好奇，多次蹲在地瓜沟里仔细观察，看它多么努力多么倔强。我想，如果不翻秧，放任不管，它大概就会一直长，一直长，长到地外边，翻山越岭。我那时只去过六里远的公社驻地，很想到更远的地方看一看。我白日做梦，恍惚间觉得自己变成一根地瓜秧，嗖嗖地长，拖拖拉拉，到处扎根，四处观望。

地瓜秧被人翻来翻去，终其一生，也只能移动两三米。它的生长期应该和地瓜一样长，但那个年代地瓜产量低，一亩只收一两千斤，不足以填饱人的肚子，只好提前割秧救急。我们那儿把这叫作"捽（zuó）地瓜头子"，大约在收地瓜之前半个月。生产队统一组织，指定地块，让妇女和小孩拿捽刀割。稍嫩一点的前半截秧子被

一根地瓜秧的视角

"捽"下,留下已经老了的后半截,断茬处滴着液泪,继续陪伴土里的地瓜。地瓜秧还不能多捽,按各家人口数量定个限额,临走时队长过秤,会计记账。妇女们把地瓜秧背回去切碎,或者马上吃,或者晒干了长期保存。在那些秋高气爽的日子,麦场上,院子里,街两旁,都晒满了绿生生的地瓜秧碎屑。它晒干了没有分量,大风一刮容易飞走,所以要围一圈芨子挡住。

初秋捽地瓜头子,成为一个惯例。家里有个地瓜头子囤,也成为庄户人家的标配。

地瓜头子囤的旁边,一般还有个糠囤。收完地瓜,人们将地瓜秧也收走晒干,将上面残留的叶子抖落下来,用碌碡压碎装进囤里。后来生产队有了粉碎机,干脆把地瓜秧连梗带叶都打成糠。这些糠,一般用于喂猪,饥荒年头也拿它喂人。

以地瓜为主食的年代虽然难熬,但有一些场景、一些经历还是给我留下了美好记忆。

集体翻地瓜秧的经历,让我经常回想。一群人斜排成阵,每人负责一垄。人手一根长木杆,尖头都被沙土磨得很锐利,像冷兵器时代的长矛。顺着地瓜沟往前一插,再一挑,青翠的地瓜秧嗖嗖翻飞,去了地瓜垄的另一边。这时,常有蚂蚱和螳螂惊惶逃跑,或跳或飞,我们就去追去逮。逮住后取下头上的苇笠,用苇笠边缘的细麻绳将它压住。收工时,每个人的苇笠上都是满满的一圈,如果更多,则用狗尾巴草穿成串拴在苇笠上。回家炒熟,便是一盘香喷喷的"就食"(下饭菜)。

三伏天里,地瓜秧长势最旺,每一个叶子都由叶柄托举着,向着天空全面展开,表达它们对太阳的爱意。休息时,有些小姑娘常常用它做"耳坠":采下叶子,掐掉叶片,将叶柄劈开,往左掰一下,往右掰一下。掰到底掰完了,由表皮连缀成一个长串。那个时代不许女性戴首饰,她们将这种"坠子"搭在自己的耳朵上,摇摇晃晃,颇具风韵。我学会了,独处时也曾做过几条,却不知道给谁戴。这个手艺,从此荒废。

还有深秋晒地瓜干的场景。那时收下地瓜,除了装窖用作地瓜种并随时吃，大部分要晒成地瓜干储存起来。虽然要用"抢子"把一个个地瓜切成薄片，要把地瓜片子撒在地里均匀摊开，如果来了雨还要急急忙忙抢收，整个过程很辛苦很劳累，但那些在太阳下晾晒的地瓜干漫山遍野，像天上落下的一片片白云，还是让人心醉神迷。

1981年春天，我们公社在全县率先推行农业联产承包责任制，我正担任党委秘书，整天跟着书记往各村跑，一人骑一辆自行车。看着父老乡亲发自内心的欢乐，突然爆发出的劳动热情，我觉得这个春天实在是太美了。到了秋天更美，家家户户都收了好多地瓜，晒的地瓜干子覆盖了几乎所有的土地。那时我已结婚，妻儿是农村户口，也分到了责任田。我有空便回家帮忙，秋后收的地瓜也不少，地瓜干子装了满满一囤。

不过，后来因为地瓜，我也遇过挫折出过丑。

我当秘书时已经开始业余创作，丰收的地瓜敲击着我的神经，让我产生了用小说记录农村变化的念头。每天忙完公事已是晚上八九点，我却精神抖擞，躲在宿舍里挥笔写作。从秋天开始，我用半年写出一个十万字的中篇小说，题目叫作《在那冶红妖翠的河边》。可惜我那时眼界太窄，感受太浅，像一根嫩地瓜秧，只看到当时的冶红妖翠、风调雨顺，没体察到大地上的历史积淀之久之深。再加上功力不够，笔法幼稚，写完寄出去，很快被退稿。这个打击让我难以承受，头发大量脱落，不只出现家乡人说的"疤顶"，脑后还有两块明晃晃的斑秃。

第二年，我希望我家能收获更多的地瓜，特别注意学习"科学种田"经验。看到报纸上介绍了一个高产做法"一炮轰"，就回家和妻子如法炮制。所谓"一炮轰"，就是栽秧时捏一些化肥直接放进苗窝，而不是等到瓜秧长起之后再追肥。没过几天，妻子跑到公社气呼呼向我报告："地瓜苗都叫化肥烧死了！"我急忙跟她回去看，果然如此。我们的责任田里，秧苗全都焦干，而在相邻地块，别人家的秧苗长势甚旺，已经歪下梢尖，准备向沟底进发。父亲来到地头向我瞪眼："阖宋家沟没有不知道你这'一炮轰'的，都笑话你！"

我百思不得其解，"一炮轰"是报上登的先进经验，怎么到我这里就失败了，让我成为全村人炮轰的对象呢？看来，白纸黑字不能全信。沮丧之余，我只好和家人一起重新栽秧。因为误了农时，瓜秧就短，结的地瓜也少。刨完地瓜切晒时，我既劳累又自卑，手指头突然顶到刀刃上，割开一道口子，鲜血涌流。我捏住伤口坐到一边，看到被薅掉的地瓜秧已经蔫了，却有一根没被薅下的地瓜秧还在高高翘头，望向远方。我突然觉得，它就是我。它想走出去，不想在这里继续待下去，不想在这里一代一代繁衍，却都是土生土长的地瓜。我暗下决心，要刻苦努力，让自己有资格带老婆孩子离开农村。

一年后，我写公文的能力被县委办公室的领导发现，便到那里当了秘书。我一边工作，一边在业余时间读电大，农忙时还要回家种地。有一天我像牲口一样拉耙时，心里想起海德格尔的名言"诗意地栖居"，不由得泪洒墒沟。

又过了一年，我决定把家搬到县城。妻子嘟哝道："进了城不种地了，吃什么呀？"我说："放心，饿不死你！"

虽然饿不死，但生活十分拮据。有一回妻子告诉我，她带女儿上街，女儿从街边捡起一块橘子皮，举到她面前说："你闻闻，真好闻！"我这才意识到，平时很少买水果给孩子吃。更让我受伤的是，孩子到了上学的岁数，我送她到离家最近的一所小学，竟然因为农村户口报不上名，人家只收城镇户口的孩子。我低三下四求人，才把孩子送进去。这时我才明白，我虽然进了城，却还是一根地瓜秧，老根还在离城40里的山沟里。

这根地瓜秧偏偏不安分，还想向更远的地方延伸，三十三岁那年决定改行，考入山东大学作家班读书。为了写好作品，我一门心思向远处看，看当时的文学思潮，看外国的作家作品，开眼界，长见识。我东施效颦，见样学样，不是写着写着难以为继，就是写出之后被编辑退稿。那段时间我非常痛苦，萎顿不堪，像地瓜秧遭了严霜。

不过，童年记忆中的地瓜秧又鲜活地出现在我的眼前，它那倔强的样子、奋进的姿态让我重新振作。我在大学里汲取营养，拼命读书，回望家乡，憬然有悟。暑假中我回老家看望父母，帮他们下地翻地瓜秧。看到秧子长得正旺，妻子十分兴奋，立即摔了好多，要带回县城吃。我看到长长的地瓜秧，突然想到我们村早年走出去的几位前辈，都是早早参加革命，后来成了南下干部。我姥爷牺牲在河南，其他几人活了下来，有好多故事在乡间流传。我脑子里灵光一闪，有了一个构思。这个构思，落到纸上成为短篇小说《通腿儿》，发表后获得好评，让我爬上了写作道路上重要的一个台阶。

我在山大两年，毕业后到日照市工作。虽然离老家二百里，但我感觉自己还是一根地瓜秧，根系家乡，魂牵梦绕，经常回去看看。我看家乡时，就像地瓜秧吸收了多种养分，视角与从前不同，有了许多新的发现、新的认知，力求在作品中表达出来。我写了许多农村题材的中短篇小说，跨世纪前后又完成了长篇小说《缱绻与决绝》《君子梦》《青烟或白雾》。总名为"农民三部曲"的这几部作品，表现农村百年巨变，并写出了一个大趋势：传统意义上的农民正在消失，代之而起的，是思维方式、生产方式乃至生活方式都在改变的一代新人。

土地充满生机，故事层出不穷。我家乡的岭地大多用来秧地瓜，有些平原地区却种大蒜，"蒜你狠""蒜你贱"的悲喜剧经常上演。2011年，我认识了一位被人称作"蒜神"的远房亲戚，跟着他到鲁南、苏北的多处蒜区转悠，听说了好多传奇故事，了解了蒜农、蒜商的甘苦。走进蒜田，看着一根根蒜薹，我觉得它与地瓜秧十分相似，都维系着栽种者的生活，牵连着他们的命运，便决定写一部长篇小说，讲述与大蒜相关的故事。第二年春天动笔，刚写了几万字，我那位亲戚却因为他担任副总裁的大蒜电子盘崩盘而被捕，获刑十年。我两次去盐城旁听案情后，决定不写小说了，写一部长篇纪实文学。2012年年底，我踏着黄淮平原上的积雪去"蒜都"金乡县采访；第二年蒜收季节又去另一个大蒜产区邳州，接触到许多蒜商、蒜农，听他们讲述大蒜如何成为"白老虎"屡屡伤人，与他们探讨应对措施。最终，我写出《白老虎——中国大蒜行业内幕揭秘》，被许多读者尤其是蒜农、蒜商传阅。

日照在黄海之滨，有传承已久的渔业文化，有在中国航运业居重要地位的大港。我对海洋文明的了解日渐加深，同时也以海洋文明的视角观照农耕文明。就像一根从山地爬来的老地瓜秧，在海边东看西望，做着比较。对自己的根，我有了更深的认识；对土地上发生的一切，也能以新的历史观、文明观做出研判。我在2018年创作的长篇小说《经山海》，特意安排主人公吴小嵩出生于农村，毕业于山东大学历史文化学院，让她具有异于常人的历史眼光，对她任职的海边乡镇和渔村、海岛，对她与同事们投身其中的乡村振兴大业，都有深刻的理解。

近年来，中国乡村变化巨大，体现在方方面面。我利用各种机会四处游走，在全国看了许多地方。

我几次去新疆，感受特别深。1999年我去南疆时，看到家家户户只靠一辆驴车拉庄稼、赶巴扎，而去年我和文友夏立君应日照援疆指挥部的邀请去讲课，看到好多人家门前都停着小汽车。欣赏着刀郎木卡姆，看着演唱者们发自内心的喜悦，我深受感染。前年我参加中国作协组织的采风活动去北疆，看到政府主导的许多产业让当地人脱贫致富，改变了生活。有一些村庄，薰衣草、红花的旁边便是漂亮民宿。一天傍晚，我们在一户人家的楼顶坐着地毯看夕阳，嗅着花香与主人说话。他讲，种了几年的薰衣草，好多人家的存款都有几十万、上百万，说着说着便兴奋地唱了起来。在塔城裕民县的一个村庄，我竟然遇见了二十世纪六十年代移居的老乡。他来自沂蒙山区，因为家乡穷，听说这里地多人少，就到了八千里之外的这里定居。现在他是种粮大户，有好几台大型农机。他特意与我在拖拉机旁边合影留念，那个大轱辘，差不多与我等高。说起当年在老家吃地瓜秧，吃"棵棵子"（野菜树叶之类），他不胜感慨。我告诉他："咱们的家乡，早已变了模样。"他笑着点头："知道，我回去看过。"

的确，过去的沂蒙山区、鲁中山区，一直与贫穷、落后联系在一起，现在早已甩掉了这两顶帽子，富了起来。富起来之后，还致力于精神脱贫、文化振兴。这几年我去过一些地方，亲眼看见了这些变化。

在沂河源头，一处处青山绿水被赋予文化内涵。沂源县鲁村镇的龙子湖畔，竟然建起了桃花岛文化艺术乡村。几个村子的闲置住宅被利用，被改造，先后建成二十多家文学馆、艺术馆、博物馆，成为旅游胜地和研学基地。好多村民，成了这些艺术馆的建设者、管理者、讲解员，精神面貌焕然一新。"艺术活化乡村，文化浸润田园"，从理想变成现实。我前年去参加刘玉堂文学馆开馆仪式，今年9月份又去参加于希宁艺术馆、王音璇艺术馆、山东大学作家班文学馆等六个馆的开馆仪式，沉浸在浓厚的艺术氛围之中。这里，还挂起了"山东财经大学乡村振兴学院"的大牌子，频频举办与乡村振兴有关的培训班、研讨会及多种活动，成为一所建在乡村大地上没有围墙的大学。一些全国知名的专家、学者甚至两院院士经常来此，为乡村振兴贡献智慧。

从这里往南走，在沂河右岸，位于沂南县岸堤镇的朱家林田园综合体让我有惊艳之感。一座座漂亮的民宿、展馆、体验馆、创客公寓，各具特色的创意农业区、田园社区、电商物流区、滨水度假区、山地运动区，让4万多亩山地变成了"三美"（生态美、生产美、生活美）乐园，广大村民过上了"半农半X"的生活。所谓"半农半X"，就是一部分时间从事农业，其余时间发挥特长或根据需要从事别的行业，获得更多收入，并实现个人价值。譬如，在社区中心的非遗展馆，有许多本地女性在那里向游客展示各种传统手艺，剪纸、捏泥哨、糊灯笼、纳鞋垫等，有的还守着鏊子教大家烙煎饼。晚上，有些年轻人和游客一起参加"我把田园唱给你听"草坪音乐会，满怀激情一展歌喉。

我在挂满金黄柿子的树下看到一个牌子，写有"理想村"三字，心想，古希腊哲学家柏拉图在著作中构建了一个"理想国"，成为近代"乌托邦"思想的源头，而这里的"理想村"却实实在在，成为国家级田园综合体、乡村振兴样板。我向同行者感叹：老乡们越来越大气，越来越时尚，越来越浪漫。马克思提出的"人的全面自由发展"，在这里现出端倪。

沿着沂河再往下走，就是临沂。从临沂往东40公里，是我的家乡。到这里走走，遍地薯香，让我格外亲切。过去鲁东南各地广泛栽种地瓜，但近年来因地制宜，调整生产结构，发展二、三产业，这种作物越来越少。而莒南县南部因为土壤适宜，种植面积不减反增。我的家乡相沟镇已经成为远近闻名的"薯香小镇"，大部分土地栽种地瓜，商家收购后运往上海、南京、青岛等大城市。更让人赞叹的是，家乡人还在红薯文化上大做文章，建起了一座红薯文化展馆，多次举办红薯文化节。许多乡亲在网上做直播，有的年轻人还会用时尚语言、艺术手段卖地瓜，让天南地北的消费者纷纷下单。

乡亲们告诉我，今年秧的地瓜，无论产量还是价格，都比去年更高。有的品种亩产6 000多斤，在地头就卖，能卖四五千元。如果放到窖子里储存，春节前出货，还能进一步增值。有人通过土地流转，秧100多亩地瓜，能挣几十万元。

我看到，地瓜收走了，地瓜秧却被随随便便扔在地里。问一个年轻人，怎么不拉回去。他说，自己不养猪，不用它做饲料；做饭用液化气，也不用它做柴火，拉回去也没有用。扔在这里，有的养殖场会拉走做饲料，一亩地给40块钱。如果没人来收，也就不管了。

我拿起一把地瓜秧看看，它们一根一根都很短，秧子上也没有不定根。我早就知道，现在的地瓜不是过去的品种，已更新换代无数次。新品种的秧子短，不用翻秧。我问年轻人：现在还有没有人捋地瓜头子吃？他笑一笑：都什么年代了？除了一些老年人偶尔吃一回，年轻人没有吃它的。

我手扯一根地瓜秧，想我六十多年的经历与见闻。我一路走一路看，从乡村到城市，从山岭到海洋，大千世界，入目入心。我沐浴着八面来风，吸引着多种营养，但还是保留着老地瓜秧的秉性，忘不了自己的卑微出身，一回到家乡的土地上就感到踏实、舒畅。

抬头望向西北方向，似乎看到了一座高塔。那是我在朱家林村头看过的"再生之塔"。它是一座方形碑，由钢筋混凝土筑起，表皮却用乡村废旧材料拼贴而成，如拆下来的老门板、旧砖瓦、藤编、山草等，象征着朱家林的涅槃重生。

我想，如果在我家乡也建一座"再生之塔"，除了那些老的物品，一定要放上地瓜秧，让它们攀缘而上，为乡村巨变做证。

（原载于2022年12月28日《农民日报》"名家与乡村"栏目）

第三辑

分水岭

剑木侍

陔下之兰

清光绪三十年（1904）初夏的一个夜晚，山东莒州大店镇街边的一个商铺里，一帮人正在打麻将，他们是商铺主人庄廷璐和伙计们。打完一局再抓牌，庄廷璐抓完看看，突然起身走掉，再没回来。伙计们看了他抓到的牌，都很吃惊，因为四个红"中"全在他这里。这样的好手气，是牌桌上少见的。有人说："等着看吧，双榴堂要来好事了。"

这是1990年春天，我在大店镇采访，当时已经八十七岁的王晓六先生亲口向我讲的。他生在大店，是位离休干部，当年在居业堂当过掌柜，祖上在双榴堂当过掌柜。那天他和另外几位老人向我讲了好多大店故事，让我记了半个笔记本。王晓六说："那天庄廷璐回到家里，向他爹庄应宸说了他抓到的牌，庄应宸点点头说，可能是阿兰夺魁了。"他的孙子阿兰，去北京参加会试，估计此时已经发榜。

进士榜上题名，成为天子门生，这是庄氏子孙几百年来前赴后继的奋斗目标。庄氏自明朝初年由东海郡海东村（今连云港市云台山北）迁来，耕读传家，渐渐兴旺，万历年间出了个进士庄谦，官至陕西巡按，激励了一代又一代的庄氏后人刻苦读书。庄氏一位先祖这样讲读书之用："譬诸一身，财者肉也，地者骨也，而读书则气脉也；有骨肉而无气脉，人胡以生？"正因为看重了这个"气脉"，庄氏家族考取功名者层出不穷，到庄阿兰赶考前夕，进士已有七位，举人二十多位，获其他功名者难以胜数。庄氏家业也继续扩大，土地总量达六万亩，为鲁南首富。在大店镇，凡是好样的人家都有堂号，以避免别人直呼其名，也显示其尊贵，庄家的堂号多达两百五十多个，有名的堂号七十二个。堂号之间一直暗中较劲，看谁家的地多；看谁家门前竖的旗杆多，因为一根旗杆就代表一份功名。强恕堂的庄瑶，嘉庆二十二年（1817）中进士，与林则徐同年，曾任工部都水司主事、湖北荆宜施兵备道等官职，他家门前竖的旗杆后来有七根之多，让无数人景仰赞叹。

庄阿兰参加会试，肩负着他家四代人的期望。他曾祖父庄恩植，道光甲午科举人，曾任单县教谕；他祖父庄应宸是附贡生，虽然是秀才中的佼佼者，却没能中举。庄应宸不甘心，一心想让祖坟再冒青烟。懂《周易》、擅医术、会相面的他，有一天去下河村查看庄稼长势怎样，发现一位到地里送饭的女子长相非凡，断定她能生贵子，回来便托人提亲，让女子成为他的儿媳妇。他儿子庄廷璐考上秀才，却也止步于乡试，便潜心研究医术，给人免费看病。庄廷璐娶了下河村这位女子，于同治十一年（1872）正月二十一日生下儿子阿兰，庄应宸、庄廷璐父子把门前再竖旗杆的希望寄托在阿兰身上，在他五岁时送入家塾读书，对他严格要求，悉心指导。有一次阿兰写了文章，父亲看过后说他"撸了叶子"，意思是有的地方抄了古书，用竹竿将他揍了一顿。阿兰觉得委屈，没去吃晚饭。爷爷没见大孙子，就喊："兰，怎么不来吃饭？"阿兰过来说了挨揍的事，爷爷让他拿来文章看看，说这是引文，不是抄，把儿子训了一通。他家还为阿兰先后聘了好几位学问超群的业师，给予优厚待遇，让他们不遗余力传道授业。阿兰不负厚望，学业早成，十五岁就在沂州府中了秀才，二十六岁考上拔贡，放乐安县（今广饶县）训导。他在任上朝乾夕惕，刻苦攻读，去年中举，今年又去参加会试。前些天，庄廷璐已接到阿兰家书，称从潍县启程，走了二十三天到达北京，三月初八进场，闰三月出榜，殿试约在四月下旬。不知为何，现在等到五月底了还没有消息。庄廷璐心想，今晚打牌抓到所有的红"中"，难道要来喜报？

第二天，果然有一匹大马从北方飞奔而来，马背上是一位报喜差役。到了大店镇，寻至双榴堂，此时院中石榴花火红耀眼，报喜者展开皇榜高喊："庄陔兰中二甲第十四名进士，钦点翰林院庶吉士！"爷爷一听，说出俩字："白搭！"他觉得孙子没中状元，有点遗憾。而家里其他人不胜欣喜，庄廷璐将早已准备好的一大包赏银给了报喜者。人们奔走相告，整个大店镇沸腾起来，上门道喜、看热闹者满街满巷。读过书的人都知道，翰林院是皇帝身边的人才库，"非进士不入翰林院，非翰林不入内阁"，成为翰林，前程远大。

去赶考的是庄阿兰，报喜人报的是庄陔兰，这里面有故事。因为他祖父、父亲两代都是独子，父亲生下他，为求"好养"，就按照当地风俗给他起了个女孩名字"阿兰"。当地人传说，这名字让皇上给改了。会试结束后，主考官把成绩优异者名单呈送皇上审阅，光绪帝看到阿兰，想到这是慈禧太后的小名，便提笔将"阿"改成"陔"。陔，指靠近台阶下边的地方，还指田间土埂。《昭明文选》中有束晳的诗句"循彼南陔，言采其兰，眷恋庭闱，心不遑安"，意思是循陔以采香草，将以供养父母，所以古人以"陔兰"敬称他人子孙。光绪帝此时使用"陔兰"一词，说明他学问深厚。

报喜人走后，双榴堂前的旗杆很快竖起。在红石叠起的基座上，竖两块青石作旗杆夹，抱一根三丈高的旗杆。旗杆上方有两个旗斗，顶端挂一面锦旗，上面绣着"进士出身"四个大字和"甲辰恩科殿试二甲第十四名"等小字。甲辰科会试本属三年一次的正科，但为庆贺慈禧太后七十大寿，改称恩科，意思是太后降恩，让天下举子进京会试。

我见过庄陔兰会试中式墨卷影印件，上面写着：

　　乡试中式第三十一名
　　会试中式第七十一名
　　殿试一等第十七名
　　殿试二甲第十四名
　　朝考一等第十八名
　　钦点翰林院庶吉士

我十年前去北京孔庙游览，在森森古柏间看到黑压压的198块进士题名碑，刻录着元明清三朝五万一千六百二十四位进士的姓名、籍贯以及他们的名次，心中肃然起敬。这些进士过去是读书人的光辉榜样，其中有很多人推动、改变了中国历史。瞻仰这些碑时，我特意找到光绪甲辰科进士碑，看中国最后一批进士的名字。二百七十三人中，有状元刘春霖，有后来的著名人物商衍鎏、王庚、谭延闿、汤化龙、沈钧儒等。看到庄陔兰的名字，我对这位家乡先贤行注目礼良久。从旁边的介绍文字上得知，以前立进士题名碑，均由国家拨银，而甲辰科发榜后，拿不出这笔钱，只好由中第进士自筹银两建碑，可见当时大清王朝已经穷困潦倒。

科举制度，百多年来被人诟病，说"八股取士"束缚了读书人的头脑，误国害民。我看过庄陔兰会试中写的三篇文章，题目分别是《周唐外重内轻秦魏外轻内重各有得失论》《贾生五饵三表之说班固讥其疏秦穆公用以霸西戎中行说亦以戒单于其说未尝不效论》《北宋结金以图燕南宋助元以攻蔡论》，都是用儒家理论分析论证历史上的治国得失。而光绪帝亲自主持的殿试，竟然是这样四道题：

一、世局日变，任事需才，学堂、警察、交涉、工艺诸政，皆非不学之人所能董理。将欲任以繁剧，必先扩其见闻，陶成之责，是在长官。顾各省设馆课吏，多属具文，上以诚求，下以伪应。宜筹良法，以振策之。

二、汉唐以来兵制，以今日情势证之欤。

三、古之理财，与各国之预算决算有异同否？

四、士习之邪正，视乎教育之得失。古者司徒修明礼教，以选士，俊士，造士为任官之法。汉重明经，复设孝廉贤良诸科，其时贾董之徒最称渊茂。东汉之士以节义相高，论者或病其清议标榜，果定评欤。唐初文学最盛，中叶以后，干进者至有求知己与温卷之名，隆替盛衰之故，试探其原……今欲使四海之内，邪慝不兴，正学日著，其道何之从？

四题皆是策论，具世界眼光、有深刻见解，方能较好应对。从这些试题也可看出，当时朝廷为了救国，与时俱进，才出了这些题目以招揽栋梁之材。庄陔兰能在二百七十三位进士中获第十七名（内含一等一甲三名），堪称楚璧隋珍。

再回到1904年的大店。双榴堂的旗杆竖起之后，全家便期待着锯断的那一天，锯断，便意味着陔兰放了官。过去读书人中了举人或进士，都有可能做官。等他上任后，家里人便将旗杆在一人多高的地方锯断，在碴口上立着锯一道，再将有裂缝的一段锯掉半边，旗杆上便出现了官帽的样子。这是昭告人们，我家考取功名的人已经放官了。庄陔兰中进士后进翰林院，按惯例，过一段时间便会放官，或去六部任职，或到地方做官。庄家上一个进士是庄清吉，光绪戊戌科进士，也进过翰林院，后来做了直隶柏乡县知县。然而庄陔兰的家人等了两年，却等来了这样一个消息，他要去日本留洋。

消息传开，人们都不理解。庄陔兰此时已经三十五岁（虚岁），怎么还要去念书，而且是去东洋？他从小念书，眼睛早早毁了，久而久之养成习惯，上街走路时都要贴着街边，恐怕撞着别人。会试之前，他更是埋头苦读。他二弟喜欢开玩笑，这天突然跑到书房跟哥哥说，居业堂的大婶子来了，在堂屋里坐着。特讲孝道的阿兰放下书本起身，到堂屋里向坐着的女人作揖施礼："给婶母大人请安！"二弟在门外哈哈大笑，那女人埋怨道："也不瞅瞅俺是谁。"阿兰近前一瞅，原来是他的妻子。听说他又要留学，有人就说：读书都累成瞎子了，好不容易中了进士，还要再读？

乡下人并不知道，留学东洋此时已在中国读书人中成为风尚，并被朝廷支持。鸦片战争之后，中国一次次被西方列强欺侮，一次次割地赔款，朝廷终于认识到：必须向西方学习，才能富国强兵。学习的内容，从政治制度到科学技术；学习方式，派大臣出洋考察，派年轻人出国留学。甲辰科放榜后设进士馆，令癸卯、甲辰两科进士入馆，"以教成初登仕版者皆有实用为宗旨，以名彻今日中外大局，并于法律、交涉、学校、理财、农、工、商、兵八项正事皆能知其大要为成效。每日讲堂功课四点钟，三年毕业。"1904年5月26日，进士馆开学。一年后学部认为，应该让进士们直接去外国学习，1906年8月26日便派遣进士馆学员赴日本游学，而且将正在学习的甲辰进士都送去，每人每年发给四百两银子。日本法政大学有专门为中国留学生开办的法政速成科，进士们可以到那里读书。

乡下人更不知道，日本此时已经成为中国留学生的主要目的地和中国革命组织的摇篮。几十年来，日本迅速强大，极其凶悍地显示身段，甲午战争中让大清北洋海军全军覆没，十年后又在中国东北把俄军打败。朝野上下都在讨论，日本原来也是贫弱落后，后来为何这么快就变强了？结论是，日本学西方，搞维新。那么，咱们也学，而且直接学日本，日本离咱们近，文字差不多，学起来容易。于是，或官派或自费，去东洋留学者一年年增多。1905年清廷宣布废除科举制度，断绝了读书人走了一千三百多年的晋升大道，一些人想通过留学寻找出路，留日学生进一步增加。日本政府也欢迎中国人去留学，以缓和战争造成的日中关系紧张状态，同时也从留学生手中挣取学费。这样一来，中国男生的大辫子便在日本各所大学校园里甩甩悠悠。甩着悠着，许多人觉醒了，看清了中国在世界上的位置，察觉到中国存在的弊端，想尽快学到西方政治文化理念以及先进技术，以挽救千疮百孔的中国，让中华民族走出苦难的深渊。有一些人还认识到，改良道路在中国行不通，君主立宪制也不适应中国国情，唯有进行革命，推翻清朝，中国才有希望。1905年6月孙中山先生从欧洲到了日本，受到中国留学生的欢迎和拥戴。8月20日中国革命同盟会在东京成立，百分之九十以上的入会者是留日学生。孙中山在会上指定了中国同盟会在各省的主盟人，徐镜心为山东主盟人。

就在中国同盟会快速发展，在日本培养了越来越多革命者的时候，大清国的一些进士们也去日本了。庄陔兰也去，并且回家把年方十岁的大儿子庄埒泰带上。当然，儿子的学习费用由家里出。父子一起留洋，这在家乡引起了更大的轰动。

庄陔兰大概是从青岛港坐轮船东渡的，因为这里离家乡近，已经开辟了通往日本的航线。庄陔兰是大个子，长方脸，他戴着眼镜，牵着儿子的手站立船头，打量着眼前的一片沧溟。通晓历史的他，应该会遥想大唐时代，日本人为了到中国求法取经，一次次派遣唐使和留学生西渡。他还会思考，一千年下去，求法取经改为逆向而行，究竟是何原因。去日本求得真经，回来救国救民，这是他的抱负与决心。带儿子留学，让他接受世界上先进的政治理念和相关文化，也是他的长远之计。

清末"新政"期间，分批前往日本法政大学修业的进士为一百二十四名，其中有光绪三十年甲辰科进士八十一名，甲辰科状元刘春霖、榜眼朱汝珍、探花商衍鎏均在内。他们学习法学通论及民法、商法、国法学、行政法、刑法、国际公法、国际私法、裁判所构成法、民刑诉讼法、经济学、财政、监狱学等课程，教师用日语讲课，课堂上配备汉语翻译（见邹洁的硕士论文《清末新政中的进士留洋问题研究》）。那时中国亟须变法革新，到日本学习法律的留学生特别多。徐镜心，在福田大学法律系；他回国后接任山东主盟人的丁惟汾，在明治大学法律系，这两所大学也在东京。

学员可住学校宿舍，可住客栈，也可自己租屋。租屋每月房费和饭钱约需十到十二元。庄陔兰带着儿子，估计会租屋居住。庄堉泰没和父亲在一个班，在日本法政大学法律科学习。大店镇的老人讲，庄堉泰留洋回来是说过日本话的，别人听不懂，还笑话他，他就再也不说了。但他和父亲一样都是近视眼，从此有了个外号"东洋瞎子"。

庄陔兰在日本学习期间，结识了许多中国留学生。他与丁惟汾相见，格外亲切。丁惟汾是山东日照人，1874年生，1903年考入保定师范学堂，次年以官费赴日本留学。莒县庄家，日照丁家，都是富贵人家、名门望族。两家门当户对，相距只有100多里，通婚者颇多。庄陔兰与比他小两岁的丁惟汾也是姻亲，而且是重要亲戚：丁惟汾的妹夫是庄陔兰的三弟庄阿簪。庄陔兰与这位姻弟交流学习体会，也交流政治观点。当时日俄战争刚结束不久，许多人认为，俄国之所以败，是因为它的专制体制；日本之所以胜，是因为它的君主立宪制。庄陔兰起初也认同他们的观点，但他与丁惟汾等人接触后，观点发生改变，立场开始偏移。他想到在北京两年间耳闻目睹的一切，思考中国走向富强的根本出路，也认为必须结束清朝统治，走向共和，就秘密加入了中国同盟会。像每个入会者一样，他在入会仪式上庄严宣誓："驱除鞑虏，恢复中华。创立民国，平均地权。矢信矢忠，有始有卒。有逾此盟，任众处罚！"

这番誓言出口，庄陔兰就在内心里与清廷势不两立了。一个大清王朝的"体制中人"，加入同盟会参与反清活动，如果不是看透中国大势，不会有这样的冒险之举。

庄陔兰于1907年下半年回国，有资料显示，他12月参加了学部举行的第一次进士馆游学毕业学员考试。考试评出最优等八名，优等十六名，中等四十二名。与试者均照章授职，得到不同程度的奖励。由于翰林院积压的人才太多，只有少数人升职或安排实职，有些人是"记名遇缺题奏"——先记下名，等到有了空缺的职位再奏请朝廷安排。庄陔兰等十九人的名字后面，是"翰林院编修"五个字。这就是说，他们留学东洋一番，由"翰林院庶吉士"升为"翰林院编修"了。从他写给父亲的信中得知，他住的寓所在西单牌楼小六部口。小六部口在中南海南边，长安街路南，往东走几里路便是翰林院。大清王朝风雨飘摇，翰林们行经皇宫门前，或去各部办事，肯定会看到衮衮诸公的焦灼面容和匆匆步履。

但是，庄陔兰没在翰林院待多久，第二年就去济南当了山东法政学堂的监督。

山东法政学堂是1906年创办的，建在济南按察院路北皇华馆（今市立第一人民医院院址），主要用于培训候补官吏，学制、课程全部效仿日本，教科书也是日本人的著述。当时各省都办法政学堂，教习的待遇极为优厚，如直隶法政学堂监督，月薪二百元；广东法政学堂监督，月薪四百元，而1910年担任四品京官的杨度，也只是二百元。翰林院编修一般是正七品，肯定比不上法政学堂的监督，因此，好多有留学日本经历的翰林以及到各部任职的官员纷纷进入各省法政学堂担任监督、教务长等职。那时学堂监督只有一个正职，没有副监督。时任山东高等师范学堂监督的王墨仙（王讷）后来在《辛亥山东独立记》一文中讲："1908年，法政学堂监督易为莒县庄心如陔兰（心如是庄陔兰的字）。"《清末与民国时期山东法学教育概略》（《政法论丛》1995年第2期，作者张建华）一文记载，山东法政学堂历任监督为方燕年、雷光宇、孙松龄。1912年，山东法政学堂易名为山东法政学校，监督改称校长。1913年与山东法律学校合并，改名为山东公立法政专门学校（1926年并入省立山东大学），历任校长有:孙松龄、庄陔兰、丁惟汾等。不管是监督还是校长，都是学校的最高长官。庄陔兰恪尽职守，兢兢业业，以他从日本留学获得的世界眼光和专业知识组织教学，让大批法政人才在此成长。

这期间，反清暗潮在海内外汹涌澎湃，也波及山东。1908年，丁惟汾回国，到山东法政学堂任教。他秘密发展诸城王乐平等学生为盟员，联络省内同志，组建基层组织。庄陔兰此时未公开同盟会会员身份，但与丁惟汾保持联系，暗中支持他们。庄陔兰还和山东教育会会长兼山东高等师范学堂监督王讷来往密切，经常在一起讨论时局，秘密组织革命活动，并游说山东提学使陈昌荣，劝他赞成革命。

几年下去，反清暗潮终成惊天狂澜。1911年秋天，武昌城头枪声骤起，一直在胶东活动的徐镜心火速赶到济南，与丁惟汾等人积极响应，共同策划山东独立，并草拟了《山东独立大纲》八条。然而，该大纲未获其他政治力量认可。于是，一些人以山东省绅商各界及教育会的名义发电报，请来了曾任山东团练副大臣、正在北京的吏部候补知府夏继泉。夏继泉到济南后，会见各方人士，召开各界座谈会，将《山东独立大纲》八条修改为《劝告政府八条》，随后与山东巡抚孙宝琦交涉，要求其向清廷代奏。11月7日，革命派联合其他各界群众一举推翻了咨议局，宣布成立山东各界联合会，作为全省立法、监督、行政的最高机关，领导山东的独立斗争。夏继泉被推举为会长，因推举出的两个副会长胆小怕事悄然离去，便

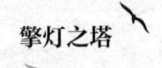

又推举了庄陔兰、王讷二位。于是，山东两所高等学堂的监督联袂登场。

11月13日，山东全省各界联合会、同盟会、北洋陆军第五镇官兵以及商界、学界召开独立大会，从早晨开到晚上，气氛惊心动魄。最后在第五镇一位军官的持枪威逼下，山东巡抚孙宝琦只得摘下头上的花翎官帽，认可山东独立。此时全场一片狂呼："山东独立万岁！中国革命万岁！"

夏继泉后来在署名夏莲居的文章《1911年山东独立前后》（《山东文史集粹》政治卷，山东人民出版社1993年出版）中对庄陔兰这样评价："以后继任的副会长又选出来庄陔兰和王讷。庄是莒县人，光绪甲辰科翰林，王是安丘人，举人。他们两个都是日本留学生。我与庄在北京的时候就认识，我认为他能读书，有谋略，外表极朴素，而抱负权奇，遇事举重若轻，不动声色，于黄老之学颇有研究。他也有他的弱点，往往对事以儿戏出之。他也是我由北京邀来的（文章此处有误，因此时庄陔兰已在济南——赵德发注），因为我的性格与他颇有相反处，遇事举轻若重，对人又不圆融，硁硁介介，过于亢直，他能对我不顾情面，随时匡正我的短处，所以我首先把他由北京邀到济南。后来我离开了济南，就把联合会的事体完全托付给他了。"

庄陔兰，此时站到了时代的潮头，成为辛亥革命在山东的重要人物。

那一段时间里，整个社会动荡不安，各种势力斗争激烈，时局每时每刻都在变化，庄陔兰作为山东各界联合会负责人，要以超常的智慧与胆量应对各种事情。山东独立后，旅京山东同乡会请清政府速派兵到山东镇压革命，庄陔兰得知消息，急电北京有关方面，力陈山东危急情况，并嘱转赵秉钧（清巡警部右侍郎，总揽警权），请他向清廷陈说万勿用兵。这份电报起了作用，才未酿成严重事端。

11月24日，在袁世凯逼迫下，山东取消独立，张广建为山东巡抚，让部下搜捕革命党人。济南"宜春轩""万顺恒"两个店铺开业人均是革命党人，曾向外埠购买枪支弹药，准备以暴力反清。12月10日凌晨，济南巡防营突袭两店，当场杀死一人，捕去十四人。事发后，庄陔兰等人立即面见宣慰使，说明被捕人并非土匪巨盗，而是革命党人，并愿为他们作保，才使官府承认他们不是土匪，同意送审判庭审理此案。此后庄陔兰等人又亲往审判庭，面见检察长陈业，要求旁听。由于庄陔兰等人作保，迫于社会舆论压力，除刘溥霖等三人暂留厅外，其余均被释放。

鉴于事态严峻，会长夏继泉与秘书长丁世峄去了北京。他们想面见袁世凯，反映山东民情与张广建的做派，但一直没有等到，而山东局势日益混乱。庄陔兰与王讷发电报给夏会长，报告山东种种乱象与新发事端，最后说："公等为山东请命，从速解决，尚可挽救于万一，否则大局糜烂，不可收拾，使吾省三千万人性命牺牲于公等之手，将何面目归见吾山东父老乎？不胜啼泣号呼，迫切待命之至！"时至今日，我们还能从言辞中感受到庄、王二位忧心似焚。夏继泉接电报后，火速回来面见有关人士，才让局势稍稍缓和。

全国政局跌宕起伏，让人眼花缭乱。1912年1月1日，孙中山在南京就任中华民国临时大总统，却未获西方列强承认，而袁世凯手握重兵，对大总统之位虎视眈眈。孙中山"不忍南北战争，生灵涂炭"，以清帝退位为条件，于2月13日辞职，推荐袁世凯为临时大总统。此后，孙中山重整旗鼓，于3月3日在南京召开中国同盟会会员代表大会。徐镜心在会上被选定为山东支部长，山东的同盟会转为公开活动。5月，周自齐出任山东都督。此时山东各界联合会已完成历史使命，夏继泉任都督府最高顾问，庄陔兰任秘书长。8月，中国同盟会改组为国民党，徐镜心、丁惟汾、庄陔兰、王讷、刘冠三、谢鸿焘等山东同盟会领导人共同组建了国民党山东支部，徐镜心被推举为理事长。

公元745年，杜甫在济南游大明湖历下亭，写下著名的诗句："海右此亭古，济南名士多。"公元1914年，历下亭里经常有一些济南名士相聚，召集者为庄陔兰。这时他已经调任山东省民政长官

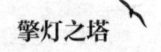

公署总务厅厅长兼山东图书馆首任馆长。建在大明湖畔的山东图书馆，虽然政府拨款极少，馆藏图书不多，但庄陔兰努力守护山东这处文化宝库，并在1917年编印了《山东图书馆书目》，凡8册。2015年，刚从莒南县文管所所长位子上退休的庄虔玉先生发现了一件民间收藏的白瓷茶壶，壶肚上有文字——赠庄陔兰：十年仁德育齐鲁 百世为师第一人 山东济南图书馆十五周年留念 民国二八年制。从这件赠品可以看出，山东图书馆后任者对庄馆长的崇敬之情。

因为庄陔兰的社会影响与威望，1918年8月他当选为国会参议院议员。这是中华民国第二届国会，由一百六十八名参议员和四百零六名众议员组成，庄陔兰是山东的二十二名议员之一。

这时，第一次世界大战已接近尾声，日本在四年前就从德国人手中夺去了青岛并继承其在山东权益。日本还对华大举借款，获得诸多经济利益，并通过1918年9月"山东问题换文"及《济顺高徐二铁路借款预备合同》，进一步强化继承德国权益的法律立场，这就是臭名昭著的"中日密约"，未经国会批准也未公布。战后和会于1919年初在巴黎举行，"中日密约"在和会上公开，引发国内民众极大愤怒。那些有正义感的议员尤其是山东议员更是义愤填膺，纷纷向国会提出建议案，强烈表示质疑与反对。庄陔兰在建议案中认为，中日二十一条及济顺、高徐合同草案均未经国会同意，按照《临时约法》的规定属于无效，"且中国加入协约，德人租借原约根本取消，日人私订之约岂能继续有效？"

那个春天，巴黎和会上的进展让中国人感受到深深的寒意。中国政府本来打算，通过对德、奥宣战，以便在战后争取收回山东主权，没想到人为刀俎、我为鱼肉，有关列强决定将原德国在山东的权益转交日本。消息传来，举国震惊，山东更是反应强烈。4月，山东各界公推代表赴京，与旅京山东人士一起表达坚决反对之意愿。26日，包括庄陔兰在内的参众两院鲁籍议员赴总统府请愿，痛陈山东人民愤激状况，申明争取归还青岛的立场。5月1日，二十余名参众两院鲁籍议员赴总统府谒见大总统徐世昌，对时局之意见及关于鲁省善后事宜详为陈述。5月2日，庄陔兰等全体山东籍参众两院议员又给中国驻欧专使致电："乞拼死力争，主张直接索还青岛及铁路矿山，并废除中日新约。"5月3日，庄陔兰与尹宏庆、张玉庚、谢鸿焘等十人以及旅京商界代表孙学仕、旅京山东学生代表孙毓址等再次赴国务院质问："如日本终持强硬态度，五国暂收也办不到，政府最后办法究竟如何？"他们严正要求总统下令，将卖国的三位官员曹汝霖、陆宗舆、章宗祥褫职，并交法庭严讯办理。19日，庄陔兰等山东籍参众议员致电直隶省议会等团体："协力同心，要求政府及巴黎专使，贯彻主张，勿惑奸宄，勿畏强御，稍可退让。"因山东离北京近，在京各界人士、劳工很多，也频频举行各种活动，与鲁籍议员们一起奔走呼号。他们传达出的山东声音，成为五四运动前奏的重要组成部分。

五四运动爆发，惊动中国大地，北洋政府惶恐莫名，对学生残酷镇压。6月3日，大批上街演讲的北京学生被捕，庄陔兰等旅京山东人士焦急万分，投入营救行动，凭借各种上层关系，力促北洋政府释放学生。武汉发生"六一惨案"后，许多学生被捕，王讷、庄陔兰等人即刻致电湖北督军王占元，坚决反对囚禁和伤害爱国学生，要求政府即日释放他们。这期间，他们还一再向巴黎传递正义呼声。国内的抗议浪潮排山倒海，海外华工和留学生的抗议活动也声势浩大，最终唤醒了中国代表的良知，使其未在和约上签字。

在那场彪炳史册的伟大斗争中，庄陔兰行色匆匆，长衫飘飘，大义凛然，铁骨铮铮，体现了一位知识分子的担当意识和入世姿态。

此后一段时间，庄陔兰租了宝善寺的房子，长住北京。作为国会参议员，在这里参加活动方便。《中华民国宪法草案》明确规定，两院议员不得兼任官吏，庄陔兰觉得自己成了一位专业政治家，拿着国家发给的优厚薪酬，可以专心参政，为人民谋福祉。他还认为，有了国会，中国就有了与西方相似的民主体制，前途一片光明。但是，他太天真了，那时的中国北方依然是军阀当道，争地夺权，你方唱罢我登场。他眼中神圣的国会，实际上被皖系军阀、时任总理的段祺瑞所控制，被人称作"安福国会"。1920年7月"直皖战争"爆发，直系军阀将皖系军阀打败，曹锟与吴佩孚取胜后控制北洋政府，迫使段祺瑞辞职，并解散国会。第二年，庄陔兰接到家信，得知父亲去世，便匆忙回家治丧，并按照旧时规矩守孝三年。在家时，庄陔兰的一个儿子向父亲说，想通过父亲的庇荫出去做官。庄陔兰气冲冲地对他说："你当个什么官？你看看，世事乱如麻，掌大权的换来换去，你当谁的官？当谁的差？"从这话可以感受到他的清醒与迷茫，他的失望与期待。

父亲去世，按惯例要分家析产。庄陔兰兄弟五个，两个已不在人世。身为老大的庄陔兰提出分家方案：一万亩地，每家两千，守寡的两个弟媳妇和她们的孩子先挑好的。她们挑完，另外两个兄弟挑；两轮挑剩的，才是他的。父亲留下的金银财宝，他一概不要。分家后可以起堂号，庄陔兰给自家命名为"存诚堂"。人们无不感叹：翰林的"存诚"，真是叫人敬佩！

庄陔兰之志绝不在于土地、金钱。此时他身在大店，心系革命，一直关心着国家的前途与安危。身为国民党党员的庄陔兰，将目光投向了遥远的南方。他得知，孙中山在广州担任了非常大总统，提出"联俄、联共、扶助农工"三大政策，改组国民党，重建海陆军大本营，准备彻底实现他谋划的宏伟构想。他关注着，盼望着，等到1924年10月，时局又有一个大转折：冯玉祥发动"北京政变"，推翻大总统曹锟，段祺瑞重新出山。段祺瑞政府邀请庄陔兰担任国务商榷委员会委员，他便回到了北京。

这期间，冯玉祥、张作霖、段祺瑞先后电邀孙中山北上共商国是，孙中山接受邀请，并提出废除不平等条约、召开国民会议等一系列主张。孙中山要召开国民会议，应该是庄陔兰最为期待的——中国多么需要统一的、能够真正代表全国人民的权力机关和立法机构呀。但他不知道，孙中山先生此时已患严重肝病。孙先生11月离开广州北上，绕道日本赴天津，12月底到达北京时，已病入膏肓。到京城扶病会见各方，身心交瘁，于1925年3月12日逝世。

孙中山突然归天，无数中国人觉得失去了主心骨，悲痛欲绝。

孙先生在中央公园停灵期间，先后有数十万人前去祭奠，表达哀思怀念之情，庄陔兰肯定也在人群中。

公祭大会之后，庄陔兰挥泪离京，坐火车走了。到了济南转胶济铁路，他没按往常的做法在潍县站下车回莒县，而是继续前行，到青岛下车后，沿海边东去，进入莽莽苍苍的崂山之中。

关于他的崂山经历，传说很多，有说他去研究佛经的，有说他去学道修仙的。我认为，崂山是一座道教名山，太清宫是全真道第二大丛林，庄陔兰到这里居住，佛道兼修，但亲近道家的可能性更大。证据有二：一是夏继泉在回忆文章中说他"于黄老之学颇有研究"；二是他有《明霞洞》一诗传世：

明霞奇胜处，山海势平分。
有石皆含水，无峰不住云。
洞天幽以徂，竹木修而纹。
笑问燕齐客，神仙或是君。

明霞洞是崂山后面的一所道观，有一石洞，为崂山上清宫别院、全真道龙门派支派金山派祖庭，上千年来曾有多位高道在此修炼。不管庄陔兰是在此居住，还是到此游历，都能从诗中看出他的心情已经平静。"笑问燕齐客，神仙或是君"，这应该是他的自问自答——燕齐客还能是谁？就是在北京、济南两地居住过的庄某人呗。你已经不是什么翰林、议员，你快成神仙了呀！

在儒道文化并行的旧中国，许多读书人认为：天下无孔孟，英雄无出处；世上无老庄，英雄无退路。庄陔兰的人生，恰好为此言做了注脚。他自幼饱读四书五经，"修齐治平""内圣外王"的理念深入骨髓，在科考的道路上屡败屡战，终于成进士，做翰林。他去日本留学，也是踌躇满志，打算找到救国救民的锦囊妙计。回国后目睹国家混乱，民不聊生，心里想的肯定和民国大才子梁漱溟先生奋力呐喊的一样："吾曹不出，如苍生何？"于是义无反顾地投身革命洪流。然而，革命尚未成功，孙中山先生撒手而去，他万念

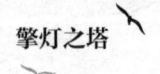

俱灰，遁入玄门、空门。

那个时期，和他一起并肩战斗过的风云人物有进有退，人生轨迹各自不同。

孙中山先生的亲密战友徐镜心，在革命道路上一往无前，百折不挠。1913年1月，国民党元老宋教仁被人刺杀，证据指向袁世凯，徐镜心在国会首倡弹劾袁世凯，并在天津组建"中国同盟会北方革命行动委员会"，领导北方讨袁斗争。1914年4月被逮捕后，坚决拒绝袁世凯的拉拢诱惑，严刑拷打之下视死如归，终被秘密杀害，被誉为"革命巨子"。

丁惟汾，在孙中山逝世后依然领导国民党左派，坚持三大政策。1926年1月在国民党第二次全代会上被推为七人主席团之一，并当选为中央执行委员会委员。会后回到北京，参与领导"三·一八运动"，和李大钊一起带队请愿。1926年7月他南下广州，出席国民党中央执行委员会临时全会，讨论北伐事宜，被选为国民党中央执行委员会常委、青年部长，此后一直在国民党中保持很高地位。但丁惟汾后来发现蒋介石只是利用他的元老派招牌，不信任他，还派人暗杀了他的得意高足王乐平，于是心灰意冷，把主要精力用于学问，研究古文字音韵、方言俚语，有《诘雅堂丛集》六种传世。

夏继泉，1925年被山东省省长张宗昌以宣传赤化罪通缉，只好流亡日本。1927年归国后皈依佛门，改号"莲居"，写诗表达他的向佛之心："浮生有境终归幻，除却莲邦未可居""浊世无如念佛好，此生端为大经来"。后来他成为著名居士，佛学造诣很深，连虚云大师都称他为"大善知识"。

王讷，也于1925年9月去职。自此谢绝仕途，以诗书画为娱。

潮流勇进或急流勇退，情境所致，性格使然。

庄陔兰隐居崂山，有的友人和家人不理解，说他脑子出了毛病。家乡甚至还有八卦传开，说庄陔兰去崂山，有两个皇宫的妃子跟着。那时冯玉祥刚派兵进入紫禁城把废帝溥仪逼走，真有一些妃子流落民间，有人就把其中的两个编派给庄先生了。但有人说，是有这事，但先生始终不动心，俩妃子只好哭哭啼啼离开。

八卦流传了六七年，先生却在家乡大店镇再度露面。他还像以前一样，戴着眼镜，身穿长衫，贴着墙根低头走路，只是身躯变矮，发须变白。"翰林回来啦！"人们都涌到存诚堂看热闹。听说他回来不走了，有人说，翰林是告老还乡了。"式微，式微，胡不归？"上过私塾读过《诗经》的人会在心中念叨着这一句，心想，翰林年届花甲，真该回来了。

庄陔兰有七个儿子，可谓儿孙满堂。他会含饴弄孙，享受天伦之乐；也会由家人或友人陪同，去镇东的马鬐山，去镇西的沭河边，亲近仁山智水。但更多的时间，他是在家中挥毫泼墨。他喜欢喝酒，常以虾米为肴，写字前必须喝上两盅，有"无酒不书"之说。他的书法艺术此时已臻化境，达到极高水准。他在这方面有家学渊源，曾祖父、祖父皆擅书，教导庄陔兰自幼练出一笔好字，他才在甲辰科殿试上中了进士，因为殿试时皇上非常看重字的好孬。他任翰林院编修时，经常与京城有名的学者、书家切磋书艺，并有机会浏览许多古今著名书家墨迹，加之天资聪慧，刻苦临习，终成气候。他的楷书以颜为宗，厚重恢宏；行书神采飘逸，气贯如虹。昔日在京城、省城，求他写字者甚多，无论是官是民，一般都能如愿。回到老家，索求"翰林字"的人更是络绎不绝。到了春节，他亲自写"对子"贴在家门上，贴上后马上被人揭走，他只好重写。再一年春节到了，为防这种事情，他写了"种德收福、乐善永年"的春联，让匠人刻字于门板上，以后每到过年，佣人再用红漆涂一遍。另外，远远近近，经常有人请庄陔兰题写碑文，他觉得只要有益于世道人心，就认真撰写，有些碑保存至今。如1933年，日照长记船行老板贺仁菴牵头，在石臼港湾建起一座灯塔，慕名邀请庄陔兰撰写碑文，庄陔兰欣然同意。此后，人们再到灯塔下观海听涛，都会顺便欣赏翰林的文字。

居家赋闲，并不是"岁月静好"。时局虽比以前稍稍稳定，但社会的各种矛盾还是在这个镇上折射、显现、迸发。官税、兵饷，让人难以应付；鲁南大地上流窜的一股股土匪，让老百姓惶惶不安，大店镇围墙高筑，团练们荷枪实弹日夜站岗。庄氏家族的

"七十二家堂号"也分化严重，富者有良田万亩，穷者出门时没有像样的衣裳。对待佃户，仁慈者有，苛刻者也有。另外，烟毒也在镇上蔓延了多年，一些人因为吸大烟而倾家荡产。就连庄陔兰的大儿子，随父留过洋的庄埥泰，民国八年参加文官高等考试，在财政部币制局文书科任职一段时间，带着一杆烟枪回家，从此喷云吐雾沉迷于幻觉之中。庄陔兰目睹这些，悲愤、沉痛，却又无能为力，只好用道家的超然目光观照，用一些书法作品抒发感想，"浮云心事谁能识，明月襟怀只自知"（庄陔兰所写联句）。

1934年初春，莒县县长卢少泉忽然登门，想请庄陔兰先生帮忙。那时，国民政府行政院下令各省县编纂方志，莒县为此设立专局，并召集了一批编纂人员，拟请德高望重且学问深厚的庄翰林担任总纂。庄陔兰心想，这可是件大事。莒自春秋以来，以国名县，至今无改，岁月悠悠，史料浩繁。明清两代修过几次志，明代的志书已经失传，清代修过三次，但也有一百多年没再续修，重修莒志，有益桑梓。他欣然应允，县长大喜，即刻请先生赴任。

大店离莒县县城60里远，庄陔兰坐马车去，沿着大路往北走。沿途有七个村庄，有好多他家的佃户，他怕遇见后怠慢了他们，每到一个村前就下车步行，见人必抱拳问候，走过村庄才坐上车子。人们纷纷感叹：翰林就是翰林，知书达礼。

庄陔兰到了县城，住在文庙。这是他当年的入泮之处，他就是在这里起步，让自己跻身帝都翰林院的。眼下他成了一位"太史公"，着手修志。他发现人手不够，又邀来了李炳南。这位李炳南是济南人，1889年生，当年到山东法政学堂求学结识了庄校长，被校长及其他辛亥志士们的气度深深感染，学业优异。1920年，李炳南出任莒县典狱长，任职期间，心怀悲悯，重建监舍，十多年间，政声颇佳。他被庄校长请来担任四位分纂中的一位，负责古迹、军事、司法、金石等方面的内容。他此时称庄陔兰为"庄太史"，二人同住文庙，"短烛抚剑而论史，霜晨插菊而联吟"（李炳南诗句），续写了一段师生佳话。

"庄太史"统领这个由二十多位饱学之士组成的编辑班子，费时两年，修成新志。然而，付梓缺乏经费，先生就订出润笔价格，鬻字筹资，一副对联两块大洋，四条屏五块大洋。有人说，翰林卖字，有伤斯文，但许多人都被他这义举而感动。一时间，买字襄助者纷至沓来，让《重修莒志》在1936年顺利印出。

我是1982年夏天到莒南县委工作，在县文物管理所见到这部志书的。它是线装本，七十七卷，百余万字，为莒南文管所的镇所之宝。我翻阅半天，爱不释手，恳求所长让我带回宿舍继续读。所长同意，我就用几个夏夜将它读完，还抄录了一些内容。我读着，抄着，仿佛感受到"庄太史"那颗高贵的灵魂。他瞩望家乡故土，体味三千年巨变，用心纪录，精到点评，表达理念，寄托理想。我恍然觉得，那个入世的庄先生此时又回来了。

这部《重修莒志》，在二十世纪三十年代问世的各地县志中为上乘之作，凡持有者如获至宝。1991年我调到日照工作，听说市委统战部有一部台湾同胞带过来的影印版，又借来看。这是1980年由莒县旅台同乡赞助出版的，标价3 600百元台币。这一次我不抄了，用单位的复印机复印了一部分。2001年，莒南、莒县一些文化界人士和庄氏后人发起，原貌缩印，出版了一些，朋友送我一部，终于满足了我的夙愿。我从事文学创作四十年来，从这部志书中获益颇多。

《重修莒志》编成不久，1936年秋天，庄陔兰随中国邮政代表团去曲阜参观，在孔府见到了孔子第七十七代嫡孙孔德成。

孔德成是衍圣公孔令贻的遗腹子、独生子。1920年出生前，父亲病重，自知见不到将要出生的孩子，便写信拜托徐世昌大总统关照。王夫人临产之前，徐大总统派军队层层包围产房，由一位将军坐镇孔府指挥，北洋政府山东省省长屈映光与颜、曾、孟三氏奉祀官在场监督，唯恐出现差错。新一代圣裔终于降生时，曲阜全城鞭炮齐鸣，部队代表北洋政府鸣礼炮十三响，可谓惊天动地。因为民国政府提倡新学，孔府在小"公爷"三岁时请在清华大学读过书的王毓华做启蒙老师，四岁时请曲阜师范学生吴伯箫教了一年英文。庄陔兰到孔府作客时，孔德成已经十六岁，在前一年刚被南京国民

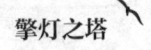

政府任命为大成至圣先师奉祀官。

孔府管家早就知道庄翰林是一位学贯中外、道德文章俱佳的贤才，此时与他商量，请他担任孔府家学教师，教小"公爷"经书和书法。庄陔兰听了十分惊讶，因为孔府是诗礼传家的书香门第，号称天下第一家，历代衍圣公对子女教育极严，他能被聘为孔府家学教师，既感惶恐又觉荣幸。他此刻还意识到，到孔府当老师，是延续道统的一件大事。孔德成的出生，延续了圣裔血脉，但他如果没有接受良好的儒学教育，中华文化血脉便在孔府有断绝之危险。他还听说，日本人一直在打孔德成的主意，因为他象征着中华道统。1935年春，日本最大的孔庙、东京汤岛孔庙大修竣工，"邀请"孔德成先生出席典礼，孔府长老们不想让他去，国民政府也担心孔子后裔赴日恐有不测，派财政部顾问孔祥勉及颜子后裔颜世镛先生作为代表去了。1936年，日寇已经做好全面侵华准备，庄陔兰担心一旦发生战乱，谁来保护圣裔与道统？他便决定留下，强化对奉祀官的儒学教育，守护两千五百年前即在尼山点燃的这盏文明之灯。他答应了孔府的邀请，但提出三个条件：一是不取酬金，孔家只需承担任教期间的衣食住行费用；二是自己不提请辞去，孔家不能辞退；三是想辞行时，孔家不能阻拦。孔府当即应许。

庄陔兰回家说了此事，又在当地引起轰动。许多人都知道，孔府一代代衍圣公被称作"小圣人"，被朝廷封为一品文官，位极人臣。过去读书人的最高理想是为"帝王师"，庄翰林能为"圣人师"，也是极其荣耀之事。所以，当孔府派了一辆汽车来接他时，当地士绅都来送行，一直送到镇外。

有人传说，在告别送行人群时，庄陔兰回头瞅了瞅，说道："你们看看，大店还有吗？"送行者莫名其妙，说："怎么没有？不是在那里吗？你看看，有多少瓦屋，一条街就有五里长！"先生淡然一笑，上车而去。

庄陔兰告别大店，至死没再回来。三年后，日本鬼子占领了大店，最后撤走时抢夺各堂号金银财物，用七辆汽车运走。四年后，这里成了共产党的地盘，1941-1945年间，八路军115师司令部在庄氏庄园驻扎；1945年8月13日，中共在此建立了全国第一个省级政权组织——山东省政府。1947年，国民党重点进攻山东，庄氏家族的一些人被集中到一处房子里，有一颗炸弹从天而降，穿透房顶砸断房梁，没有爆炸却导致房屋坍塌，庄陔兰夫人和六儿子庄上峰的妻子被砸死。新中国成立后，有的公家单位嫌这些瓦屋陈旧狭窄，拆除重建；分到房子的贫雇农听说要搞合作社，财产可能再度归公，便群起拆屋，另建简易住房，卖了老屋的木头砖瓦供自家一时之消费。不长时间，大店镇面目全非，鳞次栉比的大片瓦房消失不见，只保留下抗战中曾是山东省政府诞生地和八路军115师司令部所在地的"四余堂"和"居业堂"。2005年，莒南县委、县政府决定弥补这份缺憾，在此重建了许多瓦房大院，办起了红色教育展览馆。还有企业家建了一片"庄氏家园"，将其中一个院子命名为"庄陔兰故居"。

庄陔兰被接到孔府，住进了西学院。这是衍圣公府的西路建筑，孔子历代嫡裔学诗、学礼、作画习字、诗文会友都在这里，被称为"西学"。到了孔德成这一代，他和姐姐孔德齐、孔德懋在此读书。庄陔兰住在西学院东北角的一个小院，书房名曰"九槐书屋"，是孔府按照庄翰林在故乡大店的书房样式布置的。他的四儿子庄育泰（字熙甫）随他一同前来，负责照顾他。庄陔兰来后向孔府推荐，让吕今山也过来一同任教。吕今山是举人出身，在济南时与庄陔兰相识，后又到莒县帮他编志，擅诗词。庄陔兰还发现孔德成身边缺少贴身护卫和干练的办事人员，便又推荐了他十分了解和信任的李炳南。李炳南来孔府时四十八岁，年富力强，先任孔德成的秘书，后来是主任秘书。

在西学正房最西头的学屋里，在孔子牌位前，庄陔兰每天和另外两位老师一起为小"公爷"上课。庄陔兰教经书、书法，吕今山教诗文，王毓华教新学，三位老师彼此尊重，相互合作，处得很好。老师们对小"公爷"都很尊重，但在教学上的要求很严格。据孔德成的二姐孔德懋女士回忆，老师很少夸奖学生的诗文，多是提出不足，有时看到个别句子比较满意，就反复念。庄老师读她小弟幼时写的"枫林叶初丹，归鸦万点愁""西风帘卷人同瘦，孤松独伴岁寒时"，就很高兴，微笑着吟了好几遍，但仍不夸奖，后来说："写诗格调还要高些，不要有郁闷之感。"因为有这样的严师，孔德成的学问突飞猛进。

庄陔兰刚到孔府一年，日本人就来了。快打到曲阜时，蒋介石命令孔祥熙赶快派人把奉祀官接走。1938年1月3日晚上10时，第12军军长兼20师师长孙桐萱从兖州赶到曲阜，让孔德成看了电报和手谕，限他两小时内撤走。孔德成大为震惊，说："夫人即将临产，怎么走呀？"过了一会儿，56军军长谷良民和上校军医姜维翰也从博山赶到。孔府上下哭成一片，都跪下哭求。但军长说："我们有军医，请奉祀官夫人到路上生孩子吧。"庄陔兰和其他几位老师都认为，孔子后裔的安全至关重要，奉祀官暂离曲阜不失为上策，孔府府务，可请奉祀官手谕委托代理。孔德成便写下手谕："重大问题由族长、四十员、老师庄陔兰、王毓华协商办理。"他决定让李炳南跟随，再带上吕今山，因为吕今山比较年轻，也熟悉官场礼仪。到了凌晨四点，孔德成挥泪告别了祖庙及千年孔府。走的时候他媳妇孙琪芳正在梳头，头没梳完就被催着上车了。第二天，日军悍然占领曲阜。孔德成一行到了汉口，孙琪芳生下一个女孩，起名叫"维鄂"，意思是生在湖北。随后，他们跋山涉水，奔向重庆。在难以行走的蜀道上，李炳南写诗思念"庄太史"：

怀庄心如太史

三峡秋风满，怀师意转深。
白云飞不尽，华发坐相侵。
指月敢酬语，拈花容印心。
何时参几杖，闻喝散烦襟。

1997年秋天，我为了创作长篇小说《君子梦》去曲阜采访，拜谒孔庙之后，又去曲阜师范大学孔子文化研究所拜访骆承烈教授。他与我谈了半个下午，介绍我再找刘长厚老人谈。刘长厚因为父亲是曲阜名医刘梦瀛先生，小时候经常随父出入孔府。孔德成的两个姐姐都出嫁后，孔府让刘长厚为孔德成伴读。他长大后在孔府当差，新中国成立后在曲阜文物管理委员会工作，为曲阜市政协委员。那天晚上，我在城内一所平房小院见到了老人，他已是古稀之年，面容清癯，半躺在床上与我说话，讲了许多孔府旧事。

老人说，他父亲当年给孔府的好多人都看过病，给小"公爷"也看过。小"公爷"长了疹子不肯吃药，结果病情加重，刘医师非常焦虑，自己在家里调好了鸦片膏，打算万一治不好圣裔的病，就吃鸦片膏自杀。后来终于治好了，他免于一死。

他说，孔德成走后，孔府冷冷清清。过了一段时间，管家把孔德成的堂妹孔德恭、族弟孔德墉及其六妹领到西学院，让他们跟着庄、王两位老师读书。

他还说，庄老师人品很好，平时说话不多，慈眉善目。他经常抄录佛经，不做杀生之事。夏天下了雨，学屋院子里有蚯蚓出土，在砖道上爬。庄老师生怕过路人踏死蚯蚓，就用手杖把它们挑到砖道旁的土地上。但他是有气节的。鬼子占了莒县大店以后，有一个驻大店的日本军官打仗的时候死了，日军举办葬礼，为了装点门面，派人到曲阜请庄陔兰书写挽联。庄老师一听怒发冲冠："日本人侵略我国，屠杀国人，居然还让我写挽联，真是岂有此理！"庄氏家族有一个叫庄维屏的人为日本人做事，担任伪山东省建设厅厅长，有一次去曲阜出差，想拜见他，也被挡在门外。得知这些事情，孔府上下对庄陔兰更加敬重。

庄陔兰在孔府住了整整十年，1946年9月因病去世，享年七十五岁。

我想起，有人说庄陔兰去世后葬在了孔林，是孔林中唯一一座外姓人的坟墓，就问刘老这事是不是真的。刘老摇摇头：庄先生不在孔林里。他去世后，按旧规，一般外姓要到白虎厅简单举丧，但是孔府在东院"东场院"上房为他举办了隆重的葬礼。按庄先生亲属的意愿，棺木临时葬在孔府东菜园的西墙根，准备以后运回老家，但因为种种原因没能如愿。1947年孔德成从南京回来，得知庄先生已过世，心痛不已，立即命人带路，和李炳南一起到先生坟前，含泪祭奠了一番。1954年，因为曲阜北门里扩街修路，又把庄先生的棺材移到西门外大庄村北杏林公墓区埋葬。以往在孔府当差当老师、有身份的外姓人，好多都葬在那里。

听他这么说，我想去墓地看看，但刘老又摇头：墓地没了，早就没了。

告别老人，我踏着满地落叶，走在阙里街上。灯光昏暗，树影婆娑，从城北孔林里吹过来的秋风呜呜作响。我仿佛看到一代代"衍圣公"走在前面，一代代"圣人师"走在前面，其中就有庄陔兰先生。先生一袭长衫，蹒跚而行，一步步走进了苍茫历史。

四十年来，我对庄陔兰先生十分敬仰，收集、阅读了不少与他有关的资料，如庄杰与庄虔玉编写、孔德成亲自题写书名的《庄陔兰先生文墨选集》、庄虔玉所著《大店庄氏庄园》、庄维林主编的《大店庄氏风雨六百年》等，并对相关史实做了些考证。写此文之前我想，孔府肯定存有庄陔兰的东西，就问询孔府旧藏文物收藏单位孔子博物馆信息中心主任林琳，她是我为曲阜师范大学带的2010级研究生。林琳很快反馈，她查阅孔子博物馆馆藏文物，和庄陔兰直接有关的文档多达一百五十余件/套。这些文档大致分为三类，一是与别人的来往信函，其中有孔德成离开曲阜后给庄老师的几封信。信中对他极其恭敬，称之为"春翁夫子大人"（庄陔兰号春亭），信中讲述在重庆情况，对老师嘘寒问暖，落款则是"受业玉汝叩"（孔德成字玉汝）；二是庄陔兰的书法作品，有几十件/套之多；三是庄陔兰自己编抄用作教材的诗文集，为线装本。其中有一本《三一集钞》、一本《振槁润枯》，都是他亲自抄写，有圈有点并做了眉批。我起初不解"三一"二字，查阅了先生的编后语，才知是三教合一的意思，集内都是与儒释道有关的古人诗词。从编选《三一集钞》一事，可以看出先生晚年的思想倾向。《振槁润枯》是一本抄录的文选，眉批也是密密麻麻。"振槁润枯"，大约是指读这本文选可以产生的功效。

我手头有一本长篇小说《雷霆时代》，是庄陔兰的第六个儿子庄上峰先生写的。2022年仲春，经我的老同事、庄氏后人庄乾坤牵线，庄陔兰的曾孙、从莒县三中退休的庄德润老师到我家接受采访。他向我讲了庄氏家族历史和曾祖父的一些故事之后，又讲起了这本小说的来历。他说，他的叔祖父庄上峰1909年出生，1930年毕业于清华大学外语系，跟钱锺书是同学，毕业后去青岛山东大学任注册部主任，1945年参加革命。陈毅在鲁南地区带兵作战时，庄上峰给他当过翻译。新中国成立后他到山东省图书馆工作，1962年调曲阜师范学院教外语。庄上峰的后妻有当妓女的经历，二人婚后感情很好，白头到老。庄德润说，他父亲庄钧维1976年退休后，到曲师伺候六叔六婶，还与六叔一同参与《汉语大词典》的编纂工作，知道六叔写了一部长篇小说。1984年，庄上峰的太太去世，他也在1985年3月走了，当年6月，他的小说《雷霆时代》在山东文艺出版社出版。这部小说里有作者的影子，真实地描述了他的传奇经历，展现了二十世纪三四十年代的风云变幻。但是因为太写实，有的地方容易让人对号入座，出版社做了大量删节。其实这部小说还有下半部没出，全书底稿保存在庄上峰长子庄钧海手中。

听罢庄德润的讲述，再看小说封面上的"雷霆时代"四个字，我心潮难平。我想，不只是庄上峰先生生活的时代，再往前推半个世纪，他父亲庄陔兰先生也是生活在"雷霆时代"。

雷霆之下，风雨之中，在庙堂的台阶之下，曾生长着一株兰草。这兰草有几分柔弱，几分刚强，散发着缕缕馨香，熏染后人……

（原载于2023年第2期《作品》杂志）

感秋风　念恩师

又是秋天。

三十六年前的秋天，我来山东大学当学生，是中文系作家班的学员；三十六年后的秋天，我来山东大学当教员，入职文学院，在作家书院从事创意写作教学。

李术才校长为赵冬苓和我颁发聘书后，与我俩以及人事部、文学院的领导在校园中走了一段路，还特意在闻一多与臧克家二位先贤的铜像前与我们合影。这让我感受到了校长对赓续山大文脉的殷切期望，也觉出了肩头上的责任之重。

入职后的几天里，我多次在山大中心校区散步。秋风像三十六年前一样强劲，各种形状的黄叶飘落在道路上、草坪上，而那些树木都已长高变粗。尤其是图书馆与文史楼之间的"小树林"，每一棵都参天耸立。

我在这里来回徘徊，特别想见一个人。他晃着大高个子，一手提包，一手夹着点燃的烟卷，眉头微皱，行色匆匆。他可能要去上课，也可能要去开会。我很想偶遇他，向他说一声"老师好"；如果他能笑眯眯地站下，就向他请教一个问题。现在我最想问问他："我要给学生开的课，怎么讲才好？"

可是，我等不到他，见不到他了。去年的6月1日，敬爱的孔范今先生已经在济南殡仪馆与我们告别，随即去了曲阜孔林，陪伴他的祖先、大成至圣先师孔子的圣灵了。

现实中看不到他，我就到云上看，从视频中再睹先生的音容笑貌。看到一位记者在他八十岁时去他家采访，白发苍苍的他似乎意识到自己的生命即尽，豁达地微笑道："生即死之徒，死即生之始。"他用两句话给自己做了总结:"第一,我不负此生,我在我的学术领域做出了贡献;第二,我不负社会,我改变了很多人的命运。"

看到这里,我瞬间泪目。因为,我的命运之变,有他的一份加持。

回顾我的文学道路,最重要的节点是到山大作家班读书。但是,这个作家班的举办一波三折:本来是山东省文学讲习所筹划,与山东大学中文系联合办班,办学地点都已选好,在燕子山脚下。但是费尽周折完成招生之后,文讲所却因为特殊原因撤出。此时,身为中文系副主任的孔范今先生与有关领导商定,把这个班接过来,由山大全权负责。山大中文系在全国很有名,但当时在学术界却有一个观点:"大学不培养作家,作家不是在大学里培养出来的"。孔先生力排众议,坚持举办作家班,把我们这些文学青年热情接纳,可以看出他的教育理念既体现了孔子的"因材施教",又具有面向新时代的前瞻性。三十多年来,我一想起这件事就庆幸:多亏作家班办成了,让我有了宝贵的两年学习时光,否则我成不了像样的作家,命运轨迹将是另一个样子。

我记得,山大作家班的开学典礼在留学生楼"春风园"举行,孔老师代表中文系致辞,接着又到我们班上讲了一次。他讲话时用曲阜方言,而且不停地抽烟。他吐出一口烟,用满带慈爱的眼神瞅着同学们说:"我们山大有八千子弟,现在又增添了你们这几十位……"他向我们讲山大中文系的光辉历史,讲创办这个班的艰难过程,希望我们不负众望,圆满完成学业,争取创作丰收,让作家班名副其实。

在他的安排下,老师们给我们上课了。袁世硕、狄其骢、牟世金、张可礼、马瑞芳、吴开晋、牛运清、解洪祥、耿建华、王培元、张志甫、严蓉仙、张学军、高旭东、孔智光、谭好哲等。以前我们只在书本上见过名字的一位位名师、学者,竟然"活生生"走进教室,为我们开讲。孔主任曾不无得意地对我们说:"我能把袁先生、狄先生请来给你们讲课,你们面子不小呀!"我知道,二位老先生是当时中文系资格最老的教授，在学术界很有名望，心想，哪里是我们面子不小，分明是您的面子大。

孔老师还亲自给我们上课，讲现代文学。我不记得他带讲义，或者是带了也不看，就站在讲台上侃侃而谈。在他身上，既有迷人的儒雅气质，又有令人敬畏的名师风范。他用粉笔写下题目，在讲台上来回踱步，口若悬河，妙语连珠。同学们边听边记，频频颔首。课间，我这个当班长的上去擦黑板，看着上面展示他缜密思路、深刻见解的纲目和关键词，竟然举手迟疑，舍不得让其消失。

孔老师也有发火的时候。我们那个班四十多个学员，年龄参差不齐，水平也参差不齐。有的同学不搞写作，到这里学习主要为了拿文凭，对现代文学，对老师的理论话语可能理解不了，听课时懵懵懂懂，心不在焉；还有些同学熬夜写作，白天精神不振。孔老师发现了，就皱起眉头，眼睛里闪现出冷光。有一回，他发现有的同学昏昏欲睡，将桌子一拍喝道："给我醒醒！"他将手中的烟卷一扔，厉声训斥道："老师辛辛苦苦备的课，你们竟然不认真听，还想学出名堂？"他还重提作家班的来历，说："文讲所撤出了，是我把你们接过来，你们就是这个学习态度？"那天他十分生气，足足训了我们十多分钟，才点上一支烟，把课讲完。

事后我和同学们谈论这件事，都说孔老师为了咱们呕心沥血，让作家班办起来，还亲自给咱们上课，让他生气真不应该。他再来上课时，大家毕恭毕敬，认真聆听。别的老师来上课时，同学们也大多端正了态度，打起了精神。

孔老师对学生一方面严格要求，一方面关怀备至。同学孙嘉嶙得了重症，他安排一位系领导和我做代表，去邹平县孙嘉嶙的家中看望。个别同学来自农村，交不起学费，他给予特殊照顾。有一段时间，作家班同学受外界影响，情绪波动，孔老师深入班级做思想工作，班主任王培元老师更是操心出力，息事宁人。后来，孔老师还勇于担当，将一些事情的责任揽到自己身上，保护了一些同学，其中包括我。这是他改变我命运的又一举动，让我感念至今。

恩师待我们如此，我们何以为报？唯有不忘初心，把书念好，把作品写好。那时我们班里不少同学创作势头正旺,到了山大笔耕不辍,经常收到稿件采用通知或稿费汇款单。我也是有空就写,频繁投稿,但是成功发表的寥寥无几,多数都遭退稿,"完璧归赵"。我非常焦虑,痛苦不堪,因为我本来在家乡当着一个小干部,不顾亲友反对来学创作,却迟迟证明不了我是当作家的一块料。孔老师了解到我的状况,拍着我的肩膀说:"德发,写作不可操之过急,欲速则不达。你应该少写多读,厚积薄发。"我听了他的劝诫,调整心态,改变策略,把读书放在了第一位。除了认真听课,还经常到图书馆借书。借出一些书,再到旁边的"小树林"里阅读,那是我一生中最值得回味的美好时光。

苦读一段,回望家乡,我在历史的褶皱中有了许多新发现。两男两女的故事在我头脑中生成,我挥笔写出短篇小说《通腿儿》。送给《山东文学》编辑燕冲先生,他读后立即判定,这是个好稿子。几天后他告诉我,邱勋主编和全体编辑一致看好这篇小说,决定用于1990年第1期头题,并且配发副主编刘玉堂的读稿札记。我喜出望外,将这事报告孔老师。他听后不动声色,只是点点头说:"知道了,刊物出来之后我看看。"

《山东文学》发表《通腿儿》的同时做出决定,从第3期开始,连续推出青年作家马海春、赵德发、陈占敏的作品,并为我们三人举办"笔谈会",组织省内外评论家撰写文章。第5期出来,我发现目录上有一篇《我读<通腿儿>》,是孔范今老师写的。我急忙拜读,开头是这样两段:

> 一篇《通腿儿》,赵德发引起了文坛的注意。
> 不知是因为与所熟悉的置身其中且滚作一团的生活拉开了一段距离,从与生活现实性联系的枝枝蔓蔓缠缠绕绕中一度获得了解脱,从而在艺术创造所必需的主客体沟通中实现了适度的自由;还是因为增进了自身的文化修养,由对已拥有生活的新的感悟而激发了创作激情,赵德发似乎找到了足以支撑自信心的新的创作起点,并拿出了《通腿儿》。这个一直生活在沂

蒙山区的年轻人，来到省城一年半，沉默了一年半，在自甘寂寞中重新认识自己所立志献身的事业，终于有所悟，也终于有所得，他找到了在这个事业中属于自己的位置，并在今后仍然漫长的道路的起端铺下了一块带有鲜明个性标记的基石。

接下来，孔老师对这篇小说做了具体评点，从多方面给予肯定，篇幅有五千多字。想到老师又做学问，又当领导，整天忙得不可开交，还抽出时间为我的小说写评论，我真是感激不尽！后来我见到他，向他道谢，他微微一笑："这篇尚可，再接再厉吧！"

后来我一想起此事就懊悔：孔老师喜欢抽烟，我当时怎么就想不到买一条烟感谢他呢？但是直到毕业，我也没有给他送过任何东西。跟朋友说起来，朋友说，孔老师一直是这样，只管付出，不计回报。

毕业之后，孔老师还是关心着作家班的同学，经常了解我们的创作情况，对大家取得的进步及时鼓励。我的第一部长篇小说《缱绻与决绝》出版后，已经担任文学院院长的孔老师，专门安排我到山大讲这部小说的创作过程与艺术追求。他亲自主持，介绍我时称"赵德发先生"，让我诚惶诚恐。

2002年9月山东省作协换届，我和孔老师一起进入主席团，经常在开会时见面。我对他仍然执弟子礼，像做作业那样向他汇报我的创作计划，他听后给我提出指导性意见。等到新书出来，我给他寄或者送，每次都说："老师，我交作业啦！"

我和同学们一直认为，虽然已经毕业，但终生都是山大的学生。所以，作家班在聚会时，都是纪念开学多少年。如2008年国庆节，我们组织了一次入学二十年聚会，孔老师和教过我们的十多位老师与同学们见面，在创作与人生等多个方面给我们指点，让我们再次接受雨露滋润。同学们虽然不在学校，还是经常阅读老师们的著作，接受着他们的指引。孔老师的一些书，如《悖论与选择》《二十世纪中国文学史》等，我读后深受启发，尤其是他主编的《读中国》，煌煌五卷，精选了中国从古代至现代产生过重要影响的政治、经济、科技、文化、哲学、文学等方面的代表之作。每当捧读，我都能感受到孔老师从儒家那里承袭的"修齐治平"志向，与"五四"精神一脉相承的启蒙理念。

2022年，济南文化学者张期鹏先生和作家班的自牧同学，在沂源县桃花岛文化艺术乡村筹建山东大学作家班文学馆。8月9日，他俩去孔老师家里汇报这件事，并请他题词。孔老师不顾身体虚弱，提笔写下这样一段话：

> 作家班的同学们，你们成功的业绩为中国文坛增了彩，为母校山东大学争了光，为文学院的历史增添了新的亮点。我为你们骄傲！祝贺你们，谢谢你们！

这份题词印在开馆纪念册上，每位同学看了都很受鼓舞。

所以，当十个月之后，孔范今老师仙逝的噩耗传开之后，每位同学都很悲伤。我和几位同学作为代表参加与孔老师的告别仪式，看到从天南地北赶过来的吊唁者站满了院子。我猜想，他们当中，有许多人的命运是被先生改变了的。

成就自己，造福他人。这就是孔范今先生的境界。也正因为如此，他才受到了无数人的尊敬。

不知不觉，包括我在内的许多作家班同学，已经成了孔先生的老学生，人生到达秋境。2018年秋天，作家班聚会纪念入学三十年时，我感受着秋风写了一首七律，其中有"常闻夏雨催新果，莫怨秋风撼老枝"两句。现在，我在山大校园感受着龙年秋风，更加怀念孔先生三十多年来对我的恩泽，更加感谢山大对我的培育。顾炎武有诗道："老柏摇新翠，幽花茁晚春"。但愿我今后还能"摇新翠"，出新作，以报答山东大学，报答一直关心支持我的师长亲友。

（原载于2024年11月10日《大众日报》）

沟里沟外

将网上的卫星地图放大到1厘米等于5公里时，长白山恰似一只巨人的眼球，在中国东北的半边绿脸上突兀而出。当年岩浆流淌的痕迹，是眼球的血丝；蓝色的天池，则是瞳仁。

搓动鼠标滑轮，继续将地图放大，会看到长白山周围，一道道山脉像绿蜈蚣，一条条山沟像白蜈蚣。我在安图县城西南方向找到一条白蜈蚣，确定我和妻子的目的地就在它的一条爪子上，便坐上K1450这列绿皮火车出发了。开车时日在中天，到那里已是次日晚上。

早先与亲戚通话，听他们频繁说到"沟里"，以这个词语指代驻地，到那里一看，果然。两边是山，中间是沟，沟畔是一个屯子。头顶，则是干净无比的星空。银河高悬，从西北到东南，与这条山沟的走向一样。

亲戚们早就聚在表妹郑爱芬家里等候我俩。握手寒暄，满耳朵都是莒南口音；正冒热气的豆腐豆脑，让我想起了母亲的手艺。被领到里屋脱鞋上炕，我才意识到这里与家乡的重大区别。

火炕真够大，占了屋子三分之二的面积，烤得人周身发暖。不只东屋有，西屋也有一盘，也是同样大小。众人到炕上坐齐，妻子说："俺来晚了，早该来看看你们的。"二妗子将头一低，汪然出涕。

沉默片刻，妻子又问："来这里用了几天？"二妗子说："用了五天，可费事了。先是步行18里去坐汽车，再到临沂转车去兖州。在那里上火车，我背的几个干瓢都挤碎了！上了车连个座都没有，咣当到长春，再咣当到安图，我呕了不知道多少回，那个难受呀，死的心都有了。下了火车，老郑家的人赶着牛车来接俺，一出县城就往山沟里钻。雨下得刷刷的，牛车咕噜咕噜，咕噜了大半天还没到恁大舅那里。俺跟恁二舅说，这是什么地儿，怎么除了山就是沟呀？咱是哪辈子伤了天理，撇家舍业往这里跑？"

我在一边听得伤感，抬眼打量这一家人。这是妻子的二妗子，两个表弟一个表妹，还有表妹夫和表弟媳妇。三表弟在吉林北安大学任教，去南方出差，没能回沟里与我们见面。第二天，我们又见到了大舅的儿子儿媳、女儿女婿，见到了村东山坡上的三座坟，那里埋着姥娘、大舅夫妇和二舅。至此，我才将这个大家庭的主要成员数算清楚。

上坟时已近黄昏，夕阳落在大沟西头，冷风飕飕，草木啾啾。品字形的三座坟墓，在我看来，全由苦难筑成。

这些坟，本该筑在山东省莒南县相沟乡圈子村。或许，两个舅舅至今还没入土，依然健壮地生活在那个盛产花岗石的村庄。是1960年的那场大饥荒，给这一家的苦难历程拉开了序幕。没有粮食，吃糠咽菜，许多人担心活不下去，便扶老携幼逃往东北，大舅一家也在其中。这些人被叫作"盲流"，意思是盲目流动人员。但其实他们的流动并不盲目，而是有着明确的目的：找个地方活命。来到长白山下，进入一条条大沟，随便刨出一片黑土地，就能种出粮食；到山里走一走，还能捡到各种木耳、蘑菇等山货，偶尔还能挖到人参。大舅觉得东北好，衣食无虞，一再给守寡多年的母亲写信，让她也去。母亲贪恋故土，下不了决心。又过了几年，她因为出身问题，要经常戴着高帽子挨批斗，还要天天早起与"四类分子"一起扫大街，为逃避屈辱，才让大儿子回来带她走了。与大儿子在一起，却又想念小儿子和两个闺女，就在1975年回来，想住一段时间再走。然而只住了一年，噩耗传来：大儿子给生产队打石头，因为塌方死去。老太太一路痛哭赶回去，二儿子也带着全家随后去了，因为他要担负起赡养母亲、照顾哥哥一家的重任。去后第五年，老太太还是思念闺女，又回了老家。在家住了半年，又一封电报拍来，二儿子因为车祸丧生。两个儿子，死时都不到四十。老

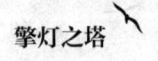

太太回到东北，守着两个寡妇儿媳和孙子、孙女，整天以泪洗面。回老家一趟，就死一个儿子，她认为罪在自己，从此再不敢回去，最终死在这里，没能与年轻时死在圈子村的丈夫合葬。

在这个叫作福利村的屯子里逛游，遇到的人都是说临沂话。他们都是"盲流"后代，有二十世纪五十年代来的，有六十年代来的，有七十年代来的。大舅家表妹夫叫袁久胜，也是圈子村的，他父亲当年是教师，1957年被打成"右派"，便带全家到了这东北。这位教师先在黑龙江伊春林场伐木，后到吉林安图投奔老乡，与我妻舅同住一条山沟，两个屯子相距3里。袁久胜高中毕业，连续参加四年高考，终于没能考上，却得了个绰号叫"秀才"。经人介绍，他与住福利村的郑爱梅成亲，才知道两家原先在圈子村住对门。二舅家表妹夫叫王世华，家是临沂河东区重沟村，他爷爷逃荒到了东北，如今已经有了第四代传人。

那个年代，往东北跑的人像蚂蚁一样络绎不绝。吃不上饭的穷汉，娶不上媳妇的光棍，政治上受压制的人员，都把东北当作了世外桃源。先安下家的，每家都要经常接待来自老家的人，无论是否沾亲带故，因为都是天涯沦落人，便惺惺相惜，尽力帮忙，大炕上经常住得满满当当。帮他们建起房子，让他们单独居住，又有人风尘仆仆赶来，填充大炕上刚刚腾出的空间。表妹说，她那些年整天织毛衣，不知织了多少。那些光棍子，想让身上暖和，又想打扮自己，一个个买来毛线求她，她不好意思推辞。光棍汉在沟里干上几年，攒了点钱，就回老家找媳妇。手脖子上戴一块表，胸兜上卡几支钢笔，穿皮鞋披大氅，几乎是百分之百的成功率。因为家乡人活得艰难，姑娘们都把嫁给他们当作改变命运的契机。那时家乡流传一句话："黑不黑，东北客（临沂话，读音为kei）。"意思是不管人长得是黑是白，只要是东北客就可以嫁。还有人唱出这样的歌谣："大嫚大嫚你甭愁，找不着青年找老头。不管老头黑不黑，只要领你闯东北。"每有一个山东大嫚跟着"东北客"下火车，沟里就又多了一个家庭。

长白山下，安图一带，曾被清王朝奉为满族远祖降生圣地和天朝帝国龙脉根基，划为皇朝封禁地，禁止民间开拓二百余年，以求"安龙脉、图兴昌"。后来因为朝鲜半岛的战乱与饥荒，大批朝鲜人到这里垦荒定居。福利村，原来就有好多朝族人。山东老乡来后，与他们同烧一山柴，共饮一沟水，农业集体化期间，还在一起干活。临沂老乡都会说几句朝鲜话，朝族人也学会了常用汉语，却都带着临沂腔。临沂人闯东北，背去了鏊子，妇女们烙出一张张像纸一样薄的煎饼，会送给朝鲜族人品尝。她们还向朝鲜族人学会了打糕，学会了制泡菜。临沂老乡一边讥笑"朝族人大裤裆"，一边喜欢起了"辣椒面子狗肉汤"。两个表妹上学时，学会了不少朝鲜族歌舞，至今能唱能跳。表妹招待我们，就拿出了朝鲜族人做的米酒。

然而，从半个世纪以前开始，汉族人在沟里越聚越多，朝鲜族人不习惯了。他们陆续搬家，去了一些本民族的聚居地，这条沟里只剩下说山东话的人。

后来，这里就不只听到山东话了，还有普通话，还有其他地方的方言。表弟表妹来后，因为受过正规教育，都会讲普通话，但在亲人和老乡面前依旧说家乡话，即使在沟里出生的也是如此。说其他方言的，有从云南贵州一带来的女人。三十年来，世事变迁，光棍们回老家领媳妇越来越难，因为山东大嫚已经有了更高的择偶标准。无奈之下，沟里的光棍汉只好去别的地方找。大舅家的大表弟，就通过中介找了个云南媳妇，而且是傣族。这女子上过高中，吃苦耐劳，来后将小日子过得一五一十。

这十来年，沟里刮起了进城风，年轻人都想到城里安家。堂弟是嫌沟里收入少，一家四口进城租房子住。堂弟结交了一些社会底层的人，有人很不厚道，就拐走了他的傣族媳妇。

我和妻子在安图下火车时，二舅家二表弟郑安记接站。我们到了出站口，见他一家三口笑脸相迎。离开车站不远，母女俩却在一个小区下了车。原来，他们也早在县城买房安家，孩子在这里上学，表弟媳妇长期陪伴。郑安记开着轿车，沿着去长白山的203省道走过一段，再拐进另一条山沟，将当年父母坐牛车走过的60里路碾压一遍，只用了半个多小时。他一边开车一边说，与三十年前相比，沟里的优势荡然无存。种地不赚钱，虽然家家苞米楼子装满了玉米，可是1斤才卖五六毛。要是把地转让给别人种，一亩只能收100多元租金。因为人多眼杂，山货也越来越少。他养了几年鹿，又养了几年木耳，都没有多少收入，只好到外面打工。安记表弟说，从沟里往沟外走，就是今天的大趋势，谁也挡不住的。沟里青年想找媳妇，如果不在城里买下房子，那是痴心妄想。

早在沟里安家的，则希望孩子走出去。绰号"秀才"的袁久胜，一边当村医、当村主任，一边望子成龙，费尽心血。儿子在县城上中学，他隔三岔五就要跑去，向老师打听情况，勉励儿子一番。儿子也争气，考上一所军医大学，毕业后到郑州一家部队医院当外科大夫。"秀才"亲眼看到，儿子早上查房，身后跟了一帮人，对他唯唯诺诺。"秀才"感到无比自豪，说："我一个在东北山沟里种地的，把儿子培养成这样，真够意思了！"后来听说儿子升了军衔，相当于副团级，他有一天在村里看见，一位镇干部下来对老百姓摆架子，就瞪眼说道："你嘚瑟什么？俺儿是团长，官职比你大十倍！"

二舅家表妹，孩子也都在外面，延吉两个，昆明一个。在延吉的小女儿听说我们来了，一家三口专程回家看望我们，还带来了延吉特产明太鱼片和甜梨。让我们惊讶的是，小两口颜值之高，极其罕见，而且都有一份体面的工作。帅哥的祖籍，是武松的家乡山东阳谷县。外甥女用手机和我们一群人玩自拍，竟然装着我从没见过的广角镜头。

年轻人走出山沟，走到关内，近年来在整个东北成为普遍现象。今年8月底，我到中国检察官作协在黑龙江伊春市办的作家班上讲课，听当地人介绍，伊春市区在册人口为十一万，实际上只有九万，有两万去了内地。我到吉林走亲戚，途经老家莒南县，一个精干的小伙子上车，与我们同在一个车厢。经交谈得知，他在北京工作，回莒南看罢老奶奶，要去敦化看望父母。他爷爷当年闯关东，在敦化的山沟里落户。他父亲目前还在那里种地、捡山货。去年与几个人花三十八万包下一片山，打松子卖钱，承包期七年，头一年就把本钱挣了回来。但打松子很危险，要穿着特制的"铁鞋"爬到高高的树上，一边将松塔敲落，一边折断松枝梢，让其来年发杈，结出更多的松塔。干这活经常有摔死摔伤的，一天发1 000元也很难雇到人。这小伙也学父亲打松子，爬上去吓得发抖，父亲就坚决不让他干了，让他到外面打工。他就跑到北京，在一家名牌地板企业搞推销。我说："看媒体报道，延边一带有人打松子，用氢气球把自己吊到半空，没把气球拴牢，飞到了天上，飘了上百公里才落下。"小伙子听了说："我可不让父亲买气球，要是飞走了，到哪里找去？"

我和妻子在表妹家住了两宿，原计划第三天要去"秀才"家里看看，但是早上起来，天地皆白，延吉的小两口正发动车子，准备回城。我见雪花还在纷纷飘落，怕被堵在沟里误了回程，便决定提前离开。二表弟郑安记送我们去安图，大表弟郑安伦和大舅家的大表弟也坐车同行。他们三兄弟要去离县城不远的龙林村吊孝。那里一个姓郑的去世，次日出殡。同是圈子村的人，虽然住在不同的山沟里，彼此联系依然密切。当年大舅和另外几家的房子失火烧掉，在各条山沟里的郑家人都去帮忙，为他建了新房。今天，龙林村这位姓郑的死去，大家也从四面八方赶去，帮忙治丧，送他上路。郑安伦已经在福利村当了多年的党支部书记，可是遇到红白喜事，依然遵守着老一辈从山东带来的风俗习惯，如礼如仪。去年我岳母去世，收入并不高的他，竟然和三弟一起坐飞机回去，就为了赶上大姑出殡的时间。龙林村到了，郑安伦和堂弟在岔路口下车，我看着他们的背影，看着他们在雪地里踩出的脚印，心中涌出深深的感动。

郑安记说，他早已和一位伐木场老板定好，第二天要去那里干活。我说："这样的雪天，还能去吗？"他说："开着四轮子（拖拉机），没事。我不去挣钱，拿什么供孩子念书？"第二天得知，他果然去了延吉北面的一条山沟，路上走了六个小时。他要在那里干上一个冬天，每日冒着零下十几度甚至几十度的严寒，在林海雪

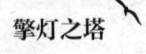

原里开拖拉机拉木头。

在这个雪天里，两位表妹则在打点行装，也准备出门。她俩都是给儿女看孩子，一个去郑州，一个去昆明，撇下两个老男人看家护院。"秀才"不只是看家，还要继续履行村医职责。不过，他们家中都装了网络，功能强大，与远方的亲人通视频，一点儿也不卡。

福利村前有一条河，河里的水千折百回，最后流入松花江，汇入黑龙江。我去的第一天早晨出去闲逛，发现河南岸有一棵孤零零的老树，树干斑驳，有好几搂粗；枝杈遒劲，直刺蓝天。我被它的沧桑模样震撼，回来说起它，亲戚们讲，这是棵老榆树，有好几百岁，是福利村的一个标志。这些年，经常有原来住这里的朝鲜族人成群结队回来，到老榆树下唱歌跳舞，哭哭笑笑。我说："这树寄托着他们的乡愁呀。"表妹说："也寄托我们下一代的乡愁呢。孩子们住在城里，经常说，想念沟里这棵老树。"

我们离开这里时，老榆树承接着漫天飘落的雪花，每一根树枝都是半黑半白。

坐火车回日照，途经莒南，车窗上恍然出现一双泪眼。那是二姈子的。年事已高无法回乡的她，为我们送行时老泪纵横，那副悲伤的面容让我回想了一路。

（原载于2018年4月13日《文艺报》）

崮下

一、海底

我满头大汗，气喘吁吁，终于站到了海底。

海底，是几亿年前的。而今，却是海拔474米的山顶。

被我踩在脚下的，叫作透明崮。有一石洞，贯穿崮身，由此得名。东南方向，千米之外，还有两崮：一个叫老龙头，一个叫老婆鞋。沂水作家魏然森在此挂职副镇长，说老婆鞋不好听，叫绣花鞋吧，当地人欣然同意。

那天，我在透明崮顶打量一下老龙头，打量一下绣花鞋，而后在正午的阳光下扬起脸来，想象当年的大海，在我头顶不知有多么高深；想象那些来自陆上的碎屑物，那些海洋生物的骨骼和残骸，那些火山灰和宇宙尘，在悠悠下沉。下沉的过程，千年万年，十万年百万年，千万年万万年，慢慢慢慢，沉积成岩。不知又过了多少万年，海水渐渐消退，沉积岩裸露为地表，成为地球的一块外壳。又不知过了多少万年，雨水冲刷，风力剥蚀，地表出现缝隙，且一年年扩展。缝隙变深，成为沟壑，沟壑再扩展，让沉积岩不断坍塌，最后只剩下一块一块，分散在各个山顶，像乳头，像瓶盖，像圆球，像方盒，像老龙头与绣花鞋之类，被后来出现在这里的人类统称为"崮"。

公元二十一世纪之初，中国地理学会将这种地貌命名为"岱崮地貌"，因为专家来考察，先在蒙阴县岱崮镇发现了这种奇特的山峦。这是继"张家界地貌""喀斯特地貌""嶂石岩地貌""丹霞地貌"之后的中国第五大岩石造型地貌。

"沂蒙山区，七十二崮"。此为概数，只拣著名者算计。位于沂水县诸葛镇秀峪村前的透明崮，便是七十二崮之一。

我站在崮顶往下看，只见杏花似海，灌满山间；红瓦村落，在花海中潜伏。从崮顶往下走，便是从古生代寒武纪走向新生代第四纪人类世的过程。

跌跌撞撞下行，看见山腰上的石头一层一层，也是沉积而成。但那不是石灰岩，是褐色页岩，厚者如砖，薄者如纸。如纸者极其细密，如同书本，用指头掐下一块，轻轻一捻即成灰土。我去过沂蒙山区北部的山旺地质公园，那里的硅藻页岩与这里非常相似。而硅藻页岩有海相矿与陆相矿之分，这里的不知属于哪一种。

我抬头看看崮顶高达十几米的石灰岩绝壁，再看看山下号称自元代即有的村庄，心中猜度：在这二者之间，到底经历了多少次沧桑巨变？

二、石棚

页岩，给在此居住的人类提供了便利。他们捡来一些，覆于屋顶，便可遮风挡雨。这种石棚，也叫石板屋，是昔日沂蒙民居的一大品种。秀峪村前有一看山屋，堪称典型。两米来高的小屋上，层层叠叠，上片之尾压住下片之首。檐边，一串瓜蔓匍匐，几株枯草招摇。破门上的斗大"福"字，纸张红艳艳的，意味着这里还有人居住。

到村里，也能寻见几处石板屋，但均已废弃。多数房屋十分讲究，覆盖了用窑火烧制的红瓦，墙上的石头则用石灰岩打造。一块一块，方方正正，有的还凿出美观细密的斜纹。

然而，这种瓦屋却被现在的年轻人瞧不起。尤其是姑娘，择偶的标准之一，便是男方在城里有没有房子。城里没有，若镇上有，也可凑合。反正，在村里建起再好的住处，也难以打动她们的芳心。

沂蒙山区还有天然的石棚，一种是石灰岩里被水冲出的洞穴；一种是页岩塌陷而形成的石洞或罩崖。前者，先是水滴石穿，由孔成洞，再是水滴石长，造就石钟乳、石笋、石柱之类。我曾进过这一带的几个洞穴，有一个被称作"天然地下画廊"，长达几千米，内部景观美不胜收。在透明崮西面几里许，有"韩湘子洞"，传说八仙之一的韩湘子曾在此修炼，创作了著名的道教音乐作品《天花引》。今人在杏花海中遥想仙踪，似能听见箫音苍凉，如梦如幻。

这些石棚，也见证了人类历史上最丑恶的场景。那年秋后有一天，山草枯黄，南山上出现一种颜色更黄的活物，潮水似的奔袭而来。有人认出，那是鬼子，于是纷纷向北山上跑，去石棚中躲藏。鬼子赶去搜寻，在一个石棚里抓到三人，其中一个是秀峪村支书王照龙的父亲。幸亏他们地形熟，心眼儿多，在途中先后逃脱。

有血性的人奋起反抗，石棚里便有了一次次秘密聚会，一个个庄户男女加入了共产党。在小小的秀峪村，党员竟然发展到四十八人。

国民党五十一军有个连到这里驻扎，连长姓钱，因为杀人不眨眼，绰号"钱阎王"。村里有人向他告密，说秀峪村有四十八个共产党员。他告密时，恰巧被一个党员听见，党员赶紧去报告党组织负责人。马上，所有的党员都接到通知，去石棚里躲藏。可是躲了半天，却不见"钱阎王"闹出动静。原来，"钱阎王"不相信这里有那么多共产党员，加之老婆即将临产，他不想让此地有血光之灾。这时，他奉命转移，在20里外中了日军埋伏。"钱阎王"浴血奋战，冲出包围圈，却发现老婆没有出来，回头去救，夫妻双双罹难。秀峪村的四十八个党员，一个没少，上级便在此成立了沂北工委和行署。

我在村中漫步，看见有的人家院落内外，放了一些石钟乳和石笋。打听其来历，主人淡淡地说，在石棚里捡的。

我蹲下身去，拿手掌拍击一尊石钟乳，它"空空"作响，振我心弦。

三、果木

秀峪村东，一棵百岁楸树高高矗立，尚未发芽的枝杈直戳云天。七十岁的村支书王照龙说，他吃过这棵树的叶子。不只是他，村里好多人都吃过。爬上树撸一些，回家煮烂，揎进肚子。不过，楸树叶有毒，吃了肿脸。

从前，山里发生大饥荒，山民缺少粮食，就借助"棵棵子"救命。"棵棵子"是当地方言，泛指各类植物。"棵棵子"的叶、皮、根、花、果，一样样被采来，上碾、上碓、上磨，进锅、进笼、进肚。咽不下的，动员咽喉肌的力量努力吞；拉不出的，借亲人之手和铁钩之类往外抠。

饿急了的人，发现力超强。他们看到，柿子树开花时，有"柿子窝窝"落下，那是头一年柿子坠落后留下的果蒂，无毒且有营养，妇女孩子纷纷去捡。捡回一些，与别的东西掺在一起磨碎，烙成煎饼。他们发现，如果不用粮食磨煎饼糊，无法黏合，而榆树皮黏性十足，于是，许多榆树被剥光了皮，裸身死去。

饥荒年代，村里会有人突然肿脸，眼睛难以睁开。那是吃了某些"棵棵子"。楸树叶子有毒，洋槐花、灰灰菜之类碱性太大，吃多了都会肿脸。还有一些"棵棵子"，吃了不肿脸，而是拉肚子。几泡稀屎拉过，连走路的力气都没有了，躺在那里奄奄一息。

即使有那么多的副作用，但"棵棵子"还是救了好多人的性命。王照龙说，沂河边上的一个村庄，因为地处平原，"棵棵子"太少，一个春天饿死了几十口子。

村民讲，过去这里穷得要命，有生产队的时候，一天工值只有一毛五分钱。"大包干"之后富起来，主要靠了果木。

秀峪的第一个大款就靠果木发财，此人姓武。三十年前，他看到当地产的水果卖不出去，就借钱收购，雇车拉到南方城市，出手后赚了大钱。他一趟一趟，皮包鼓胀，回家将一捆捆钞票"啪啪"

地往地上摔，向老婆孩子显示自己有多牛。他买来全村第一台彩电，每到晚上家里挤满观众。老婆对他很崇拜，好饭好菜犒劳他，然而男人再回家，不是摔钱，而是向她脸上身上摔巴掌，逼得她喝农药自杀。老婆死后，武老板娶来一个年轻寡妇，接收了两个孩子，又带自己亲生的两个儿子外出贩水果。后妻在家整天种地、干活，被人戏称为"劳动委员"。十几年下去，武老板老了，跑不动了；"劳动委员"也老了，干不动了，带着孩子毅然离去。老武借酒浇愁，有一天酒后骑摩托，突然摔倒在地，摩托扯着他继续走，导致他的耳朵被石头割掉一只。现在，两个儿子在外地做生意，都不管他，只剩一只耳朵的老武只有一个心愿：希望村里将他列为低保户，给予照顾。

虽然老武的人生走向低谷，但由他开创的果木商道日益畅通。每年杏子黄了，苹果红了，便有外地人带着大车进来，付给山民钞票，换取满车清香。山民们尝到了甜头，将水果越种越多，每年春天，这里花海泛滥，引得城里人纷纷前来观赏。镇政府顺势而为，连年在此举办"杏花节"，更让秀峪人潮涌动。

我来这个村子，已经是"杏花节"的第三天了，依然有一辆辆车子开进来，一群群红男绿女走入杏林。山风一吹，落英成雨，引发一阵阵大呼小叫。

驻秀峪村扶贫工作队长武凯旋说，他正与村里商量，打算将一片老杏树嫁接成梅树，建一片梅园。到那时，透明崮下，梅花飘香，来这里的赏花人潮会多上一波。说这话时，他那白皙的脸上，现出诗人般的憧憬。

我随他在山上走，屡屡被花椒树牵襟挂袖。这是此地另一种果木，几乎家家都有。用一片片薄石板垒起的地堰，极富艺术感。还没发芽的花椒树身姿曼妙，仿佛摆着姿势等我拍照。它们也是有功之臣，每年都向主人奉献一树红皮麻果儿，让他们换来不少收入。有的户栽的花椒树多，一年能卖40 000多元。

这里的耕地很少，除了种水果，便是育树苗。因为山里山外都在扩展林果种植面积，苗木需求量巨大。秀峪的一些人发了财，想扩建苗圃，但在本村找不到地方，就去外面租地。近的三里五里，远的十里百里。最多的，在外地建起几百亩的苗木基地，成为富豪。

育苗要先种砧木，待它长起再搞嫁接。嫁接是个技术活儿，许多男人女人，练成了高手。他们在本村干，到外地干，计件取酬。接一个苗眼儿两毛钱，有人一天能接两千个，挣400多元。靠着这样的收入，他们活得很滋润，有的还在城里买房给孩子居住，让儿孙当起了市民。

我在秀峪村遇见住在城里的年轻人这天开车回来，携家眷踏青赏花。村中道路有一段十分陡峭，从高处往下冲时，车里的女人、孩子连声惊呼。

四、狼踪

那天晚上，将圆未圆的月亮高悬于"老龙头"岗顶，武凯旋带我采访，走二里山路去于家旺村。该村书记于秀堂大我四岁，当过民办教师，我们谈得十分投机。

谈到十点，老于两口子挽留我们住下，说孩子都不在家，有几张闲床。我和老伴答应了，武凯旋却要自己回去，老于说："你不要回，路上有野物。"我问什么"野物"，他说是狼。武凯旋说："你别吓唬我。"老于说："不是吓唬你，是真的。这山里真是有狼，好多人都见过。有人夜里上山照蝎子撞上了，两只狼眼蓝莹莹的，把他们吓得不轻。"

在我小时候，家乡莒南是有狼的。我虽然没有亲眼见过，但听过它们在山里的嗥叫。后来，狼在我的家乡绝迹了。不只在我家乡，许多人的家乡都没有了狼。世纪之交，生在陕西商州的著名作家贾平凹，专门写了一部《怀念狼》。我没想到，在沂蒙山的深处，竟然还能发现狼的踪影。

这里之所以有狼，是因为供它存活的生物链还在。野兔在这里一直生生不息，自从被列入国家保护动物名录，这种大耳朵精灵有恃无恐。有关部门管理颇严，打一只野兔罚款五千，饭店让一只野兔上桌也罚五千。老于说，现在野兔可多了，吃麦苗，啃地瓜，成了一大祸害。

不只是野兔，这里的鸟类也多，多得成灾。斑鸠、野鸡、白头翁、灰喜鹊，又吃庄稼，又吃水果。玉米苗一出，鸟就来啄，啄得叶子残缺不全；樱桃一熟，鸟就来吃，一口一粒。一个苹果值好几块钱，让它们啄一口就毁了。套上纸袋也不中用，它们用嘴撕开再吃，相当聪明。灰喜鹊是松毛虫的天敌，然而松毛虫只供它们吃一季，其他季节只好另觅食物。它们时常组成空军，黑压压一片，扑到村里与人争食。

几年前有人告诉老于，说山上多了一样东西，尾巴很长，会从这棵树飞到那棵树上。老于上山发现了，认出它是在电视上见过的松鼠。他想，真是奇怪，以前这里从来没有松鼠，它们是怎么来的？然而松鼠不讲自己的来历，只是"吱吱"叫着，上蹿下跳。有几次，还蹿到老于家里，将他晒的核桃"咔嚓嚓"咬开，美美大啖。

在秀峪村，人们还告诉我这么一件奇事：野鸡、喜鹊联合战蛇。说有一天下午，几个老太太上山干活，发现一条蛇正爬向一个鸟窝，里面有好几个蛋。一只野鸡突然飞来，一边惊叫，一边啄蛇。很快，又有一只喜鹊过来助战，也用尖嘴向蛇发动袭击。两只鸟扑扑棱棱，一条蛇扬头吐信子，大战了个把钟头。终于，那蛇狼狈逃窜，钻进石洞。人们说，可惜几个老太太不会用手机录视频，要是录下来发到网上，一定吸引眼球。

五、土地

秀峪村东，有一小庙，供着土地神。庙门口贴着一副对联：无僧风扫地，缺烛月作光。这两句话，让我大为感动。

在中国神仙谱系中，土地是身处基层的小官，只辖一村。因为职位卑微，村民对他们低看一眼，不给建大庙，只建一座几尺高的小庙。有的村子穷，连小庙也建不起，就将瓦缸敲出一个豁口，倒扣在地，供其容身。但人们过年时，觉得亏待了土地，会写一些对联安慰他。秀峪村土地庙的这一副，就是劝他安贫乐道——没有值勤的僧人给你扫地，你就借助风力打扫吧；没有上供的蜡烛，你就用月光照明吧。

那天晚上，我在村东漫步，感受着暖烘烘轻悠悠的春风，沐浴着山间格外明亮的月光，心想，我死后，如果能在这种地方做个小小的土地神，那将是天大的福报。

与土地神同一级别的，是活着的"村官"。他们既受上级领导，又领导着几百号村民，经历的酸甜苦辣，难以道尽。

两个村的书记，都干了二三十年，都已年近古稀。我问他们，这些年来，最难的是什么。他们说，是前些年收提留。提留叫"三提五统"，名目繁多，反正是上边问老百姓要钱。老百姓交不起，就起了矛盾，有了冲突。为了收齐，乡里往往组织人到村里"砸楂子"，意思是解决那些顽抗的村民。书记又要接待乡干部，又要帮他们"砸楂子"，还要维护村民利益，夹在当中非常难受。有一回，收"提留"的来到于家旺，有一户没有钱，就要将他的一囤地瓜干拉走。拉走了地瓜干，这家人怎么活命？老于看见被拆开的囤子尘土飞扬，就说这地瓜干发霉了，有毒，乡干部这才住手。他们不再拉地瓜干，将一袋做种子的花生抬走。抬到村部，几个青年干部抓了吃，老于满腔悲愤制止他们："这是种子！种子能吃吗？"

实在收不全怎么办？村里贷款补齐。至今，两个村都在信用社有陈年老账，四百口人的于家旺，就有四十八万的欠款，加上利息更多。

老于说，近几年，庄户人的日子好过了，提留不用交，农业税不用交。不但不交钱，还从国家领种粮补贴，领老年补贴，特别穷的人家，还能领"低保"。自从实行了"新农合"，村民的医疗费多数报销。享受"低保"的人，报销比例更高，基本上不用自己花钱。有一个老病号经常住院，以前每次出院都是愁眉苦脸，现在出院欢天喜地。到了冬天，他贪恋医院的暖气，赖在那里不走，院方只好一次次催促。这天，他终于决定出院，去向医生道别，说过几天再来，让医生哭笑不得。

前些年，吃喝之风盛行。秀峪村书记王照龙会打猎，如果来了领导，他扛枪出门，很快拎回一只野兔，饭桌上就有了一样"硬棒菜"。后来，猎枪上缴，不许打野兔，他在招待方面很犯愁。经常的情况是：上午十点来钟，家里陆续来人，都坐在那里喝茶说话，等着吃饭。老王和老伴，要绞尽脑汁，弄出几样饭菜，才把他们打发走。

老王说，怎么也想不到，自从有了"八项规定"，他一下子解脱了。领导来了，谈事归谈事，谈完就走，干脆利索。家中清静，老伴清闲。

去年忽有一天，一位气质儒雅的中年人开车经过土地庙前，到秀峪村住了下来。他是县里派驻的第一书记，县政府督学武凯旋。

武凯旋来此发现，秀峪村竟然有半数以上的人姓武，而且是从他的老家迁过来的。他的辈分高，许多人叫他叔，叫他爷爷，对他多了一份尊敬。但是武凯旋很清醒，知道自己是秀峪村的第一书记，不只要为姓武的谋福利，更要为全体村民谋福利。于是，他了解民情，精准扶贫，让许多人家增加了收入。他利用上级拨款，在村前建起一座三层楼的游客中心，推动这里的旅游事业。他知道教育对于脱贫的重要性，联系企业家朋友资助贫困学生，想让一些人家彻底拔除穷根。

一位村民告诉我，去年冬天下大雪，武书记早早起床，把土地庙前的进村通道打扫干净，谁见了谁向他竖大拇指。我听说，第一书记住处有一台空调，但是夏天再热，冬天再冷，他也不舍得打开，就为了给村里省钱。武凯旋在村里住着，买菜不便，经常到山上拔点"棵棵子"回来，聊作无菜之炊。

有的时候，武凯旋也觉得寂寞。去年腊月，我突然接到他的微信，是一张火炉的照片。他说，寒夜独坐，守炉读书，很希望找个人交谈一番。我说，我抽空找你去。然而，我杂事太多，久未成行，直到今年杏花开放。这时，他已经从第一书记变成扶贫工作队

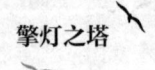

长，有两位中学教师来做他的助手。他陪我上山游览，陪我在村里转悠，让我认识一个个村民，像在介绍自己的亲人。

走到土地庙前，我说："你这位县政府督学，目前和这位神灵是同一个级别了。"

他笑一笑："嗯，我们是同僚。"

六、啐啄

我早知道这里有座透明崮，心向往之，在到达的当天中午，便让武凯旋带我和老伴去看。正巧他的姐姐、姐夫来此看杏花，也兴冲冲一起过去。

海拔474米，看似不高，登顶却颇费力气。沿着花径走上一段，前面山路陡峭，荒草萋萋。踩着瓦片一样的零碎页岩，每一步都迈过千年万年。

逆时间而行，我幽思浩渺。我捡起一片页岩看看，打量着里面的层层叠叠，心想：这是公元前的哪几年？那时地球上发生了什么事情？芸芸众生有过怎样的冲突与交流？它们肯定预料不到，后来的人类异军突起，散布于世界各地，在最近的几百年间将地球改造得面目全非。

老伴叫我一声，打断了我的胡思乱想。她指着一株幼桃说："你看，它自己跑到这里来了。"

我观察一下，这桃树只有一米多高，两三条细枝，却有十几朵花儿嫣然绽放。它的周围，都是山草与松树。它的同类则在山腰之下，离这儿很远。

它为何出现在这里，离崮顶只有百步之遥？答案只有一个，若干年前，有人登山，在此吃桃，将核儿随手一扔。雨露滋润，因缘和合，这儿就多了一个光鲜的生命。

武凯旋的姐姐，年过花甲，身体发福，一直走在我们后面。她胳膊上挎一个蓝布包，边走边呵护，仿佛里面有怕碰的物品。走到路途的三分之二，她喘着粗气说："你们上吧，我走不动了。"遂坐下休息。

我们四人继续攀登。觉得热，便将外衣脱下，放在路边。因为轻装上阵，很快便到山顶。

此崮果然"透明"。崮的北半部不厚，底部有石头不知何时坠落，形成一条1.5米见方、3米多长的通道。它像桂林的象鼻山洞，却小了许多；像青州云门山的"云门"，却又比它方正。

照相，歇息，接着攀上崮顶。往下瞅瞅，竟然发现武大姐也上来了。奇怪的是，她胳膊上还是挎着布包。等她来到我们面前，我问："你怎么不嫌重？把包放在下面不好吗？"

武大姐笑一笑："包里有好东西。"说罢，将包打开。

我探头看看，大吃一惊：里面竟然是两个碎裂的鸡蛋，两个小雏鸡正"唧唧"叫着破壳而出，身上的毛还湿漉漉的。

我问，这是怎么回事。她告诉我，今天诸葛镇逢集，他俩先在集上逛了逛，发现有卖毛蛋的，就买了一些打算带给包村的弟弟吃。毛蛋，本来是小鸡还没出壳就在里面死掉了的那种，她却听见蛋堆里有声音。检查一下，发现有两只鸡蛋已经开裂，里面的小鸡正啄壳，就把它放进提包，带在身边。

这个奇遇，让我感叹。宋代大学者张君房在他的《云笈七签》中讲："体地法天，负阴抱阳，喻瓜熟蒂落，啐啄同时。"古人以为，孵鸡时鸡子将出，在壳内吭声，谓之"啐"；母鸡帮它啮壳，称为"啄"。"啐啄同时"后来成为佛家用语，比喻机缘相投或两相吻合。

我看着两只小鸡想：你们今天同时在"啐"，那么，谁在"啄"呢？

我抬起头来，感受着融融春光，看看山里山外，似乎听到了另一种"啐啄"之声。

我暗暗庆幸。我默默祝福。

（原载于《人民文学》2019年第1期）

分水岭

我的出生地，是鲁东南丘陵地区的一个普通村庄，建在一条山沟里，叫宋家沟。周围以"沟"为名的村子有好几个，相沟、殷家沟、甄家沟、董家沟……可见这一带沟壑纵横。但我十几岁时在书上读到一个词，按图索骥，突然觉得宋家沟不再普通。

那个词，叫"分水岭"。

宋家沟就有一道分水岭，在村子东面，岭顶是一条南北向的道路。路西，属于沭河流域；路东，属于青口河流域。

那时我年纪小，爱幻想，曾在下雨天从我任教的外村小学沿着分水岭回家，穿着雨衣在路上这看那看。我看到，雨点纷纷降落，路面如出现积水，会形成涓涓细流，向两边淌去。于是，思绪也逐水而去，浮想联翩。

我知道，去路西的水会淌进村子，淌进从南山发源的小河向西北而去，进武阳河，汇入沭河。我还知道，沭河向南淌，与沂河一起淌进苏北的骆马湖。如果发大水，骆马湖存不下，大水便滔滔前行，越过黄河故道，扑进洪泽湖，与淮河水融成一体，形成汪洋。但这是过去的事儿，新中国成立后治理淮河，其中一项重要工程是"沂沭河东调"，在鲁南、苏北开挖两条宽阔河道，引导这两条河拐弯东去，直接入海。我的父辈，好多人都有"出伕扒河"的经历，每当讲起，眉飞色舞。

我站在分水岭上往东看，20公里外的大吴山巍然高耸，召唤着我脚下的水向它奔去。果然，有一些水踊跃前往，跳下地堰，滚下岭坡，沿殷家沟、李家沟一线进洙溪河。大吴山近了，山东的水成了江苏的水，洙溪河成了青口河，滑过一片平原，在赣榆城东扑入大海怀抱。过去，我们这里经常有人沿着这条河去海边，赶着牲口，推着车子，卖当地出产的花生米、花生油之类，再从那边贩回海盐。我爷爷年轻时就赶着一头骡子做这买卖，养活了全家十来口人。

这道分水岭长20多公里，南面至宋家沟村南的尖山，北面至莒南县城的南岭。这一山一岭，分别是青口河的西源和北源。我站在村东岭顶，仰面感受着雨滴心想，它们从天而降时有没有选择？有没有目的性？它知道这是一道分水岭，落到岭顶会东西两分吗？我进而想，如果我是一滴雨，从天上落下，是上东还是上西？

我觉得哪边都好，拿不定主意。忽又觉得自己的想法离谱，遂站在那里继续观看，看无数雨点相继落下，被这道分水岭改变命运走向。

我知道，世界上的分水岭很多很多，不只我脚下的这一道。尤其是大江大河之间的分水岭，既高且大，名闻遐迩，一些古人到了那里踯躅流连，作诗撰文以表现感想。我读过唐代大诗人温庭筠写的《过分水岭》："溪水无情似有情，入山三日得同行。岭头便是分头处，惜别潺湲一夜声。"他走过的分水岭在汉中府略阳县，岭顶的水分别流向汉江和嘉陵江。我还读过宋代诗人陈宓的《分水岭》："区域瓯闽此岭存，朝来飞雨暮行云。方今天下车同轨，一水如何强别分。"他吟此诗，是在瓯江与闽江之间的分水岭上。

读了这类古诗，我心驰神往，很想到别处的分水岭游览。离我家乡最近的沭河、沂河，是山东省南部最大的两条河，我想首先看看把它们隔开的一道。那年正月十六，十五岁的我平生第一次出远门，去临沂走姨家，让我有了考察分水岭的机会。我兴冲冲步行20里，去板泉镇坐上长途汽车，一上车就瞪大眼睛看着窗外。沭河到了，沭河过了，沭河的支流程子河也过了，除了几道河堤较高，别处都是"湖地"（家乡对平原的叫法）。目光越过满是霜雪的平原往前看，期待着山岭出现，然而一直来到沂河，途中连个像样的斜坡也没有。我看着宽广的沂河想，这么多的水来自哪里？两河间距40多里，总该有个分水岭吧？

十天后我坐车回家，途中把眼瞪得更大，还是没有找到分水岭。

过了三年，我再去姨家，骑自行车。有了行走自主权，我过了沭河多次停下，到路边瞻前顾后。西北方向远远有山，近处还是一马平川。我想起来，老人们曾经讲，过去临沂以东夏天发大水，常常是"三河见面"——沭河、程子河、沂河的水淌不开，溢出河道连成一片，淹村庄、毁庄稼，成为大灾大难。我明白了，发源于鲁中山区的沭河与沂河，被称为"姊妹河"，她们在上游也许隔山相望，有分水岭，但到了这里却越靠越近，经常联袂而行，将中间地带一点点踏平，成为沂沭河冲积平原。因此，落在这片平原上的雨水，就像我村东路面上的雨水一样，带有随机性，偶然遇见一点点微小的落差，就决定了流向，或去沭河，或去沂河。

尽管在临沂东面没找到沂沭河之间的分水岭，但我对分水岭这一地理名词依然保持着敏感。有一天读书，突然看到一个字串"分水岭脑梗死"，浑身打一激灵：难道过分水岭会死人？急慌慌再看，却发现这是个医学名词。原来，大脑的两条主动脉像两条河流，水网密布，各司其职。两大供血区域有一交界处，也叫"分水岭"。分水岭区也会发生脑梗死，约占全部脑梗死的10%。

看到这里，我联想到用分水岭做的各种比喻："历史的分水岭""经济的分水岭""革命与反动的分水岭""改革与保守的分水岭"……我想，"分水岭"一词真不一般，能跨越各界，为汉语进一步增加丰富性呢。

成为作家之后，我有了较多出游机会，每当遇到分水岭，都是特别兴奋。看过大江大河之间的，看过小沟小溪之间的，对已经消失了的也感兴趣。去年到济南，发现有个地方叫分水岭，尽管那里已建成住宅小区，搞不清昔日地貌，我还是望着它附近的玉函山，想象两道清流淙淙汩汩，北去趵突泉、大明湖的样子。

有几次出行，经过著名的分水岭，让我留下深刻记忆。

一次是2006年6月，参加中国作协组织的"重走长征路"活动，有十几位作家同行。我们从成都出发，过四姑娘山西行，至小金县北上，经阿坝藏族自治州首府马尔康，沿G248国道继续前行。这天上午，车子驶上一道山梁忽然停下，因为路边竖有巨石，上面用红漆写着"黄河长江分水岭"七个大字。作家们欢叫着下车，我心脏腾腾急跳。从志石上看到，这里海拔3 650米。极目远眺，蓝天、白云、雪山、草甸，甚是壮观。领队向我们讲，这一边是长江水系大渡河上游的梭磨河，另一边是黄河水系的白河。我想，中国最大的江、最大的河，自青藏高原并辔东行，一路有许多分水岭拦在她们中间，我竟然到了其中一处！我特意站在志石边留影，觉得这是我人生中的重要时刻。

旁边绿茵茵的草地上有一团枣红，是一位中年喇嘛坐在那里。我走过去，合十问候，试图与他交谈。但他说藏语，我只听懂"红原"一词。理解了他的手势，明白他是从红原过来。我知道，红原是一座县城，县城北面就是当年红军走过的草地了。红军从南方过来，在这分水岭上走过，人困马乏，缺衣少粮，却又不得不踏进那片到处都是夺命陷阱的沼泽。此时，一阵强劲的北风吹来，景从草偃，我心肃穆。

黄河长江从青藏高原跑下来，一个无比巨大的分水岭矗立在它们中间，那是被誉为"中国龙脉"的秦岭。2006年7月初，我应邀去秦岭之南的陕西留坝县参加笔会，坐飞机先去汉中。我本想在飞机上俯瞰秦岭，不料那天是多云天气，只看到了漫无边际的云海。在留坝三天，走过萧何月下追韩信的寒溪，瞻仰供奉西汉开国功臣张良的庙宇，游览陕西三大名山之一的紫柏山，然后与众多作家诗人一起开会。我决定回程不坐飞机，到宝鸡坐高铁，以便乘车翻越秦岭。我与陕西作协副主席冯积岐一道，坐上主办方派的车，在秦岭南坡的山路上慢慢前行。走着走着停下，只见一座关楼骑路高耸，上有"柴关岭"三个大字。城墙南面刻着"汉中留坝"，北面刻着"宝鸡凤县"。积岐兄向我讲，这是316国道的最高处，在秦岭西段，为陕西省内关中平原与陕南地区的界山。我问，这里就是长江黄河的分水岭？他说，整个秦岭都是，北面的水，流向黄河支流渭河；南面的水，流向长江支流嘉陵江和汉江。在秦岭中段、东段，还有好几个地方直接叫"分水岭"。西安南边光头山下的一处，有一青一黄两条巨龙的塑像，作为江河分水岭标志。

坐在路边亭子里休息时，我从手机上查到，这里自古以来就是出入蜀地的通道，有许多历史故事发生，有许多文人留下诗词。其中清乾隆年间进士祝德麟的一首七绝《柴关岭》："水怒云愁鸟语欢，柴关立马望中宽。诸峰脚底小于豆，身在半天风雨寒。"让我深有同感。

望着连绵山峦，无垠林海，听着众鸟鸣叫，松涛低吼，我沉默良久。想到1600多公里的秦岭以巨龙姿态东去，与淮河连接，形成中国北方和南方的地理分界线、南北气候的"分水岭"，真切感受到了江山壮丽、神州宏阔。

2007年9月初，我看到一则新闻：西安至汉中的高速公路建成通车，秦巴天堑变为通途。我想起前一年在留坝时，这条高速公路正在施工，我看了多处正待对接的山洞和桥梁。现在这条路开通，南来北往的车辆肯定都是直接穿过秦岭，人们只能看到长长的隧道。我暗自庆幸，多亏前一年翻越秦岭，有了在山顶欣赏这道大分水岭的机会。

今年夏天，我为了创作长篇纪实文学《黄海传》，沿着黄海西岸采访，从长江口走到鸭绿江口。站在鸭绿江边，看着波光粼粼的江水自北而来，突然想到，十九年前我到过这条大江的源头。那年夏天，山东省作协组织十多位作家去东北采风，在吉林省作协同仁的陪同下去了长白山。登顶时有人说，长白山区是鸭绿江、图们江、松花江的分水岭。站在天池边上，我瞭望山下绿到天际的林海，想象三条大江分道扬镳，驰骋于东北大地，觉得这里的分水岭也是一大造化，格局非凡。

从山上下来，我们经延吉去珲春，过图们江到朝鲜。在罗先市住一宿，第二天下午回来。我看着江水向东南流去，将流出国境，心中不舍。后来，我又多次去东北，在好几个地方亲近过松花江，欣赏着她的美丽，也为她最终汇入黑龙江，投奔另一个国家的领海而感到遗憾。

这次来到鸭绿江口，突然觉得我以前有过的念头十分可笑。我怎么光注意到"分"，就没想到"合"呢？江河之水，无论被分水岭划成多少道，无论是去了黄海、渤海，还是东海、南海，无论是去了太平洋还是别的大洋，最后都合在一起。而海洋不是一汪死水，是运动着、连通着的。波浪、潮汐、洋流，让海洋无时无刻不在运动。特别是那些洋流，有寒有暖，像人体中的动脉、静脉，带动了全世界的海水，浩浩荡荡，长途跋涉。

譬如我身处的鸭绿江口，就有"黄海暖流"时时光顾。它来自遥远的赤道附近，叫"北赤道暖流"，沿菲律宾群岛东岸、台湾岛东岸、琉球群岛西侧一路向北，宽100—200公里，深400米，流速最大时每昼夜60—90公里。这股强大的暖流一边走一边分叉，由"黑潮"生出"对马暖流"，再生出"黄海暖流"。后者沿朝鲜半岛、辽宁半岛向黄海的一面左旋而行，再从渤海海峡北部进入渤海，转一圈之后从海峡南部出来，成为低盐、低温的黄海沿岸流，东去成山头，拐弯南下。它流到长江口一分为二：一部分向东涌向济州岛，汇入黄海暖流再度北上；一部分越过长江口浅滩，与东海融为一体。

这样的轮回，可谓惊心动魄。

除此之外，还有立体的轮回：受太阳感召，部分水分子腾空而起，羽化成云。被风吹往陆地，忽然思念海洋，遂等待时机抱团降落。若恰巧落到分水岭上，它们又经历一次分别。踏上歧路，千回百转，再去大海聚首。

我又开始了幻想：回老家时，如果在村东分水岭上遇雨，已经老了的我，说不定会遇见当年来过此地、永远也不会老的水分子。那时，我会仰脸问候一声：你好……

（原载于《清明》2023年第1期，《散文》海外版2023年第4期转载）

形形色色

　　前几年我用内存16G的手机。因为装不下多少东西，曾经有过这样的悲催经历：存储空间满了，黑屏后打不开，只好找维修店刷机。所以，我轻易不敢下载APP，怕占内存。

　　前几天我换了新手机，容量变大，有恃无恐，一气下载了十几个APP，其中有会报花名的"形某"。打开它，屏幕上显示一行字："遇见，全世界所有的植物"。我想，你的"遇见"，先从我家中开始吧。我让它"遇见"一盆君子兰，拍摄一下，它果然准确向我报告此花名字，并显示资料库里储存的一张标准照片。把这照片点开，还可看到郑燮的一首诗《题兰》和一段介绍君子兰的文字。我再让它"遇见"别的花草，它也立即向我报告。

　　真让我长了知识。有一盆"肉肉"，我一直不知它的标准名称叫什么，"形某"告诉我，它叫"翡翠珠"。这么美的名字，让我对那"肉肉"刮目相看。

　　有的花木报出名来，却让我有失落感。一盆绿植，在我家好几年，光长枝叶不开花，据说叫"发财树"。我想入非非，经常看着它做发财梦。出乎意料的是，"形某"说它叫"鹅掌柴"。原来那只是一蓬柴火，在我眼中自然降低了身价。

　　家中花草查了个遍，我又下楼走进小区花园。正值孟夏，花木繁盛，"形某"瞄准谁，就报出谁的名字与品性，比会唱评剧报花名的新凤霞伶俐多了。我这人近乎"花盲"，多种花草常入眼，却茫然不知其芳名，这一次都明白了。那一个小时里学到的植物学知识，堪比我多年的相关积累。

　　回到家，老伴正坐在客厅。我心血来潮，拿手机冲她一拍。

"形某"告诉我,"努力鉴定中",接着出现一句话:"这有点难倒我了。"但它还是向我报了花名:"这可能是风信子,相似度3.3%",同时推出资料照片:一个又圆又大像洋葱头一样的风信子块茎,上面有几片绿叶。

我哈哈大笑,乐不可支。老伴过来看看手机,骂我不安好心,让她出丑。我想,老伴怎么会疑似风信子呢,打量一下明白了:她将头发束到了头顶。"形某"据此猜测:一个圆溜溜的东西(头脸),顶着一簇叶子(发髻),不是风信子能是什么?

老夫聊发少年狂,我索性乱拍一气,看"形某"如何应对。我拍带大喇叭的老式留声机,它说是"荷花",这还靠谱。拍电热水壶,它说是"茄子",这就搞笑了。拍金鱼,它说是"蘘荷",这是瞎猜。拍地球仪,它说是"生石花",这等于指鹿为马。我想,有句网络流行语叫"人设崩塌",我如果是"形某"的程序员,会让它在这时怼上一句:"你搞什么鬼?让我植设崩塌?"

"形某"本是"植设","遇见"的应是植物,可我脑洞大开,觉得"形某"应该开发系列产品,譬如动物版,能查遇见的所有动物;譬如人类版,能查遇见的所有人。

哇,"形某"人类版,太让人期待了!以后无论在哪里,无论遇见谁,手机一举,悄悄一拍,那人叫什么名字,年龄多大,昭然若揭。

其实,可以让遇见的人类现形的软件已经有了,那是人脸识别系统,只不过,它是有关部门的专用神器,还到不了老百姓的手机上。

我继续胡思乱想:"某色"植物版能介绍被查者的品性,未来那种能装上手机的人类版可不可以?古人推崇相面术,东方、西方都曾盛行,中国的《麻衣相法》《水镜神相》等书至今流传。如果将相面术的内容输入,是否能让这个APP功能特别强大,让每个会用它的人也成为相面大师?如此一来,今后青年男女相亲,只要揣上一部手机就够了。大妈上街,可以用"某色"去搞调查研究,物色自己中意的儿媳或者女婿。然而有了这款软件,人类没有秘密可

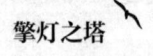

保守，世界也就少了许多神秘，会变得索然寡味。

万事万物，相生相克。"某色"人类版还没问世，与它相克的已经有了，譬如逼真的假面具，高级的美容术。等到医学更加发达，还有骇人听闻的"换头术"。经过这样改造的人类，肯定会让"某色"难倒，让它错报。它所面临的，还是"人设崩塌"。

这个世界，日新月异，真让人眼花缭乱。

这个世界，形形色色，真让人难以对付。

（原载于2019年6月11日《齐鲁晚报》）

他唱着《小放牛》走了

　　我写作起步较晚,二十世纪八十年代初期,我一边当着县里的小公务员一边偷偷摸摸写小说的时候,比我小一岁的张炜已经名满天下了。我想,远在省城的大作家咱学不了,先跟家乡的作家学吧,就把目光瞄向了刘玉堂和纯民,他俩是当时临沂地区最优秀的作家。尤其是刘玉堂,作品大多写沂蒙山,与我的创作方向一致,我就十分关注他,他发的每一篇小说我都认真拜读。他对沂蒙山父老乡亲的表现真可谓入骨彻髓,人物活灵活现,语言幽默别致,让我佩服得不得了。他从部队转业,到沂源县广播局当了编辑部主任,有人调侃说,他是"正股级干部",我听了很愤怒,心想,一个大作家,能用级别衡量他的价值吗?

　　大约是1985年,我在临沂参加文学聚会,第一次见到了刘玉堂。他一支接一支抽烟,谈锋极健。吃饭时喝到微醺,就唱了起来。我记得,他当时唱了好几首民歌,其中有《小放牛》。他一人扮唱牧童和村姑两个角色,嗓子该粗则粗,该细则细,眉眼传神,仿佛自己就是那个小小牧童。我听了深受感染,心想,玉堂大哥真是地地道道的沂蒙作家呀。此后,我每当去临沂,坐车经过沂河时,都忍不住向上游眺望,心想这条河的源头有一位作家,他有哪些作品。想着想着,耳边就响起了他唱的《小放牛》。

　　1988年秋天,我去山东大学作家班学习,玉堂大哥也在这一年调到了济南。刚去时他还是当编辑部主任,不过,那是《山东文学》的编辑部主任,在我们文学青年眼里是个很高的位置了。但时间不久,他又被提升为副主编。他家住洪楼,离我们的住处很近,我和同学有时到他家串门,受到他和大嫂的热情接待。记得他与我除了谈文学,更多的是谈临沂，谈我们共同的家乡，今年收成怎样啦，哪方面又有新发展啦等。他对家乡的深沉情愫，让我十分感动。

但我知道，我的稿子不能直接让身为副主编的刘大哥看，应该先过编辑这一关。于是，我每当写了稿子都是先给燕冲兄。燕冲在一年之中枪毙了我的多篇习作之后，终于看中了我的短篇小说《通腿儿》。他很满意，让我做了几点修改，接着拿去送审。两天后他告诉我，"过了"，邱勋主编很欣赏，发明年（1990年）第一期头题。我很兴奋，整天盼望刊物出来。燕冲兄理解我的心情，在出刊前给我一份清样。我一看不得了，清样上不只有《通腿儿》，还有刘玉堂写的评论——《苦难的温情——读<通腿儿>札记》。文章开头说："正当编辑们为本期的重点稿寻寻觅觅四处奔波的时候，案头一下出现了《通腿儿》！我是含着眼泪读完这篇作品的。掩卷思之，不禁感慨万端：真是篇好东西呵！仿佛好久不曾读到这样过瘾的东西了……"读着他的这些文字，我的眼也温润了，从内心里感激他对《通腿儿》如此评价并鼎力推介。

1990年，沂源县被划给了淄博市，好多临沂人接受不了，觉得这个县无论从地理上讲，还是从人文心理上讲，与临沂密不可分，这么一下子把沂河的源头给划走了，算什么事儿？玉堂大哥更是接受不了，甚至很痛苦，多次骂骂咧咧。后来他想通了，无论区划怎样调整，沂河还是向南流，还是咱心目中的"姨河"，与沂蒙山人的精神血脉汇在一起。他照样写沂蒙山，佳作迭出。临沂举办的文学活动邀请他去，他也欣然前往。1992年春天，我们一起受邀去临沭县参加了"沭春笔会"，参加者还有袁中岳、苗长水、张清华、魏绪玉等。期间，主办方组织我们去游览连云港花果山，途中大家唱歌，集体唱，个人唱，唱了整整一路。记得玉堂大哥十分兴奋，一唱再唱，当然也唱了他喜欢的《小放牛》。他的歌声，让笔会的气氛更加热烈。

在玉堂大哥的创作与生活中，并不是只有"小放牛"，他对时代变化很敏感，除了在一些文章中谈论，也在生活中追赶时尚。最突出的一件事，就是改用电脑写作。1993年1月底，我和他一起去北京人民大会堂参加《中国作家》杂志社举办的颁奖会，路上他讲，他"换笔"成功，开始用电脑写作了，我当时很受震动。因为在1992年，全中国的作家也没有多少"换笔"的。到北京领到奖，拿到1 500元奖金，他专门去买了一台针式打印机，花了一千多。他很得意地向我介绍，这台打印机虽然是九针的，但它是仿二十四针。意思是，打出来的文稿清晰度，与二十四针的没有多大差别。与他相比，我觉得自己太落后了，应该奋起直追，回去后也买了一台"286"。后来我经常想，要感谢玉堂大哥对我的影响，让我也早早享受到电脑写作的便利。

然而，追赶时尚的玉堂大哥还是忘不了沂蒙山与小放牛。就在我用上电脑的1993年春天，五莲县文联邀请他讲课，我陪他前往。他面对该县作家侃侃而谈，传授创作真经。而且特别强调，五莲山也属于沂蒙山区，我们要好好表现沂蒙山，在这里挖上一口口深井，让自己的创作有取之不尽用之不竭的源泉，大家听了纷纷点头。吃完午饭，我们一起去游览五莲山，他指点着山上的花草树木，说这个叫什么，那个叫什么，仿佛他正置身于沂蒙山。到了山顶，他点了一支烟，嘴里哼哼起来。我听见，他哼的还是《小放牛》。

2002年，省作协换届，我们一起进入主席团，见面的机会就更多了。他向我透露，正打算写写沂蒙山之外的地方。果然，2004年，中国作协公布首批重点扶持作品名单，其中有他的长篇小说《八里洼纪事》。他到济南后，在八里洼居住多年，对省城的巨变感触颇深，想用一部长篇讲述八里洼一带从农村变为城区的故事。大家都很期待这部作品，然而等了一年又一年，就是不见动静。我有一回问他进展情况，他吸一口烟，抿了抿嘴："嗯，有点儿小困难。"他说，他发现用写沂蒙山的笔法来写城市，不大好办。等到七年之后，《时代文学》2011年第9期在"中篇撷英"发表了他的《八里洼纪事》，《齐鲁晚报》还做了连载。看来，他让他的长篇构思先以中篇的形式问世了。读这篇作品，依然感受到他的风格，他的才情，但是，问题也出在这里，那个放羊的李有顺一亮相一开口，就会让人想起"钓鱼台系列"中的人物。这等于"都市放牛"，既呈新奇之态，又显尴尬之相。看来，玉堂大哥与沂蒙山已经融为一体，很难剥离。

在这之后，他就很少写小说，多是写散文随笔。他早就对山东地方戏曲痴迷，研究得非常深入，颇有心得，一篇篇写出来发表，后来结集出版，书名《戏里戏外》。有意思的是，此书开篇之作，就是《单说<小放牛>》，可见他对这个山东民间的"二人转"有多么喜欢。

万万没有想到，今年5月底，玉堂大哥突然走了。我满怀悲痛，赶到济南殡仪馆参加葬礼，见到省作协副主席、《山东文学》主编刘玉栋，他摇头叹息："刘老师刚给了我一个短篇，正打算发，唉！"

时间不长，我接到《山东文学》第7期，一翻目录，头题就是刘玉堂的《学唱<小放牛>》。这篇作品，故事发生地还是钓鱼台，讲述"我"如何在二十世纪五十年代和一位村姑演唱《小放牛》的故事，轻车熟路，文采飞扬。那些小幽默、小情趣接连不断，又像他的早期作品那样，让读者忍俊不禁。我想，这篇小说，是玉堂大哥的遗作，他是唱着《小放牛》走的。

9月22日，刘玉堂文学馆在沂源县龙子峪村建成，我去参加开馆仪式，并与山东师范大学教授宋遂良先生一起为刘玉堂铜像揭彩。大家站到铜像前时，我心中竟然没有肃穆感，还开起了玩笑："玉堂大哥，你怎么顶着蒙头红呢？"在伸手揭掉红绸时，我看到大哥似乎在笑。

年底，刘玉堂文学馆的筹建者之一张期鹏先生给我发了一张照片，并加了文字说明：雪后的刘玉堂文学馆。我端详着照片，看房顶上的雪，看树枝上的雪，看洒满了沂蒙山区的雪，耳边又隐隐传来了扣人心弦、充满乡土气息的歌唱声："天上的婆罗什么人来栽？地上的黄河什么人来开？什么人镇守三关口？什么人出家他没回来么咿呀嗨……"

（原载于《极光文艺》2021年春之卷）

香飘伊犁

伊犁，是我向往已久的地方。从乌鲁木齐飞那里时，我特地要了靠窗的座位，就为了从空中好好看看伊犁河谷。

万里无云，天空蓝到极致。天山顶峰，则白得耀眼。我看到，经年的积雪在群山间连成一片，汇成冰川，一条条冰舌向山下延伸着。生长着雪岭云杉的山脚，则有清清溪流，蜿蜒曲折。溪流汇聚成河，且越来越宽。两边平地，愈发广阔，且负载了畜群、田地与村落。这就是伊犁河谷，拜雪山冰水所赐，冲积而成。我问陪同的新疆朋友，此河为什么叫伊犁，他说，有多种解释，他最倾向于这一种：古时生活在这一带的人，用"伊丽伊丽"形容河水流淌的样子，就起了这么个名字。《唐书》中，便写作"伊丽水"。我听后从舷窗看下去，伊犁河在阳光照耀下果然是波光潋滟，"伊丽伊丽"。

伊犁哈萨克自治州首府伊宁市到了。飞机降了高度却没去机场，而是继续以低飞姿态，沿着河右岸继续西去，飞了一段，才将翅膀一斜，从右岸转到左岸，溯流而上再回伊宁。机长仿佛知道我的心思，想让我多看一段河谷。这时，进入我视野的河谷壮观绮丽，河流的曲与田塍的直，对比鲜明；经霜的草木与收割后的稻田，色彩斑斓。我大饱眼福，痴痴地欣赏，直到飞机落地。

从到达伊宁的次日起，我与同行作家一起在伊犁河谷采访。我们的活动，本来安排在盛夏，因故推迟到暮秋。从伊宁市到可克达拉，从霍尔果斯口岸到霍城县，我们马不停蹄，四处游走。我充分调动视觉、听觉、嗅觉、味觉、触觉来感受这里的一切，还不停地用手机拍照、录音。后来发现，还是我的嗅觉感受最为深刻。

我闻到了飘拂在伊犁河谷的种种香气。

一种香气来自薰衣草。伊犁河谷是世界三大薰衣草产地之一，被农业农村部命名为"中国薰衣草之乡"。花季已过，花田还在。那些没有采撷干净的花籽，连同站在秋风中的花株，依然散发着淡淡的香气。那种香，优雅而清澈，让人提神醒脑。种花人向我们说，在盛花期，这里是紫色的海洋，香气馥郁的海洋，很多人一来就陶醉了。有一处大大的薰衣草园，竟然冠名"解忧公主"。那位当年遵从汉武帝的和亲旨意来此嫁给乌孙王的美丽公主，如今又以她的名字为伊犁的繁荣立了新功。在一些村庄，聪明的各族群众将民宿开在了薰衣草田旁边。我们在一户人家的二楼平台，坐在地毯上看夕阳，嗅着花田余香与主人说话。听他们讲，种了几年的薰衣草，好多人家的存款都超过百万，仿佛在听现代童话。原来这薰衣草珍贵得很，可以提炼香料，做化妆品，制作枕包、香包等。我们参观了一些薰衣草产品，那叫一个琳琅满目。

一种香气来自红花。我的家乡是鲁南农村，我从小只吃花生油，到北疆才知道，这里产的红花油是一种上等的食用油。我们参观了一家规模较大的榨油厂，他们用新工艺榨出来的红花油，清清亮亮，芳香四溢。据说，红花种仁含油可达55%以上，油中亚油酸含量高于其他油脂，长期食用可降低胆固醇。在伊利河北岸走进一户人家，一位老太太说她刚从地里回来，采了一上午红花籽。说罢向我举起袖子：你闻闻这香味儿。她的衣袖上，果然散发着缕缕馨香。院里晒着的一些红花籽，颜色、个头都像葵花籽，但有四个棱儿。我剥掉壳尝尝，油滋滋的，香喷喷的。老太太又说，其实，她最喜欢采花丝，走进花地，满眼都是大朵的红花，自己也好像年轻了许多。说这话时，她的目光投向村外的田野，脸上现出向往的神情。乡干部掏出手机，让我看红花盛开时的照片。哦，天山红花真是美得很：它下面是蒜头形状的花球，上面的花朵则像一团火焰，在蓝天的背景上格外艳丽。据说，那花丝是名贵药材，有活血通经、散瘀止痛之功效。种植红花，有花丝与花籽两项收入，成为一些村民脱贫致富的重要手段。

一种香气来自馕饼。我以前去过南疆，多次吃馕，回来后对馕的香味记忆深刻。我一直认为，埃及人发明的面包，中亚人发明的馕，中国山东人发明的煎饼，是人类加工面食的三大杰作——都是用火烤熟，让香气充分释放，且能放置较长时间，是外出时携带的最佳食品（做煎饼的原料有多种，麦子做的最香）。我这次去伊犁，再次与馕相见，却是在几个加工厂里，香气更为集中，更加浓郁。新疆馕的生产，好多地方已经是规模化、集约化了。伊宁市克伯克于孜乡的一个村庄里，有一家生产馕的合作社，许多烤炉热气腾腾，一些穿着白色工作服的维吾尔族男子在熟练操作，旁边刚出炉的馕饼摞得老高，来买馕的村民或批发商络绎不绝。有这样的加工厂，村民们不必自己烤制，可以腾出更多时间去做别的事情。加工厂的管理者、师傅，乃至保洁人员，人人都挣工资，入股者还可以分红。在霍尔果斯市，离口岸只有几百米的地方，竟然有一家占地70亩、采取"加工+出口贸易+文旅"发展模式的馕产业园。它的外观像一座馕黄色城堡，城墙外有一组雕塑，展示传统的烤馕流程。进去看看，完全是大型工厂的车间化生产，日产量可达几万个，有上千人在此就业。隔着玻璃，我看到了一组组工人，一道道工序，一箱箱成品。外面展厅里摆着的馕，大的小的，淡的咸的，统统是恰到火候的焦黄颜色，香气扑鼻。离开城堡，我们的车里竟也有了馕香，那是大家的衣服上沾染的。

　　还有一种香气，杂糅而成，是我在伊犁市区的六星街闻到的。六星街位于伊宁市区内西北侧，六条街巷呈"米"字形，整个街区占地47公顷，居住着汉、哈萨克、回、维吾尔、俄罗斯等七八个民族的居民，是一个典型的多民族聚居地、多元文化的交汇地。我们于黄昏时分到达这里，沿街看了各具民族特色的庭院和店铺，俄罗斯族人的"列巴""卡哇斯"，哈萨克族人的奶茶、"奶疙瘩"，维吾尔族人的烤肉串、烤包子，汉族人的水饺、粽子，回族人的炸油糕、羊杂汤……香气从各个地方飘散出来，在街区糅合在一起，氤氲成一片，让人直咽口水。不只是嗅觉与味觉，视觉与听觉也被调动起来了。在六星街的中心地带，蒙古族人在那里边唱边跳草原雄鹰舞，汉族人在跳广场舞，还有一对俄罗斯族青年男女从街巷深处走来，男的拉手风琴，女的唱俄罗斯歌曲。与我们同行的一位新疆老作家向姑娘做出邀请手势，二人便跳起了欢快的舞蹈，我们与一些围观者和着节奏拍手叫好。

在那一刻，我心中涌起深深的感动。我想起了伊犁河谷的历史，想起了几千年来各个民族在这里的命运。他们相互亲近、融合，也免不了一些龃龉和冲突。金戈铁马，刀光剑影，伊犁河曾经和着多少歌声与哭声流淌！历史车轮驶入二十世纪下半叶之后，这里才有了长久的安定和谐，有了各民族的携手前行。伊宁六星街，便见证了这一历史巨变。如今，这里飘散的香气，连同整个伊犁河谷飘散的香气，让无数人陶然若醉，流连忘返……

（原载于2024年6月2日《大众日报》）

北回归线上的汕头

去汕头五日，诸多景物烙印于我的大脑，最深刻的当数北回归线标志塔。

它在南澳岛东头的青澳湾。面对浩瀚的太平洋，一座门状建筑物被蓝天背景衬托，显得格外雄伟。"门"字的那一点是个紫铜色的球体，被一对深灰色门垛擎于正中。有一圆管垂直贯通球体，每年夏至正午，日光透管直射，在地上照出一个圆圆的光点。

听了带队者的讲解，我脑子里蹦出"太阳足迹"四个字。

我是山东人，从小就听老人讲，"夏至挡日回"，意思是，夏至这天会把北上的日头挡回去。我曾在无数个冬至之后，看着太阳一天天离我更近，赐我温暖，赐大地新绿。过了夏至，便望见太阳悄然南归，让北方渐渐变冷，落叶与雪花飞舞，天地间一片肃杀气氛。我无数次猜想，夏至这天，太阳到底是走到哪儿便折返的呢？

后来通过读书明白了，是北回归线。

2021年初夏，我到了汕头才知道，太阳是走到这儿又回去的。

当然，夏至这天，太阳从东方而来，其足迹曾划过太平洋，经过台湾。从汕头西去，出广东，进广西，经云南，再越过南亚、北非、北美。在北纬23.5度上，生活着不同国家、不同肤色的人，但他们都对太阳每年到达头顶即回这件事很在意，到了这天，许多人会竖起一根竿子，观察"立竿无影"这个神奇现象。有一些地方，还建起了北回归线标志塔或标志物。

北回归线标志塔，中国境内建得最多，目前已有11座，汕头就有两座。除了2014年在南澳岛完工的"自然之门"，另一座在汕头市东北郊的鸡笼山南麓，1986年建成。那座标志塔的造型，是在仿天坛基座上,由四面皆呈"北"字形的高架托起地球模型,球体中间也有一圆管。夏至这天,游客云集,低头看日影,抬头窥骄阳,对这个天象奇观无不赞叹。

无论东方还是西方,都有太阳神的传说。在古代希腊,太阳神是赫利俄斯;在古代中国,太阳神是东君(取屈原《九歌》中的说法)。中国民间对太阳也有一些俗称,如太阳爷、日头公等。无论把太阳想象成神,或比拟成人,都符合古人的理念:万物有灵。我也相信太阳有灵,不然他不会每天从东方升起,不会每年准时且准确地到达南北回归线,然后退回,周而复始。更南更北的地方他去不了,只是挥洒目光,送去无量光子,传递不同温度。目光实在投射不到的地球两极,每年便有长达几个月的极夜。

我想,太阳涉足哪里,都会垂下目光,仔细观察。因为他目光灼灼,因为他来回驰骋,南北回归线之间便成了热带。

汕头是太阳北上的终点之一,每年只来一次。这里的沧桑巨变,他一定观察得清清楚楚。

自从地球诞生,他来这里有几十亿次了。冥古宙、太古宙、元古宙,他看见了四十亿年的恒久蛮荒;古生代、中生代、新生代,他又看见了显生宙六亿年的万物竞生。造山运动,此起彼伏;石出水落,河溪生成。在潮汕这一块,地往东南倾,水往东南流,海中却拱起一座南澳岛,像作曲家刻意安排的高潮。

距今一万年前,太阳看见人类出现在这里。他们逐水而居,农牧渔猎。居住点越来越大,越来越多,终于有城市出现在几条大江岸边。一千二百年前,一个叫韩愈的人来这里做刺史,下马伊始,为民操劳。人们爱戴他,把一条江改名为韩江。

一千年来,太阳到这里会看见,榕江、韩江浩浩荡荡,尾闾冲积,每年都造出新的陆地。海滩沙脊,不断延伸。海退人进,遂有渔村。离岸二十里的南澳岛上,竟然屡屡出现大队人马:南宋的最后一批君臣到这里暂住,挖出的井水虽然甘甜,却平息不了他们的濒死残喘;明代有官兵在此建总兵府,延续至清代达三百多年,负责闽粤二省及台湾、澎湖海防军务;郑成功在此招兵置船,挥师台湾,将那些长着红头发的西方人赶走。太阳还看到,这期间汕头渐成繁华港湾，桅樯如林。一只只红头船载人下南洋，载人回来送侨批，泪水挥洒，或喜或悲。再后来，西方人到此，炮船在先，商船在后，让这里成为闻名世界的"汕头埠"。

　　一百年前，太阳会看到，汕头市区出现一块市政厅的牌子，挂在一间平房门口。第二年他看到，在西部山区，一个叫彭湃的年轻人走村串户，屡屡展示有镰刀斧头图案的旗帜。十年后他看到，在汕头最繁华的小公园区域，一家叫作"华富电料行"的商铺里，有外地人频繁出入。其中一个留着大胡子的人叫周恩来，他从这里沿韩江北上，被中共交通员送到了一个叫作瑞金的地方。1939年夏至这天，他看到汕头市区被日军飞机炸得满目疮痍，日本人踩着中国人的鲜血进城，开始了六年的占领。后来他看到，日本人走掉，国民党进城，共产党的游击队在大南山、凤凰山等地出没。1949年他看到，中国人民解放军在潮汕地区所向披靡，占领了一座座城镇。1950年他看到，南澳岛也插上了五星红旗。

　　四十年前，太阳会看到，在汕头东郊的龙湖村，一些人站在沙丘上指指点点，正筹划国家级经济特区。此后，太阳每年过来探视，汕头都有崭新变化：城区扩展，高楼林立；工厂、学校，星罗棋布；山青水绿，乡村变靓。海湾大桥、礐石大桥、南澳大桥、海湾隧道，让天堑变通途。铁路、高铁、高速公路四通八达，让人们的远行成为等闲之事。港口不断扩大，繁忙吞吐，巨轮在"南澳一号"沉船侧畔来来往往，续写"海上丝绸之路"的壮美篇章。

　　我写此文，是在2021年夏至前夕。太阳再到北回归线，会看到汕头更大更美。尤其是东海岸，有多处刚刚落成的体育场馆，与正在建设的汕头大学东校区相映生辉。第三届亚洲青年运动会，将于11月20日在此开幕。这届亚青会的Logo在汕头随处可见，图案中的红头船让人感奋不已。

　　我希望，我以后还能再到汕头，而且是在夏至这天。我打算，那天到北回归线标志塔下站直，让脚下基本上不见身影，而后仰面对太阳说："你好，你今天再次垂青于汕头，又看到了哪些巨变？"

（原载于2021年第9期《海内与海外》）

山清水秀酿珍稀

那天坐飞机到贵阳,是在晚上;饭后乘车至金沙县,已近子时。

次日去源村镇,一出县城,路边景象让我吃惊:左右皆山,个头均等,不高不矮,似在列队。我将我的"发现"指给同行者看,他微笑不语。待中巴车拐一个弯儿,遂发现了我的少见多怪。原来,那山不止两列,山的背后还是山,像竖立着大片巨型青螺,一望无际。脑子里储存的地质学知识告诉我,这是一片喀斯特地貌。

云贵高原,来历不凡。两亿年前,这里还是大海。那些沙子、碎屑、生物骨骼、火山灰等,层层沉积,成为岩石。后来地壳抬升,尤其是距今约3 600万年至5 300万年的喜马拉雅造山运动,导致水落石出。后来的几千万年里,风蚀水冲,沉积岩大片剥落,留下的便是一座座山峰。

停车时,我近距离看那山体裸露处,只见层层叠叠,断面平整,似一册册古书等我去读。我读出了古生代、中生代,读出了寒武纪、石炭纪,读出了天地造化,沧海桑田。然而我也知道,地质纪元虽然由人类创造并统一使用,"金钉子"在全世界确定了六十多颗,但各地的地质沉积,内涵不尽相同。有的地方,在亿万年前埋下了珍稀物质,让新生代第四纪全新世的人类深深受益。

赤水河流域就是如此。不知大海酿造了一些什么物质,埋进紫红色砾土岩中,海消山长,藏水渗出,潺潺涓涓,汇流成河。每年雨季,降水丰富,这条河便成为一条红色巨龙,奔腾呼啸于万山之中。当人类发明了酿酒技术,此地山民取水用之,造出醴醪,总胜别处一等。久而久之,人们便将这儿视为酿酒圣地,烧坊林立,名酒辈出。尤其是，更是享誉中外。这条河，也被人称为"美酒河"。据科学分析，赤水河水，成分独特，溶解物中含有多种对人体有益的成分。

有好水，还要有好工艺。千百年间，无数前辈摸索出了酿造茅台酒的至高要领：道法自然，天人合一。即顺应自然规律，严格把控温度与水分，每一道工序都与二十四个节气密切关联。重阳取水，造沙润粮，生产周期为整整一年。久而久之，茅台酒的酿造成了一件神秘的事情。

清朝末年，茅台华家成义烧坊来了一对刘姓少年，兄名开运，弟名开庭。他俩生在30里外的源村，此时由人作保，到此当起了学徒。刘姓兄弟天资聪颖，勤奋好学，十年后，老大成为掌柜，老二成为技师。后来时局不稳，兵荒马乱，少东家华之鸿决定将作坊分作几处。他的胞妹嫁给源村酿酒大户张家，华家就将大量老酒转移到那里，刘开庭作为技师也回到家中。刘开庭用茅台老酒和酿造工艺在此另开新窖，光斋窖酒香飘四乡，被人称作"二茅台"。

2019年9月7日，源村镇桂香氤氲，酒香弥漫。我们参观过著名老宅齐家大院，再往前走，忽见数丛凤尾竹下，有一排红墙黑瓦的老房子立在那里。金沙酒业董事长张道红先生说，这就是当年刘开庭当技师时的酿酒作坊。刘先生从金沙走出去，又带着酒曲与技艺回到金沙，被坊间称作"回沙"，这就是"金沙回沙酒"的来历。我走到窗前，向里张望，里面空无一人，但我还是嗅到了遗留在这里的酒香，脑补出了当年这里的生产场面。

那个场面，十分钟后我就看到了，是在金沙酒业设在源村的老厂。车间里热气腾腾，工人们各司其职。最引人注目的，是一张张舞动的铁锨。或是摊晾，或是上堆，或是装窖，锨起锨落，酒醅翻飞。看到他们这种"原始操作"，我想到了"效率"，问他们为何不用机械。他们笑了：用了机械，酒就变味了。原来，酿酒工艺是前辈传下来的，不能更改，这样才能将酒醅均匀播撒，才能让温度恰好、水分恰好，才能将一部分空气带进去，让其参与奥秘无穷的发酵、酿制过程。这个过程十分烦琐，要经过九番蒸煮，八轮发酵。

　　来到一堵墙边，只见墙中伸出一根管子，清流汩汩，香气扑鼻。取一点尝尝，酱香醇厚，回味悠长。我问他们，这酒标什么牌子，他们自豪地回答："摘要！"

　　我心怦然一动。"摘要"，真好！摘天地精华，聚万物之要，山水灵气，工匠精神，统统在此！

　　翌日，金沙酒业2020年投粮祭祀暨封坛仪式在金沙县城举行。那里是占地3 000亩的新厂区，号称"中国第二大酱酒生产基地"。在少数民族姑娘充满灵性的吟唱声中，在一系列庄严的祭祀仪式之后，五十六岁的金沙酒业总工程师李卫东先生被请到台上端坐，九位青年男女学徒齐刷刷登场，到他面前跪下，一一上前敬酒，而后集体宣誓："……学习传承师德技艺，谨遵师教，团结同事，刻苦钻研，传承金沙回沙酒酱香工艺技艺，弘扬酱香文化！"那一刻，我被深深感动，仿佛看到了百年前的刘家兄弟，在认真聆听师父教导，在暗下决心将酱香工艺发扬光大。

　　这一天，金沙酒业投粮下沙。在向天地、向酒神鞠躬行礼后，董事长将一些被业内称之为"沙"的高粱米和小麦投入瓷坛，让它与酒曲混在一起，经过一个漫长的发酵过程，完成自身的蜕变，明年将生命的汁液献出，成为美酒。

　　这些"沙"，也携带了金沙酒业的惠民精神。造酱香酒的最佳原料，是红缨子糯高粱，主要产自赤水河流域及金沙县。金沙酒业近年来发展迅速，向农民广下订单。于是，一座座山坡上，一道道河谷中，每到秋季，高粱穗红彤彤的，像大片的火焰耀眼醒目。农民收后脱粒，卖给酒厂，亩收入是玉米的三倍。不仅原料，下脚料也为山区造福。一些农民将酒糟拉去，拌进青贮饲料喂牛，育肥的肉牛卖出了更好的价钱。牛粪通过发酵，或通过蚯蚓进一步分解，成为农民种粮、种茶的上等有机肥料。源村镇党委书记代延庆向我们介绍，得益于金沙酒业的支持，该镇脱贫攻坚成绩显著，贫困发生率从2014年前的14%下降到目前的2%，2020年将圆满实现脱贫。

　　金沙酒业的扶贫措施多种多样。我们在采访过程中，就亲眼目睹了他们向许多贫困户发放生活物资，向贫困学生家长发放救济金，等等。后来到了贵阳，我们参加金沙酒业举办的产教融合公益发布会，还知晓了一项教育扶贫的创举：与贵阳食品工程职业学院联办金沙酒业学院，招收一些没能考上大学的贫困学生，出资委培。学生毕业之后，如果找不到其他合适的工作，可以选择入职金沙酒业。

我想，金沙酒业不只是酿美酒，也酿美德。这种美德，也是一种珍稀元素。2019年，金沙酒业品牌价值已飙升至268.08亿元。他们的美德价值多少？那是无法用金钱衡量的。

"千淘万漉虽辛苦，吹尽狂沙始到金。"在金沙酒业展览大厅，中国作协原党组副书记、中国散文学会会长王巨才先生挥毫泼墨，写下刘禹锡的两句诗，恰切地诠释了金沙酒业的可贵精神。

回到黄海之滨，我向大西南遥望，还仿佛看得见那片诱人的美山秀水，看得见美山秀水中的一缕缕珍稀之光。

（原载于2020年第2期《人民文学》）

西府寻凤

癸丑年冬月,我从黄海之滨出发,奔赴那个著名的凤栖之地。乘车一路西行,穿过白雪皑皑的中原,经过高耸入云的华山,便进入了莽莽苍苍的秦川。到了西安再向西,红彤彤的夕阳引路,让我终于见到了一只美丽的凤凰。它伫立于小城街心,在晚霞的映照下娇艳无比。它展翅引颈,昂首向天,我似乎听到了它的一声声长鸣。

凤凰这只祥瑞神鸟,几千年来一直翱翔在历史的天空,激发着人们的想象与憧憬。我老家院子里过去栽有梧桐树,我童年时听说凤凰会往这种树上落,经常痴痴地仰脸去瞅,希望能有凤凰出现在枝头。但是一年一年,梦想总是落空。我十八岁那年到外村教学,校园就是一片梧桐林,我还是怀揣这个梦想。放学之后,校园里只剩下我自己,我经常背靠梧桐树拉胡琴,希望琴声能把凤凰招来,让它在枝头鸣叫。然而花开花落,我的琴声终是孤单寂寥。

"箫韶九成,凤凰来仪";"凤凰于飞,翙翙其羽"。我读古代诗书时,曾多次猜度凤凰的样子和叫声,沉醉于想象中不能自拔。进而发现,古书上记载的凤凰,多出现在渭水上游的雍城、岐山一带。"凤凰集于岐山,飞鸣过雍",何其壮观;秦穆公之女弄玉与其夫婿萧史吹箫引凤,多么浪漫!因为雍城有凤凰飞过,留下许多美好的传说,因而唐肃宗登基后,将雍城改名凤翔。

这个因凤凰得名的古县,在唐代称作"西府"的地方,到处都有凤凰的影子、凤凰的传说。除了城中心那尊巨大的凤凰雕塑,许多公共场合都有凤凰图案,仿佛处处飞着凤凰。我和同行者还登上了一处古城墙,听到了"金凤踏雪"的传说:唐代一位凤翔太守看到老城墙年久失修，部分倒塌，决定修筑新城，不知为何三筑三塌。有一天夜间大雪纷飞，翌日雪停，太守早起，沿着倒塌的城墙走来走去，苦思苦想。忽然发现，一只凤凰悄然而至，落在城墙脚下的古泉边，喝罢泉水踏雪绕城，振翅而去。太守大喜，决定沿着凤凰足迹重筑城墙，建起后不再坍塌。太守还命人在城墙下修建了栖凤湖和栖凤亭，昭彰并纪念凤翔城的神奇渊源。

我们出城再往西行，十多分钟后下车，抬头看见了三个大字："凤栖台"。再看旁边的大楼，上面有"四大名酒 中国西凤"八个大字，便知道西凤酒厂到了。

凤栖台上，果然栖息着大量凤凰，一只一只，静止在盒子上、瓶子上。这是西凤产品展区，种类繁多，琳琅满目。看着看着，有一只银色凤凰突然出现，让我眼睛一亮，遂想起五十年前的一个场面。

那是我家的一次家族聚会，因为我二叔回来了。二叔在县商业局工作，每次回家都要召集亲兄弟和堂兄弟们一起喝酒。那一次回来，他从包里掏出两瓶酒，说是陕西名酒"西凤"，特意拿来让兄弟们尝尝。我四叔性子急，抢过酒瓶用牙把盖儿咬开后交给我这个晚辈，让我快倒。我倒酒时，便闻到了浓浓的芳香。倒完一圈，桌子边"啧儿啧儿"一阵，接着就是赞叹连声："好喝！""好喝！"二叔就讲这酒的来历，说它是中国名酒。他说，世上的鸟有无数种，但是最好的鸟是凤凰；世上的酒也有无数种，名酒就是酒中的凤凰。西凤，就是陕西的酒中凤凰。长辈们继续品尝，我拿过酒瓶仔细观看，只见它颜色老绿，贴一方紫红标签，印着两行金字，上面是"凤凰牌"，下面是"西凤酒"，中间则是银色的一只凤凰。凤凰的样子很特别，好像是正在天上飞着，突然向下方拐弯，将嘴伸向一朵牡丹花，于是它的长尾巴飘散在上空，非常漂亮。

在"凤栖台"上，我再次见到这只凤凰，满怀激动仔细端详。当然，现在的西凤酒有多个系列，最高端的"红西凤"珍藏版，盒子上的凤凰金光闪闪，几千元一瓶。我问讲解员，现在西凤酒市场销售情况如何。她说，2023年能过"百亿"。我听了暗暗惊叹，因为销量过百亿的中国白酒品牌，屈指可数。

那么，这只"酒中凤凰"为万众追捧，原因何在？我们在这里参观一圈，便得到了答案。

西凤酒有高贵的出身。

陕西是中华文明的重要发祥地，是周礼文化的发端地。雍城是秦国的龙兴之地，曾在此定都两百五十多年。作为礼仪文化载体的秦酒，与中华文明如影随形，三千余年无断代传承。这里的水土也好，水自雍山流下，流经第四纪从天而降、积存了几百万年的黄土，便携带了多种独特的矿物质和微量元素。以此水酿成的酒，堪称天赐，也酿出许多故事流传至今。

《酒谱》记载，秦穆公三十六年（前624）夏，穆公统率大军伐晋，在王官（今山西闻喜县西）取得胜利。从茅津渡河还师时，穆公欲慰劳将士，但只有一钟醪酒（秦饮），大臣蹇叔建议将秦饮倒进河里。三军将士沿河俯饮，个个陶醉。

唐高宗仪凤三年（678），波斯王子自长安回国，礼部侍郎裴行俭护送。途经凤翔城西的亭子头村，忽见路旁的蝴蝶迷迷瞪瞪飞不起来，蜜蜂晃晃悠悠纷纷坠地。裴侍郎大为惊奇，命府吏查访，原来是附近柳林铺一酒家刚取出一坛窖藏老酒，酒气随风飘散，竟让无数蜂蝶醉倒。波斯王子盛赞此酒醇香，裴行俭即兴赋诗一首："送客亭子头，蜂醉蝶不舞。三阳开国泰，美哉柳林酒。"他上书高宗皇帝，把柳林酒作为珍品上贡。这个柳林酒，便是西凤酒的前身。

北宋嘉祐六年（1061），凤翔与大文豪苏轼结缘，成为他的初仕之地。苏轼当时二十六岁，被任命为凤翔签书判官，他在此三年间不只出色地完成公务，还广交朋友，饮酒唱酬，写下数十篇与酒有关的诗文。"聊为湖上饮，一纵醉后谈"，"独绕樱桃树，酒醒吼肺干"，"身闲酒美谁来劝，坐看花光照水光"，"花开美酒曷不醉，来看南山冷翠微"……千年以来脍炙人口。他竟然学会了酿酒技艺，"近日秋雨足，公馀试新篘"。酿出酒来不只自己饮用，还用酒换回一丛牡丹花，栽在喜雨亭前观赏。

与西凤酒有关的雅事林林总总，在历史的长河中熠熠生辉。因此，我走进西凤酒文化馆时，看到大厅正面的墙上有十个大字"一滴西凤酒　半部华夏史"，不禁颔首叹服。

西凤酒有独特的工艺。

我小时候就听说，中国有四大名酒，茅台、泸州老窖、汾酒、西凤。那是在1952年首届全国评酒会上评出来的，后来在历次评选中，西凤都跻身全国名酒行列。然而，1979年举办的第三届全国评酒会，评选"新八大"，西凤酒却名落孙山。为什么？因为那次评选是"按图索骥"，所有参评白酒，按照浓、清、酱、米和其他五个香型划分，各自归类评选。这好比戏曲比赛分为"生、末、净、旦、丑"，忽然来了个唱华阴老腔的，尽管古朴醇厚，却被评委视为另类，将其贬出。

"酒中凤凰"，被人当作"又鸟"，西凤酒厂一时间弥漫着抑郁气氛。厂领导反复讨论一个问题：我们的独特香型要不要坚守？最后达成共识：西凤酒传承三千年，不能改变工艺，削足适履。我们要将传统技术发扬光大，堂而皇之地打出"凤香型"旗号，让更多的人认识凤香，接受凤香，喜爱凤香！

于是，他们依旧敬畏自然、敬畏先贤、敬畏技艺，春缮海、夏制曲、秋立窖、冬酝酿，匠心独运，顺天应时，吸纳天地灵气。与此同时，在工艺流程上一丝不苟，精益求精，每个环节做到极致，让西凤酒更具个性，更加完美。正如西凤曲坊门两边的对联所说："承古法倾匠心精制凤曲，细发酵秘贮存好酿琼浆。"

1994年，国家轻工业部在西安建国饭店召开凤香型白酒香型鉴定会，专家给出的结论是：西凤酒既不同于清香型白酒，又不同于浓香型白酒，生产工艺有自身明显特点，产品质量和生产工艺有紧密联系，完全具备了独立成型的条件。这个香型以地域命名，确定为凤香。

于是，中国白酒除了浓香、清香、酱香、米香，又多了个凤香。这个独立香型的被确认，其实是对西凤一代代酿酒工匠的致敬，是对秦地三千年酒文化的礼赞。

西凤酒有优良的贮存方法。

在西凤酒厂参观，我最感震撼的是"酒海"。进入那个一眼望不到尽头的大库房，只见两边是一个个粗壮的木架子，每个架子里面放一只巨型荆条篓，荆条篓外观相当陈旧，且覆了一层白霜似的粉末，分明是岁月的痕迹。我本来认为，盛酒的库房很大，存量很多，因而称之为"酒海"，殊不知，"酒海"指的是这一个个大酒篓。在现场，我还听到了"海龄"一词，指"酒海"用于贮酒的时间。我去看篓上挂的标签，看到最早的一个"酒海"，竟然是1957年启用的，装了3721斤65度白酒。这么算来，它的"海龄"为66岁。据说，西凤酒厂还存有清代及民国时期保留下来的老酒海，其中有2个国家二级文物、5个国家三级文物、5个国家一般文物。这种酒海，容量小的盛50公斤，大的5到8吨。现今经过改造加工，最大的酒海容量50吨。

听讲解员说，西凤酒只能用酒海储存，酒海是西凤酒的祖传法宝。因为酒酿出之后，火气旺，口感冲，刺激性强，辛辣味重，不适合直接饮用，要让它到酒海里至少沉睡三年。西凤酒沿用了古人创造的酒海封藏方法，初春时节，去山上割来生机待发的野生荆条，编成大篓。再以豆腐、鸡蛋清、菜籽油和蜂蜡做粘胶剂涂封，用麻构纸、白棉布裱糊。糊一层晾干，再糊一层，就这么一层一层裱糊，半年左右才能制成。酒海为长方体，圆口、弧肩、直腹、平底，固定于"井"字形木架之中。这种酒海很神奇，遇水则漏，遇酒则香，而且"会呼吸"。里面储藏的酒通过"呼吸"与自然相合，与天地相通，久而久之，味道益醇。所以说，用酒海储存，是成就凤香型酒典型风格的神来之笔。

那天，我们吃饭时喝的是"红西凤"。主人讲，"红西凤"的原酒，在文物级老酒海中贮藏多年，老熟后才取出，为西凤秀雅之本。我们举杯品尝，果然是芬芳雅致，回味悠长。

宴会桌的中间，立着一只厨师精心雕出的凤凰，通体金黄，姿态生动。因为这只凤凰，平时很少喝酒的我也贪杯了，竟然喝得心醉神迷，眼前一片朦胧。

恍惚间，凤凰举翅翩翩，鸣啭声声……

（原载于2024年第3期《长篇小说选刊》）

想听良渚人讲故事

在龙年初冬的第一场寒风中，参加第二届"良渚论坛"的大群学者、作家登上了莫角山。

莫角山不是天然之山，是人工堆土而成。5 000年前的良渚人，从周围取来200多万立方米沙土，堆起了十几米高的广阔平台，在上面建造了一座座宫殿，让这片水乡泽国发生了巨变。

我们登上台顶时，夕阳悬在西面的小莫角山上，洒下万丈金辉，将两山之间的大片芦花染成淡红。小莫角山也由人工堆成，两山的基础都有一部分是"草裹泥"。"草裹泥"是良渚人的一项创造，用草包上泥，一块块垒起，压出水分后特别结实。"草裹泥"中，考古人员发现有芦花，说明那是在秋冬季节，在收割了稻谷的农闲时光，人们聚集于此，投入了声势浩大的"造山运动"。

高台边缘有几丛芦苇，摇摇摆摆，飒飒有声，似向我讲述当年的故事。但我听不懂，只能伸手抚摸它们几下，而后转身向四周张望。

站在莫角山上，我俯瞰着半腰处的广场，想象当年良渚人在此集会的场面；看到离广场不远的粮仓遗址，心中暗自猜度从那里发掘出的1.3万公斤炭化稻谷有什么来历；看到内城、外城的轮廓，想象当年的王城是何等气派；看到通往城外的一条条水路，仿佛瞧见良渚人架着独木舟或竹筏来来回回穿梭其间的忙碌身影；我还眺望北方的连绵群山，想起山脚下有良渚人建的一道道防洪水坝，不禁感叹这项当时世界上最大的水利工程，需有多么强大的组织力量才能完成。

来自西方国家的一些参观者，到处打量，热烈讨论。年轻帅气的法国作家对着记者的麦克风侃侃而谈："和5 000年前的人们吹过同一阵风，感受同样的温度，就是我此行的意义。"我也感受着此刻的朔风与它的温度，但心中还有另一份愿望：想听良渚人讲故事。

柏拉图曾经说过："谁会讲故事，谁就拥有世界。"良渚人的首领肯定也会讲故事，以此说服部众，激发斗志。就像黄河流域的古人讲述盘古、女娲以及炎黄二帝的故事，产生强大而持久的凝聚力一样。

最让良渚人认同的故事，从一个神秘徽记上可以读到。那是在许多玉琮上镌刻的神人兽面纹。

玉琮，是华夏先人敬祭天地的礼器。由于玉石的稀罕，雕琢的不易，玉琮特别能彰显人的虔诚态度。在良渚发现的玉琮，不只在造型上寓意"天圆地方"，还刻有一个精细而复杂的图案：上面一人，头戴羽冠，倒梯形脸面，咬牙切齿，怒目圆睁。他双臂高抬，曲肘伸手，缚住身下一头巨兽。那兽，双眼赛车轮，瞳孔溜圆；大嘴像小船，牙齿交错；两只前腿从嘴下露出，爪尖异常锋利。

我猜想，这是良渚人在讲一个惊险故事：在那个人少兽多的时代，曾有一头非常凶猛的山中之王，伤人无数。一位勇士挺身而出，凭他超凡的膂力将其擒住，为人们赢得了安全。于是，人们推举他为人中之王，自觉向他聚拢，心甘情愿听他指挥。他的事迹被人传颂，越传越神，他就成为一位神人。

这个故事，是中华大地上最早的口头文学。人们在讲述过程中，一定会带着崇拜心情极尽渲染，将野兽的猛，猎手的勇，讲得惊心动魄。有人还将故事进一步升级，将猎手的力气认定为上天所赐，做王的权力由神授予，从而产生了超强的威慑力。口耳相传还不够，艺术家将这故事画成图，刻在玉石或别的材料上，成为神徽。有了这个神徽，远近咸服，越来越多的人来此聚居，让这里成为一座面积广大的王城。更多的神徽也被人带到四方，载着故事，载着大一统的愿望。听了故事，别处的人肃然起敬，向徽而拜，于是，环太湖地区几乎都成为这位神人的"天下"。

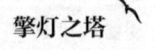

在莫角山上漫步，我还希望听到良渚人的更多故事。

我希望遇见一位王者，打量他头上的漂亮羽冠，手中握着的精美玉钺，身上穿的丝织华服，问他是那位神人的第几代传人。我想知道，他对天、地、人如何理解，他坐上王位的前前后后，有哪些非凡经历。我还想从他那里解开一个谜：在良渚出土的玉石兵器，大多没有开锋，而且没染上血渍，到底是什么原因？难道良渚人爱好和平，与其他部族和睦相处？

我希望遇见一位玉匠，看他手上的老茧，他的琢玉工具，听他讲述加工玉器的故事。没有现代人惯用的机械，他是怎样将玉石裁得方圆恰好，怎样在上面穿孔，怎样打磨得光滑可鉴。尤其是在那块"玉琮王"上刻画的神人兽面纹，怎么会刻得那么精密，有的地方在1毫米的宽度内竟然有五条不交错的细线？

我希望遇见一位陶匠，看他腿脚上的泥巴，佝偻而皴黑的脊背，问他在哪一处作坊，擅长做哪些陶器。问他泥从哪里采，陶轮如何蹬，制出陶坯后在什么样的窑里烧，火候如何把握。我最想知道，某些陶器上的刻画符号，有的单独一个，有的多个并存，都表达了什么意思？是用作标记，是以此记事，还是要讲述故事？他们是否想要创造更多的符号，让更多的人认识，成为后人所用的文字？

我希望遇见一位老农，看他手上的石镰，问他一年四季如何劳作，是不是集体耕种。他们种的稻子，是哪一位祖先培育出来的？产量怎样？口感如何？他们那时用的是石犁，用人拉还是用牛拉？从石镰的样式上看，他们握镰都用左手，为什么都是"左撇子"？是割庄稼时才用左手，还是所有的劳作都以左手为主？

我希望遇见一位年轻女性，看她身上穿的麻衣，脖子上戴的玉饰，脚上穿的木屐，问她是否已经结婚，婚后是单偶还是多偶，生活是否幸福。我还想问她，平时都干些什么活儿，是养蚕、缫丝、纺线、织布，还是专职带娃？良渚博物馆里有出土的木陀螺，她的孩子可曾玩过这种滴溜溜转圈的玩意儿？是用什么材料做的鞭子抽打，是在地上玩还是在冰上玩？

我希望遇见一位巫师，看他身上的特殊穿戴，手上的奇异法器，问他的职责是祭祀天地，还是给人下葬。那个时候用什么礼器，有哪些仪式。莫角山东北方5 000米之外的瑶山，既是祭坛，又是巫师的墓地，他们登临时都想些什么，是否真的会感知天的旨意，并向人们传达？

我还希望遇见生活在4 200年前的良渚人，想听他们讲一讲那时究竟发生了什么事情，让这里不再有人，文明进程戛然而止。越来越多的当代学者认为，这事与水灾有关，那时降雨量大增，海平面上涨，杭州湾成为一片汪洋。大禹治水的传说，现今的地质发现，都为水灾提供了佐证。然而，良渚肯定不是一下子被淹掉的，人们有逃离的机会。他们会扶老携幼，背着稻种和重要的生活物资，去寻找新的应许之地。有学者认为，他们或向南，或向北，或向西。向南去的，甚至走到了东南亚，让那里有了稻作文明；向北去的，可能会越过长江去中原居住，与那里的人一起开创了夏商文明。

我还想遇见更多的良渚人，听到更多的良渚故事，然而，此时暮霭深沉，带队者招呼我们下山。

走到山下，回头望去，恍惚看见莫角山上站着许多良渚人，目送我们离开。我满怀留恋之情，向他们挥一挥手，跨越几千年的时光，坐进了电动游览车里。

（原载于2025年2月24日《人民日报》，发表时有删节）

第四辑

海立云垂瞑望中

经山历海　深入生活

　　我于1955年出生在鲁东南的一个山村，因为家贫，十四岁辍学，初中只上了四个月。后来我做了十年乡村教师，又当了八年公社、县委干部，三十三岁去山东大学作家班学习，从此走上文学道路。家乡的土地，给了我丰厚滋养，让我写出短篇小说《通腿儿》和系列长篇小说"农民三部曲"（《缱绻与决绝》《君子梦》《青烟或白雾》）等作品。1991年到日照市工作，从此亲近大海，感受海风。我曾到一家海水养殖总场挂职半年，参加过风暴潮袭来时的抢险，曾到渔村采访，随船出海打鱼。因为掌握大量素材，才写出了长篇小说《人类世》等作品。

　　去年年初，《人民文学》约我写一部反映新时代的长篇小说，我答应了。这是我的使命。我认为，真切感受时代，认真观察时代，将时代样貌记录下来，将时代精神传达出来，是作家的一个重要任务。这个约稿，激活了我的生活积累，点燃了我的创作激情。

　　但我知道，要反映新时代，我以往的积累远远不够。我又踏上采访行程，去沂蒙山区，在有着光荣历史的一个个村庄了解精准扶贫的成就，了解乡村振兴的进展。听一位村支书讲，以前乡里干部进村办事，来了总会吃午饭，常把他愁得不轻。这几年，干部过来，谈完事就走，他一下子解脱了。他说这事时的愉悦神情，深深感染了我，我把这写进了小说。我还采访过好几位第一书记、驻村工作队队长，亲眼看到群众对他们的尊敬态度、亲如一家的样子，心里十分感动。我想，历朝历代，哪有像今天这样，政府投入大量人力物力，真心实意让一户户穷人脱贫的？

　　我在日照，采访沿海乡镇的干部、渔民，了解渔业生产的现状与问题，也知晓了渔业转型升级的诸多举措。我听渔民诉说，海洋资源在迅速枯竭，他们出海时经常赔本，心急如焚。当我乘船去看离岸很远的"海洋牧场"时，得知大型全潜式深海养殖网箱"深蓝一号"下海，利用黄海冷水团大量养殖三文鱼，看着浩瀚的大海，我意识到时代的变化有多么巨大，蓝色海洋又增添了多少内涵。

时代生活，包括方方面面、点点滴滴，除了采访，平时我也注意观察积累。身为作家，要葆有一颗好奇心，了解那些新生事物，体验一些新的生活方式，就连网络流行语言我也常听常记。我笔下吴小蒿的那群闺蜜，吴小蒿的女儿点点，她们的言行都很"潮"。有的青年读者朋友对我说："你的小说没有老人斑。"我认为，一个作家老了，脸上可以出现老人斑，但作品里不能有老人斑。听了这话，我比得了奖还高兴。

经山历海，深入生活，我对身处的新时代有了更深的体认，也感受到推动时代前进的那种排山倒海的力量，熟悉了乡村振兴中干部群众的精神风貌。于是，我以一个黄海之滨的小镇作为故事发生地，以一位出身贫寒却自强不息的乡镇女干部为主人公，创作二十八万字的长篇小说《经山海》。经山历海，是我的采访经历，更是小说主人公吴小蒿的人生经历。她从一棵蒿草长成大树，成为一地乡村振兴的扛鼎人物。她让楷坡镇从没有一棵楷树到楷树成林，那些树木，从曲阜孔林引进，枝繁叶茂，沐浴着时代的雨露茁壮成长。这部作品今年发表，安徽文艺出版社随即出书，获得第十五届全国精神文明建设"五个一工程"奖，入选"新中国70年百种译介图书推荐目录"，这都是对我的鼓励。

今后，我将继续深入生活，扎根人民，不断增强脚力、眼力、脑力、笔力，为时代奉献更多更好的作品。

（原载于2019年10月21日《人民日报》）

时代新人，每一个都是新的

　　塑造时代新人形象，是现实题材创作的一项重要任务。去年年初，《人民文学》杂志约我写一部反映新时代的长篇小说，我用一年时间完成了二十八万字的《经山海》。小说主人公、乡镇女干部吴小蒿的形象，给一些读者留下了深刻印象。为写好这位时代新人，我从四个方面做了一些努力。

　　第一，写好成长历程。改革开放四十年，给我们的国家带来了方方面面的变化，其中重要的一条，就是一代新人在成长。1978年以后出生的这些人，与前辈相比，所处的时代不一样，所受的教育不一样，对世界的认知与判断能力也不一样。他们当中的佼佼者，进入新时代，成为各行各业的中坚力量。这代人，应该成为文学作品中"新人"的原型。他们的经历，为我们塑造时代新人提供了丰富的素材。然而，芳草连天碧，姿态各不同，虽然共处一个时代，但他们各有各的发芽、长叶、开花、结果的过程。我们若塑造年轻干部形象，不该让他们具有超然性、传奇性，一出场就德才兼备，到一个地方大刀阔斧，大显身手，而是要浓墨重彩写好他的成长过程，努力表现时代、文化、家庭、性格等多重因素给人物带来的化合作用。《经山海》的女主人公吴小蒿，1978年生在农村，是五姐妹中的老二，父亲重男轻女，视闺女为蒿草。吴小蒿不服气，发奋图强，刻苦读书，考入大学，毕业后到海滨城市的政协机关编文史资料。她坐班十年，不甘心平庸一生，遂参加科级干部招考，去海边的楷坡镇当了副镇长。一个体重不足百斤、三十出头的小女子，从政经验严重不足，甚至闹出笑话，还屈从于镇领导的一些错误决策。但她不懂就学，很快熟悉了情况，变得有主见有担当，不辞劳

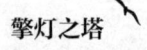

苦，为当地百姓做了好多事情，为乡村振兴做出了贡献。吴小蒿经山历海，从一棵蒿草长成了一棵大树。

第二，刻画独特个性。文学作品中的典型人物，都是独一无二、不可替代的"这一个"。"这一个"如何塑造出来，作家要下很大功夫。我写吴小蒿，在心中酝酿了好久。我调动了年轻时担任公社、县委干部的生活积累，去年又到沂蒙山区采访，在日照山区和渔村采访，掌握了大量素材。我还与多位乡镇女干部交谈，听取他们的诉说，了解她们的经历和在乡镇工作的甘苦。而后反复思考，披沙沥金，杂取种种，合成一个，有着多重性格的吴小蒿由模糊到清晰，活生生来到了我的面前。我让她从自卑到自信，最后成为一个优秀的镇长，但不是让她风风火火像个"女强人"，还是让她保持女人"柔"的一面。譬如，建高铁要搬迁村庄，她去动员村民，有一对老人不搬。她听说二老之所以不愿搬，是因为磨道下面埋着好几个孩子的胎盘，从而理解了一个农家庭院与他们的血肉联系，不由得抱住老太太流泪。当老人答应去签字时，她顺势给他们磕了一个头才起身。在另一个村庄，一个妇女对吴小蒿破口大骂，污言秽语，她委屈得流泪，但又不想让人看见，就仰面朝天，让脸上蓄着两个小小泪池。那女人从山沟里找到一条蛇皮，趁她不备塞进她的衣领时，她吓得浑身抽搐昏迷过去。在婚恋方面，她读高中时就被一位"官二代"渣男纠缠，无法摆脱，只好与其结婚。婚后长期遭受家暴，但因为顾虑离婚对孩子的伤害，优柔寡断一拖再拖，直到小说结束也没有离成。然而吴小蒿也有七情六欲，十分渴望爱情，一直想念在大学里倾心的刘经济，后来与他见面时想入非非。得知他有家庭，并且对她无意，她内心十分痛苦。但她在工作中，又展现出坚强的一面，即使遭受失败与挫折，面对黑恶势力，也勇往直前，用智慧与果敢从容应对。

第三，运用历史眼光。创作现实题材的作品，往往失之于浅薄，存在平面化、套路化的缺陷。要解决这个问题，增加思想含量和历史文化内涵，是一个有效的路数。我让主人公毕业于山东大学历史文化学院，习惯于用历史眼光观察事物，善于发现其本质与意义，从而获得解决问题的方法与途径。她发现了楷坡镇的许多历史文化遗存，做了一连串的事情：她发现了打击乐"斤求两"的文化内涵，将其"申遗"并搬上舞台；她与不良开发商斗智斗勇，保卫"香山遗美"摩崖石刻；她发现了一位老渔民保存的大量旧渔具，在此基础上建成渔业博物馆；她去曲阜孔林引进楷树建成楷园，让楷坡有了内涵厚重的文化广场；让专家来丹墟遗址考古，让四千年前的龙山文化重见天日，等等。她还在秋夜星空之下与山大教授、美国考古学家进行了一场三人长谈，打通古今，讨论历史观与人类前途。有了历史的参照，她对当下所致力的乡村建设，有了更为深刻的认识与更为坚定的信心。我还特意让吴小蒿喜欢《历史上的今天》这本书，在上面记录自己经历的一些大事，让她女儿点点也仿效母亲，在自己手头的书上也记自己的"大事"。这样，就促成了《经山海》的结构创新：在每一章前面都放一组"历史上的今天"和"小蒿记""点点记"。个人史放在人类史的大背景之下，便有了苍茫感、纵深感与新时代的新鲜感。

第四，展现时代环境。白居易说："文章合为时而著，歌诗合为事而作。"这个"时"，就是时代、时势、时局、时事。要写好时代新人，必须认识我们所处的时代，反映我们所处的时代。一方面，要深刻反映时代变迁，揭示历史趋势；一方面，要描摹当下生活，记录时代样貌。身为作家，一定要保持对时代的高度敏感，真切感受时代脉搏，从政治到经济，从文化到科技，方方面面都要了解，既要关注表面上的瞬息万变，又要把握本质上的东西。我平时注意观察生活，随时记录，尤其是对一些新生事物保持着好奇心，努力弄懂，并思考其意义。我认为，为历史保留细节，是作家的一份责任。所以，在《经山海》里，读者会了解城市化、全球化、信息化大背景下的乡村变迁，变迁中的许多新人新事。譬如，被称为"国之重器"的全智能大型深海养殖网箱"深海一号"、让游客体验潜海魅力的"鳃人之旅"、城乡环卫一体化所带来的乡村"颜值"、由电商与网红引发的有趣故事，以及吴小蒿听了闺蜜讲述的南极之行，对"鲸落"现象心生向往，等等。总之，让人物与时代

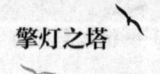

水乳交融，奏响个人与时代相遇时的生命乐章，应是我们追求的一种境界。

时代新人，每一个都是新的。创作永无止境，我当继续努力。

（此文系作者于2019年12月12日在中国文学博鳌论坛的发言，《文艺报》2020年1月6日发表时有删节）

写好新时代中国乡村故事

在一个日新月异的时代,能否完成对于时代本质的深刻表达,是我们面临的新考验。

在漫长的农业时代,乡村一直是文学的重要表现对象。二十世纪二三十年代的乡土小说,新中国成立前后诞生的红色经典,都把中国土地上的世道人情、风云变幻书写得细致入微、淋漓尽致。改革开放四十多年来,农村题材作品依然占据文学主流,作家们从中华优秀传统文化的根柢着眼,以村庄为切入点,刻画时代风貌,塑造典型人物,创作了一大批优秀作品。可以说,农村题材写作,是中国文学的一个传统。

进入新世纪以来,随着改革开放的进一步深入和经济社会飞速发展,中国发生着更为深刻而巨大的变化。二十一世纪的中国农民同时站在了工业化、城市化、全球化、信息化的"高速公路"上。城市以外的广大地区已经不能统称为农村,因为第二、第三产业已在那里星罗棋布,且与第一产业深度融合。顺应这个巨变,农村被许多人改称"乡村",文学范畴中的农村题材也改称"乡村题材"。

今日乡村,是一个开放包容的广阔空间。乡村生活从来没有像今天这样斑斓多彩、这样充满活力。生活在这里的人们,不只是传统意义上的农民和乡村干部,还包括在城乡之间从事经济活动与文化活动的各类人士。面对新时代、新生活,作家何为?我们怎样才能继续写好乡村题材?我个人认为,应该注意三点:

第一,深刻反映时代本质。作家一定要保持高度敏感,真切感受时代脉搏。经济、政治、文化、科技，社会发展的方方面面都要了解，既要关注表面上的瞬息万变，又要看到深层次的本质所在。当今时代的主题是和平与发展，这一时代主题在今天的中国得到强有力的反映，这就是十四亿中华儿女奋力实现中华民族伟大复兴的中国梦。乡村振兴是民族复兴的重要组成部分，正在进行的全面建成小康社会、决战决胜脱贫攻坚，是一场改变中国乡村面貌的伟大社会实践。在这一伟大历史进程中，中国作家没有缺席。近年来，表现乡村振兴、书写脱贫攻坚故事的作品不断涌现，令人欣喜。我们要努力写出时代大背景，写出历史纵深感以及对未来的启示，同时警惕平面化、简单化书写。在一个日新月异的时代，能否完成对于时代本质的深刻表达，是我们面临的新考验。

第二，精心塑造时代新人。当代中国乡村题材作品，在塑造时代新人方面取得了辉煌成就，如《创业史》里的梁生宝、《平凡的世界》里的孙少平、《古船》里的隋抱朴等，都是影响深远的典型人物。我们要充分学习借鉴这些成功经验，塑造出新时代的新人形象。今天写新人，不仅要写他们带头致富的行动，还要写出他们的新观念、新思想，让新人具有新内涵，成为时代的突出表征。我的长篇小说《经山海》，塑造了新人吴小蒿的形象。她是一个农家女，是毕业于大学历史系的高材生。通过招聘考试，她来到海边乡镇当副镇长，在那里克服种种困难迅速成长。有评论指出，"吴小蒿身上现实感与理想性的结合、个人命运与时代精神的交织，让一个具有鲜明辨识度的时代新人形象呼之欲出。"我认为，时代新人之"新"，需要我们不断有新发现、新创造。

第三，努力追求史诗气魄。新时代呼唤新史诗。中国社会的沧桑巨变，需要全方位、宽镜头、长景深地来表现。这个任务，每一位优秀作家都应该担当起来。作家要有大时代的大气魄，用心用情用功记录民族心路历程和精神变迁，同时密切关注世界变化，用哲学、社会学、人类学眼光观察人类生活，让创作既有中国视野与中国情感，又有聚焦人类命运共同体的宽广胸怀。作家要继承中外优秀文学传统，同时勇于创新，用精湛深邃的艺术手法记录时代足迹，刻画时代精神，努力让作品具有史诗气魄，展现生活的全面景观和庄严诗意。

（原载于2020年7月31日《人民日报》）

乡亲们的历史感

创作《经山海》时，我没少往村里跑，没少往乡亲们中间去。在亲身感受脱贫攻坚、乡村振兴的过程中，我发现了一个有意思的现象：乡亲们的历史感大大增强。

何为历史感？就是一个人对历史的感知能力。在过去的农村，只有少数有文化有身份的人会向后辈人"讲古"，讲自己的经历与村中往事，传递人生经验，启迪后辈智慧。而现在，许多父老乡亲喜欢谈论历史，包括个人史、家族史、村庄史乃至国家史。这与人们的文化水平和认知能力普遍提升有关，更因为他们的经历与见闻触动心灵，催发感慨。我回老家时，或者到一些地方采访时，经常有老年人主动跟我讲起生活的变化、社会的进步，那份喜悦发自内心，很有感染力。

乡亲们津津乐道的，主要是生活水平的提升。说起过去吃不饱穿不暖，说起今天已经实现的"两不愁三保障"，说起村里办起"敬老院"或"爱心食堂"，吃住不花钱，有的老人感叹：咱能活到这个地步，过去做梦也不敢想！沂蒙山区的一位老农讲，过去不怕穷不怕苦，就怕有病，有了病也不敢去医院，咱没钱呀。如今不一样，看病有保障，去医院不慌了！

用现代通信工具交流对生活变迁的感受，也成为许多乡亲的习惯。在我自己家族的聊天群里，在老家村民建起的聊天群里，经常有人说起现在的事，并且主动和以前作对比。这种反映生活可喜变化的文章或小视频，往往会引发点赞和讨论。前几年省里来的包村干部为我老家办了好多实事，乡亲们至今还十分感激。去年，家乡通了高铁，新建的高速公路在村后就有一个入口，更成为村民议论的话题：大家纷纷感慨过去出门多么难，现在出门多么方便，并且竞相上路"打卡"，晒出照片。

  更有一些人热心保存和收集老物件，以实物佐证历史。我参观过许多地方的"乡村记忆"展览，里面展出的农具、渔具、家具、交通工具等，林林总总，让人仿佛回到从前。山东省临沂市罗庄区是改革开放以来发展乡镇企业的典型地区，一个个村庄已变为城市社区。这里建有一个藏品丰富的"乡村记忆馆"。筹备者王振营说："我们经历了历史巨变，应该让这些东西留存，让人知道咱们是怎样告别贫困、走向小康的。"日照市石臼镇老渔民安丰坤，收集了大量渔业用具，包括一条装备齐全的渔船。听说市里建了博物馆新馆，他将藏品全部无偿献出。我去参观时，八十三岁的老人兴致勃勃，又是摇橹又是扳舵，向我演示当年下海捕鱼的劳作过程。他说，把这些东西放在博物馆，让后人了解渔业发展历史，实现了他的一大心愿。

  抚今思昔，方知世道之变；了解历史，更觉天地之新。我的父老乡亲们就这样在时光里体会着、感悟着，继往开来。

（原载于2021年2月16日《人民日报》）

望星空，作家应有的姿态

举首观天，是作家诗人的常见姿态。

古人喜欢观天，目标多是肉眼可见的日月星辰。单单一个月亮，就让古人产生了多少浪漫幻想，催发多少文学经典产生。满天繁星，也让他们脑洞大开，东西方都命名了许多星座，以星座为题材的文学作品不胜枚举。

自从有了望远镜，日月星辰在我们眼里全都变了。太阳上的金乌没了，月亮里的玉兔没了。望远镜里的月球有密密麻麻的陨石坑，像过去有人患天花后的一张麻脸，我们再读"举杯邀明月"之类的诗句，会觉得败兴，甚至滑稽。

科学，让日月星辰祛魅，让作家的想象力大打折扣。

但是，祛魅的只限于我们肉眼所及，科学还有为日月星辰增魅的一面。譬如，在万米高空的飞机上望星空，借助空间站的视角看地球，都会让我们感受到另一种壮美。

还有，各种高科技装备，让人类的感官延展，一步步深入宇宙深处，借助它们观望，会让我们浮想联翩，遐思无穷。

譬如装在贵州大山里的"中国天眼"，500米口径的"大眼睛"望向星空，正探究宇宙的许多奥秘，还试图寻找地外文明。

譬如装在575公里高空的哈勃望远镜，三十年来摄下了海量的宇宙图景。它拍下的恒星诞生地"创造之柱"，我每次端详都震撼不已。

譬如2021年升空的韦布望远镜，轨道离地球150万公里，用于观测今天可见宇宙的初期状态。

还有其他种种手段，让我们"看"到了无边无际的星空。黑洞，暗物质，超大星系……奥秘无穷。所用时空尺度，多是"亿年""亿光年"。

这样的尺度，这样的观望，让我们很烧脑，但是值得。

因为，面对这些宇宙图景，认识到我们所处的时空，会对地球、对人类、对自己生出悲悯之心。我们的作品，也会有更大的格局，更高的境界。

所以说，今天的作家，还是应该时常仰望星空。

（原载于2022年第7期《名家名作》）

快意雄风海上来

——长篇小说《大海风》创作谈

三十二年前,我在日照市第一海水养殖总场挂职时,参加过一次最原始的捕鱼活动——拉筘。因为场里要搞海蟹养殖试验,想通过这种方式拉出一些母蟹,让她们产卵。网在水里,人在岸上,一步步喊着号子向外拉。然而,那天我们没有多少收获,只捞出一些被当地人叫作"烂船钉"的小鱼,母蟹则一只也没有。领头的副场长老安感叹:"这海穷得不治了!"

他们失望地收拾渔网,我看着大海发呆。突然一阵强劲的海风吹来,一位渔家女的歌唱响在我的耳边:"早晨太阳里晒渔网,迎面吹来了大海风……"从那一刻开始,大海风经常在我心头刮起。我想,我一定要写出一部海洋题材的长篇小说。

动念头易,写作品难。因为我是农家子弟,刚到日照不久,对海所知甚少。望洋兴叹一番,只好回望家乡,老老实实地讲述土地上的故事。但我毕竟离海很近,海风吹拂,海味熏染,对蔚蓝之境日渐熟悉。我经常到渔村、港口采访,曾随渔民打鱼,还多次跨海旅行。我大量阅读与海洋有关的书籍资料,从历史深处打捞出一网又一网的素材。

从十年前开始,我的作品中有了海洋元素。写了长篇小说《人类世》《经山海》之后,为了创作长篇纪实文学《黄海传》,我从长江口走到鸭绿江口。这次跨海远行让我心中的海风更加猛烈,点燃创作激情,我开始创作一部新的长篇小说。

我选取了1906年至1937年这个时间段。这时的中国积贫积弱,任由西方列强宰割。神州大地兵连祸结,民不聊生。"死逼梁山下关东"，山东人没有活路，除了当土匪就是去东北。许多有血性有担当的中国人，从不同方面探求救国之计。有以温和手段致力于改变中国政治制度的人，有提着脑袋投身革命的人，还有走"实业救国"路子的人。晚清状元张謇就是一位，功绩卓著。《大海风》的主人公邢昭衍以张謇为榜样，也走上了这条道路。他出生于黄海之滨的马蹄所，这是明代始建的一座海防重镇，第一任千总是邢昭衍的祖先。邢昭衍早年在青岛礼贤书院读书，但是一场大海风让他家的商船毁掉，他死里逃生，只好辍学成为一个渔民。后来努力多年，积累了资本，陆续购置轮船，形成船队。在日军将要侵占青岛时，他却将辛辛苦苦购置的多艘轮船沉入胶州湾航道以阻敌舰。我被他实业救国的情怀和面对强敌表现出的血性深深感动，被那个时代的海洋气息深深浸染，写出了这部五十万字的作品。

除了浓墨重彩书写主人公大起大落的命运，我塑造了一群个性鲜明的人物：邢昭衍的妻子梭子和妻妹筼子，在青岛办起轮船行之后接纳的师妹翟蕙；他的父亲邢泰稔、造船工头邢大斧头、船老大望天晌；胸怀大志、一身正气，声称"先做良医，再做良相"的靖先生；勘破世事、继承中华道统的龙神庙方丈，等等。

书中还出现了几位历史名人，如张謇、王献唐、庄陔兰等。他们堪称夜空中的几颗明星，给黑沉沉的大地投去一些光亮。还有礼贤书院的创办人卫礼贤，身为德国传教士，却被中国文化折服，将中华传统文化的许多经典作品译介到西方，功莫大焉。我们常说那个时代的"西风东渐"，其实还有卫礼贤等有识之士推动的"东风西渐"。

"东风""西风"，都是"海风"。加上书中所写的一场场大海风，改变了几个人物的命运。再加上电影《渔光曲》的主题歌被主人公一次次听到，心痛不已，于是就有了这个书名。

感谢《中国作家》和《清明》杂志，在去年11月分别发表了《大海风》的上半部和下半部（《清明》发的这部分名为《海飑》）。感谢作家出版社为这部作品申报了中国作家协会新时代文学攀登计划，并在今年元旦后出版。

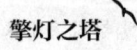

苏东坡有诗道："垂天雌霓云端下，快意雄风海上来"（《儋耳》）。我在书中没写虹，也没写霓，却写了主人公两次见到的月虹，是夜间由月亮照出来的，十分诡异。快意雄风，读此书可感受到。另外，快意还荡漾在我的胸间：我酝酿多年的这部海洋题材小说终于问世，岂不快哉？

（原载于2025年第2期《长篇小说选刊》）

海立云垂瞑望中

多年前，我读到清末诗人易顺鼎的一首绝句："湖天光景入空濛，海立云垂瞑望中。记取僧楼听雪夜，万山如墨一灯红。"印象颇深。尤其是"海立云垂"一词，深深镌刻于我的脑海。这个词是杜甫创造的，"九天之云下垂，四海之水皆立"（《朝献太清宫赋》），他想象出这样的画面来形容文辞气魄极大，可谓脑洞大开。

易顺鼎虽然出生于湖南龙阳，但他有航海经历。中日甲午战争后他满腔悲愤，去台湾帮助刘永福抗击日军，过海峡时肯定经历过狂涛巨浪。不知此前他见没见过海，1886年徜徉太湖山水时，在黄昏时分的瞩望中，他眼中的"湖天光景"俨然是大海气象，而且是"海立云垂"的模样。

海立云垂，我亲眼见过这种场面。1992年，我在日照第一海水养殖总场挂职，8月31日，台风与天文大潮同时袭来，全场职工都去拦海大坝上抢险。只见乌云贴着海面疾驰，巨浪一波波由远而近。那浪拍到坝上，"轰"地一响，整个大坝都在发抖。浪头溅起十来米高，夹着泥沙砸到我们的头上脸上。那时，我想起了"海立云垂"这个词语，想起了苏东坡的那句"天外黑风吹海立"（《有美堂暴雨》）。那海立起来的时候特别凶猛，竟然将大坝扑咬出一个个缺口。每发现一个缺口，我们就火速集中到那里，从堤内背沙袋上去填补。然而，从白天坚持到黑夜，我们彻底失败。大坝被冲开一个大口子，海水倒灌，五千亩虾池里的对虾全部跑光。第二天，我和场长他们站在坝端看着眼前的一片汪洋，心情悲凉。场长叹一口气道："人没事就好。"我点头称是，心有余悸：如果谁在夜间被大浪卷入海中，必死无疑。

海洋从来都不安定，虽然"海立云垂"的现象并不常见，虽然也有波平如镜之时，但它总体上是动荡不安的。海风吹来，波涛滚滚；潮来汐去，水涨水落；洋流或暖或寒，循环推进。经过几十亿年的演化，海洋已经成为一个完备的生态系统，饱满圆融，动荡而有规律。

我想，身为作家，如果写海洋，应该仿效海洋，写出海的气质，海的精神。所以，我在长篇小说《大海风》开笔之际，在纸上写下这么几个词："海立云垂 惊心动魄 汪洋恣肆 饱满圆融"。我将这张纸一直放在案头，经常看上一眼。这是我的追求和梦想，虽不能至，心向往之。

二十世纪之初的海，中国北方的海，在我的电脑上以文字的形式展现出来。篷帆高张，号子响亮，渔民们多数沿袭千百年来的捕捞方式与生活习惯，为生存与繁衍而忙碌。极少数人具有商业意识，用大风船载上货物在港口之间来回奔波，赚钱。但是，喷吐黑烟的火轮船从远洋来了，装着大炮，载着兵员。他们将中国军队打垮，抢占一个个海滨要地，建殖民城市，往内地修铁路，并试图让西方文化落地生根。一股更凛冽的"海外黑风"来自日本，军国主义者杀气腾腾，占了朝鲜半岛，再占中国东北。1937年7月7日，卢沟桥响起枪声，中国的陆与海，从北至南布满战云。

在这个时间段，黄海与渤海上还发生了大规模的移民潮。"死逼梁山闯关东"，无数穷人让天灾人祸逼得活不下去，只好含泪离乡。他们背着孩子与铺盖，集中到从苏北到鲁南的沿海小港，或山东半岛的青岛、烟台、威海等大港，上船北去，到白山黑水之间寻找安身之地。到那里开垦出土地，种出高粱、大豆，东北产出的这些粮食又被商人贩运到南方。于是，往北运人，往南运粮，便成为那个时代航运业的主要业务。大豆在原产地或山东榨了油，豆饼运到长江口一带，被那里的人买去肥田，以至于经商的四桅、五桅大风船，都以装多少"饼"为载重量。

《大海风》的主人公邢昭衍向张謇学习，企图以实业救国，借助这个"历史机遇"得以发展，建起一支船队。在恒记轮船行开业仪式上，他那正读中学的儿子邢为海却站出来大声疾呼："我希望各位不要光想着自己发财，还要想着民生！你们买轮船，搞运输，生意红红火火，可是你们都拉了些什么人？大多是闯关东的老百姓。他们为什么要背井离乡闯关东？是他们在老家活不下去了！兵荒马乱，民不聊生，这到底是谁造成的？中国还有没有希望？中国人还有没有出路？你们想一想，想一想呀！"后来，邢昭衍向儿子辩解："这么多人闯关东的原因固然需要思考，中国的出路固然需要寻找，但是在目前，帮他们找活路是当务之急，是一种善举。昭朗号的票价最低，让他们减少了去东北的成本。佛家讲度人，咱家的船也在度人！"邢为海听了，眉结依然未解："你度他们去东北，谁度全中国的苍生出苦难？"所以，邢为海义无反顾地投入了"度苍生"的宏大事业。

邢昭衍原以为自己可以继续发展，让船行进一步壮大，然而日军侵华，让他的梦想破灭。他想起在明代担任马蹄所千总的祖先，想起祖先的抗倭事迹，身上的民族血性突然复活。他将辛苦半生才拥有的六艘轮船毅然沉入胶州湾航道，给日本军舰造成了进入青岛港的障碍。当然，沉海之船不止这几艘，还有许多军舰与民船。那个场面，配以日本工厂被炸毁的火光与响声，配以中国人的冲天怒气，也可谓"海立云垂"。

海上，有人为的壮剧，也有天降之灾祸。海风给传统航海活动带来动力，"顺风顺水"是一种理想境界。但如果风太大，那就麻烦多多，不只是无法行船，还可能船毁人亡。过去渔村墓地里的一个个衣冠冢，都被孤儿寡母的泪水冲刷浸泡。我在小说中写了一场场大海风，让主人公和他女儿等人的命运轨迹突然改变，端的造化弄人。

我还写了另一种"大海风"：文化的输出与交流。清末民初，西风东渐成为大趋势，西方的文化技术风行中国。不过，东风西渐、中学西播也初显端倪。1899年来到青岛的德国人理查德·威廉便是重要的推手。他身为传教士，接触到中国传统文化，佩服得五体投地，就改名卫礼贤，办起礼贤书院，请饱读诗书之士教授孔子学说。他还翻译了许多中国文化经典，介绍到西方。我将这个人物写入作品并贯穿始终，让读者感受他鼓动起来的这种"海风"。

我写《大海风》，最终目的是想描绘一个海立云垂的时代。我透过历史的深沉暮霭，遥望冥想，看到了海上的连天浪涌，看到了在浪涌间沉浮的各种船只、各色人等。"空生大觉中，如海一沤发"，晚清进士庄陔兰将这句佛语写给邢昭衍，让他知道人生不过是海上的水泡。可是邢昭衍不服，声称自己即便是一个水泡，也要在短暂的一生中绽放光彩。书中另一些人物，虽然没有明确的人生观，但他们的人生照样出彩，像邢昭衍的妻子、妻妹、女儿以及学妹翟蕙等几位女性，像船老大望天晌、造船工头邢大斧头、中医兼革命家靖先生、俄罗斯青年伊戈尔、文化名人王献堂和庄陔兰等，各具风姿。另外，描绘一个时代，必须有丰沛的细节，我力图让波涛卷起的每一粒沙子都有出处，都有分量。

海立云垂，不只是内容，也指笔法。我尽量让情节大起大落，扣人心弦。如第一章，先有一场邢昭衍听卫礼贤夫妇朗诵歌德与黑塞诗作的"文戏"，接着便是他坐船遭遇大海风的"武戏"。全书五十多万字的篇幅中，意外之事经常发生，命运之线或下滑或高扬，努力造成惊心动魄的阅读效果。

海立云垂瞑望中。我今后还会观海听涛、感受海风，继续书写海上故事，将我的见闻与思考和读者朋友交流。

（原载于2025年3月27如《人民日报》海外版）

持之以恒探究的境界

传说猫有九条命，一般情况下死不了。但猫有不安分的天性，喜欢离开小窝四处探险，想去触碰或探究新奇事物，在这个过程中往往遇险丧命。所以，便有了流传甚广的一句话：好奇害死猫。

人类也好奇。尤其是童年时期，觉得万事万物都值得探究，整天把眼睛瞪大，东跑西蹿。监护者提心吊胆，不敢让其离开自己的视线，即使小心翼翼，还是有一些悲剧发生。有人虽然年龄不小，依然会被好奇心害惨。譬如，前些年用白炽灯照明，有人听说灯泡放到嘴里拿不出来，想亲自试验一下，结果真的拿不出来，只好求救于医生，成为大家的笑料。还有人虽然听说毒品不能沾，一沾就成瘾，但自以为意志坚强，想品尝一下，结果成为瘾君子不能自拔。有人总结道：好奇害死猫，也害死人。

然而，好奇心是人类的宝贵天性之一。西方教育学家杜威说："好奇心的最终极阶段是变成一股能强化个人与世界联系的力量，这种力量能持续为我们的个人经历增加趣味性、挑战性和兴奋感。"人类有了强烈的好奇心，几千年来持续探索种种奥秘，获取无量知识，才不断提升能力，成为"万物之灵长"。

即使到了当今，人类的好奇心还是勃勃如初。譬如，对宏观世界的探究一直没有停止，各种天文望远镜分布在地上和天上，一个个空间站陆续建成，一个个太空飞行器被发射出去，或落向月球、火星，或飞向宇宙深处。对微观世界的探索也是如此，譬如解码生物基因，譬如发现并掌控量子……

在中观世界，人类也对自己的行为与心理好奇，人类学、心理学、社会学、政治学……集中了诸多研究成果。对于异性的好奇心格外重，并由此生发爱恨情仇。有趣的是，二十世纪最聪明的人霍金，年过七十时竟然说："尽管我拥有物理学博士学位，但女人一直是这辈子最神秘的谜题，为了解开这个谜题我曾经付出过我的努力，但却一直无法找到答案。"不光是他老人家，年轻人在两性交往中也因为好奇而伤透脑筋。2022卡塔尔足球世界杯开赛，网上疯传一位女性发布的对赌球的看法："我连一个男人都猜不透，还去猜22个男人？"此话令人解颐。也由此知道，女人对男人的好奇心受挫后是多么沮丧。

　　人类的好奇心重，作家的好奇心更重。甚至可以说，好奇心成就了某些作家。

　　作家要更广泛地了解世界，认识世界，"行万里路"就成了他们的自觉行动。徐霞客有志于探寻名山大川的奥秘，徒步跋涉，出生入死，"达人所之未达，探人所之未知"，终于写出一部60万字的《徐霞客游记》。当代一些作家更是热衷于四处游走，几乎踏遍地球的每一个角落，他们的作品能让读者增广见闻，开阔视野。我本人从事创作四十多年，文才一般，好奇心却强，总想探寻和书写那些关注者较少的领域。譬如，我想深入了解海洋，曾沿着黄海西岸行走，从长江口到鸭绿江口，掌握了大量素材，先后写出长篇纪实文学《黄海传》和长篇小说《大海风》，后者入选了中国作家协会"新时代文学攀登计划"。

　　人类历史，苍茫浩瀚，也引发了一些作家的好奇心。他们从史书中钩沉，将正史、野史翻来翻去，以深刻的历史观作灵魂，以淘得的资料作骨肉，辅之以想象，建构起一部部作品。1980年出生的年轻作家马伯庸，以《长安十二时辰》等小说名世，他透露自己的创作秘籍是"将历史当作一枚挂衣钉用来挂自己的小说"。为了寻找这一枚挂衣钉，他在故纸堆里下了大量功夫。读到唐朝诗人杜牧的诗句"一骑红尘妃子笑，无人知是荔枝来"，他的好奇心再次萌发：荔枝的保鲜时限仅有三天，当年是怎样走了五千多里到达长安，让杨贵妃吃到的？他经过研究、想象，写出一部《长安的荔枝》，作品备受好评。

作家面对自己所处的时代，好奇心更是旺盛。人际关系拉拉扯扯，理不清也想理；大事小事屡屡发生，总想知晓来龙去脉。时代脉搏，现今有何变化；生活方式，怎样日新月异，都需要深入了解。尤其是，全球化、城市化、信息化如火如荼，智能时代轰然来临，国际冲突愈演愈烈，生态环境越来越差，人们都在怎样想、怎样做，地球上的这个物种何去何从，实在是作家们应该密切关注的。时代大潮需要从高处俯瞰，还应该深入泡沫之下把握本质的东西。如此这般，才能写出有价值的作品，为时代留下一份文学纪录。

从这个意义上说，好奇心是创作的一份源动力，是作家们的一杯提神咖啡。

人类中的大多数成员，年事稍高，好奇心就会减少，觉得太阳底下无新事，不必费心劳神去琢磨。但是作家不应该这样，即使活到老迈之年，尽管眼神不好，腿脚不灵，还是要葆有好奇心，否则你的创作生命就会受损，乃至提前终止。

这不是说，失去了好奇心就不能成为作家。有一些才情极高的人只沉湎于昔日时光，书写过往的悠悠岁月，也会出大作甚至杰作，因为他们已经凭借丰富的经历或睿智的目光将社会与人生观察透彻，以生花妙笔将平凡事物写得生动传神。但有些作者资质平平，却懒得学习和观察，不关心世界进展，不了解社会现状，对世道人心的把握停留在浅显层面。他们往往将常识当新见，把老故事当新段子讲，自己津津乐道，读者却味同嚼蜡。

其实，作品的传播，也在某种程度上依赖于读者的好奇心：这书写了什么？好不好看？那位作家又出新作，不知咋样……如果作家的好奇心缺失，作品缺乏新知、新意，让读者觉得不新鲜、不够味、不过瘾，那他对你的好奇心就会丧失，就会离你而去。

人到老年，脸上会长老人斑。但作家老了，脸上即使长了老人斑，作品中却不能有。作品中的"老人斑"，一看便知，年轻读者对此特别敏感。读着读着，他会觉得一个老人在他面前老生常谈，无病呻吟。他唯恐避之不及，你还想"见字如面"促膝谈心？一厢

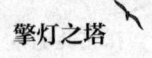

情愿罢了。

  要想作品褪去"老人斑",好奇心便是一味药。应该把童年时就有的好奇心唤醒,对这个世界保持着水乳交融的热情。谁说太阳底下无新事?看啊,每天每天,万物在生长,生活在继续,社会在前进,地球在转动。只要葆有一颗好奇心,持之以恒地探究下去,我们的创作就会保持年轻态,达到古人讲的一个境界:"苟日新,日日新,又日新。"

(原载于2024年5月11日《人民日报》,发表时有删节)

附录

赵德发创作年表
（1979—2024）

1979年
24岁，担任山东省莒南县相沟公社古城联中教导主任。在一个秋夜翻看文学刊物，突然萌生当作家的念头，从此开始业余写作。

1980年
发表杂文《从两则故事说起》（《大众日报》7月7日"文化生活"栏目）。8月，被调任相沟公社党委组织干事。

1981年
10月，调任相沟公社党委秘书。

1982年
5月，调任莒南县委办公室秘书。为提高文学素养，参加山东广播电视大学中文专业业余学习，三年后毕业，获大专文凭。

1983年
发表小小说《童稚》（《三月》第3期）。

1984年
发表小小说《地震之后》（《三月》第3期），短篇小说《鸳鸯藤》（《健康报》7月22日）、《暮鼓》（《胶东文学》第8期）、《清明凑豆儿》（《无名文学》第6期）。3月，参加临沂地区艺

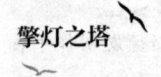

术馆举办的为期五天的小说创作班。12月，任莒南县委办公室副主任。

1985年

发表短篇小说《狗宝》(《山东文学》第3期)、《沂蒙山的花瓣》(《新作家》第3期)、《赶喜》(《青年作家》第7期)。4月21日，参加临沂地区文学创作协会成立大会，当选为理事。8月，筹建莒南文学社，当选为社长，创办《莒南文苑》(年刊)。11月，任莒南县委组织部副部长。12月，加入中国作家协会山东分会。

1986年

发表小小说《日落之赌》(《三月》第3期)。

1987年

发表短篇小说《无题》(《胶东文学》第1期)、《黄毛椹》(《海鸥》第1期)、《二木之死》(《百花园》第2期)、《秋水》(《文朋诗友》第4期)。9月10日，参加临沂地区文学艺术界联合会第一次代表大会，当选为委员。

1988年

发表短篇小说《老夫老妻们的故事》(《海鸥》第1期)、《人物速写八幅》(《青年作家》第3期)、《人物速写六幅》(《青年作家》第9期)。5月18日，获临沂地区"沂蒙长青奖"文学奖。报考山东大学作家班，9月入学，担任班长。

1989年

发表短篇小说《门板》(《济南日报》1月29日)、《好汉屯的四条汉子》(《胶东文学》第6期)、《奇女村的四位女子》(《胶东文学》第9期)、《人物速写二幅》(《海鸥》第9期)、《钓蛇蚤》(《小小说》第5期)、《小皮筋》(《青春》第11、12期合刊）；散文《女士，请珍藏你的果子》（《诗与散文》第2期）、《羞见铁牛》（《临沂大众》7月27日，获1989年临沂地区"声乐杯"散文大奖赛三等奖）、《姥姥心中的碑》（《农民日报》8月30日）。

1990年

发表短篇小说《通腿儿》（《山东文学》第1期，《小说月报》第4期转载，后来此作陆续被收入《1990年短篇小说选》《90中国小说精粹》《青年佳作》《20世纪中国小说精品赏读》《中国当代短篇小说排行榜》《改革开放40年文学丛书》等十几种选集）、《鹰猎》（《当代小说》第1期）、《藜杖》（《农民日报》1月3日）、《熨帖》（《小小说选刊》第2期，获《小小说选刊》征文三等奖）、《那个夏天》（《山东文学》第3期）、《闪电》（《作家报》3月21日）、《南湖旧事》（《山东文学》第4期）、《金鬃》（《青年文学》第6期）、《断碑》（《女子文学》第7期）、《浑沌》（《胶东文学》第8期）、《窑哥窑妹》（《北京文学》第11期）、《偷你一片裤子》（《天津文学》第12期）；中篇小说《圣人行当》（《时代文学》第2期）、《小镇群儒》（《山东文学》第8期）；散文《探视癌症患者》（《大众日报》1月13日）。3月底，参加山东省作家协会举办的烟台笔会，历时20天。《山东文学》从第4期开始，连续发表山东青年作家马海春、赵德发、陈占敏的作品，并推出"马海春、赵德发、陈占敏作品笔谈会"专栏。8月，参加《青年文学》杂志社举办的山西笔会。12月，从山东大学作家班毕业，到日照市委宣传部工作。

1991年

5月，《通腿儿》获《小说月报》第四届百花奖（1989-1990），到天津参加颁奖仪式。9月10日，《山东文学》在烟台召开新作者作品研讨会，对马海春、赵德发、陈占敏等人的作品进行研讨。发表短篇小说《蚂蚁爪子》（《山东文学》第2期，《小

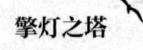

说月报》第5期转载)、《共枕》(《山东文学》第2期)、《樱桃小嘴》(《河北文学》第11期)、《残片》(《山东文学》第12期)、《戒烟妙方》(《青年文汇》第12期);中篇小说《一醉方休》(《当代小说》第5期);散文《姥娘》(《飞天》第10期)。11月20日,日照市文联筹备组成立,赵德发任筹备组副组长。

1992年

发表中篇小说《蝙蝠之恋》(《中国作家》第5期,《中篇小说选刊》1993年第1期转载)、《回炉》(《时代文学》第5期);短篇小说《盼望地震》(《山东画报》第1期)、《卖鸭》(《大众日报》1月31日,《小说月报》第6期转载)、《仙子》(《作家报》2月22日)、《小镇与眺海人》(《文艺百家》第2期)、《叶子的太阳》(《厦门文学》第5期)、《艾艾》(《山西文学》第4期)、《最后的春天》(《当代小说》第5期)、《到台风眼去》(《青年文学》第8期)、《闲肉》(《春风》第11期,《小说月报》1993年第2期转载,收入《1992年短篇小说选》)、《好事》(《胶东文学》第11期);报告文学《昊昊日照》(《日照报》11月1日);创作谈《平平淡淡写故土》(《作家报》6月13日)。9月,《赵德发短篇小说选》在山东文艺出版社出版。4—9月,到日照市第一海水养殖总场挂职党总支副书记。

1993年

1月26日,在北京人民大会堂参加《中国作家》杂志社举办的颁奖大会,中篇小说《蝙蝠之恋》获《中国作家》1992年度优秀中篇小说奖。3月,《通腿儿》获《山东文学》创刊40周年优秀作品奖。发表中篇小说《要命》(《当代小说》第5期,《新华文摘》第8期转载,被收入《20世纪末文学作品精选》)、《团岭旧事》(《山东文学》第2期)、《地光》(《北方文学》第11期);短篇小说《窟窿》(《日照报》1月3日)、《静静的夏夜》(《淄博日报》1月14日)、《实心笛子》(《春风》第2期)、《老姑送我红腰带》

(《山东青年报》6月29日)、《报复之夜》(《芒种》第8期)、《年夜里的橘香》(《大众日报》12月17日)。3月，当选为日照市政协委员并参加日照市政协五届一次全体会议，到2016年，共当了24年日照市政协委员。5月，开始用电脑写作。7月17日，被山东省作家协会破格评为文学创作二级职称。7月19日，参加日照市第一次文代会，当选为市文联副主席，兼任秘书长。11月25日，在日照市第一次作代会上当选为市作协主席。

1994年

发表中篇小说《信息》(《青春》第5期)、《青城之矢》(《时代文学》第3期，《中国文学》第4期转载，《作品与争鸣》第5期转载)、《入赘》(《时代文学》第5期);短篇小说《花儿叶儿》(《北京文学》第1期)、《匪事二题》(《天津文学》第3期，《通俗小说报》第6期转载)、《杰作》(《春风》第6期)、《我知道你不知道》(《文学世界》第4期)、《一天》(《春风》第8期)、《坠子》(《山东文学》第11期)、短篇小说《窨》(《北京文学》第12期，《小说月报》1995年第3期转载，《传奇文学选刊》1995年第5期转载，被收入《1994年短篇小说选》等选集)。5月，短篇小说《窨哥窨妹》获山东省新时期工业题材优秀作品奖二等奖。10月，小说集《蚂蚁爪子》由明天出版社出版。5月4—6日，在济南参加山东省作家协会第四次代表大会，当选为省作协理事。12月12—24日，参加《青春》杂志社举办的文学笔会，到广西钦州参观，并游览越南芒街。

1995年

发表中篇小说《今晚露脸》(《山东文学》第1期)、《别叫我老师》(《芒种》第3期)、《止水》(《小说家》第5期，《小说月报》第11期转载)、《跨世纪》(《时代文学》第6期，《中篇小说选刊》1996年第2期转载);短篇小说《那天凌晨有流星雨》(《当代小说》第1期)、《雨中的铁盒》(《青海湖》第2期)、

《鬼皮·血债》(《山东文学》第7期); 散文《倾听北仑河的水声》(《文学世界》第2期)、创作谈《写小说的是什么东西》(《小说家》第5期)。1月, 日照市文联主办的文学双月刊《金海岸》创刊, 任主编。2月, 被山东省委宣传部授予1994年度山东省十佳文艺工作者称号。6月,《通腿儿》获山东省新时期农村题材优秀作品奖一等奖。7月, 加入中国作家协会。6月4日, 参加由临沂电视台根据赵德发同名短篇小说改编的单本儿童电视剧《实心笛子》开机仪式, 此剧10月6日在中央电视台一套播出。8月16—18日, 在东营参加省作协召开的全省青年作家会议。10月26日, 在济南参加《山东文学》庆祝创刊四十五周年暨"乐化杯"优秀小说颁奖大会,《通腿儿》获优秀小说奖。12月19日, 山东省作家协会发文批准赵德发破格晋升为文学创作一级。

1996年

长篇小说《缱绻与决绝》第一卷在《大家》第5期发表, 全书12月在人民文学出版社出版。发表短篇小说《琴声》(《钟山》第5期)。12月, 出席中国作家协会第五次全国代表大会。

1997年

5月30日, 人民文学出版社与山东省作协在北京召开长篇小说《缱绻与决绝》研讨会。《缱绻与决绝》第一卷被《小说选刊·长篇小说增刊》(《长篇小说选刊前身》)第1期转载。发表短篇小说《海悼》(《延河》第1期)、《我来呼你》(《女子文学》第2期)、《冰障·鬼潮》(《北方文学》第3期)、《选个姓金的进村委》(《当代小说》第4期,《小说月报》第6期转载, 获《当代小说》1997年优秀小说奖, 被收入《97中国短篇小说精选》等选集); 散文《记忆是什么》(《小说家》第1期,《散文选刊》第8期转载, 被收入《97中国散文精选》)、《爱因斯坦的上帝》(《当代散文》第3期); 创作谈《新的着力点: 历史与本质》(《大众日报》12月27日)、《瞩望土地 书写农民》(《人民日报》12月31日）。2月，中篇小说《别叫我老师》获"芒种文学奖"。12月，《赵德发自选集》三卷：《我知道你不知道》（短篇小说卷）、《蝙蝠之恋》（中篇小说卷）、《缱绻与决绝》（长篇小说卷）在山东文艺出版社出版。

1998年

发表长篇小说《君子梦》第一卷及创作谈《永远的君子永远的梦》（《当代》第6期）；中篇小说《网虫老杨的死或生》（《山东文学》第10期，《中华文学选刊》1999年第1期转载》）；短篇小说《雷殛》（《文学世界》第4期，获该刊1998年精短小说奖）、《山人》（《鸭绿江》第7期）、《羞仙》（《北方文学》第12期，《小说月报》1999年第2期转载，《中华文学选刊》1999年第2期转载，被收入《98中国短篇小说精选》等选集）；散文《阴阳交割之下》（《中华散文》第8期）、《恼人的"淤血"》（《今晚报》9月26日）、《海迪：一个高高站立的女性》（《人民政协报》12月7日）；创作谈《就这么逼一逼自己》（《文学世界》第5期）、《给了我自信的〈通腿儿〉》（《文学报》10月1日）。2月，《缱绻与决绝》获山东省第四届精品工程奖。4月，《作家报》组织全国近二百名学者、作家评选"1997年全国十佳小说"，《缱绻与决绝》为长篇小说第一名。7月，《今晚露脸》获《山东文学》优秀小说奖。

1999年

1月，长篇小说《君子梦》由人民文学出版社出版，7月20日，山东省作协与人民文学出版社在济南召开该书研讨会；10月，《君子梦》获山东省第五届精品工程奖，赵德发获1998—1999年度山东省"十佳文艺工作者"称号。发表短篇小说《眼睛》（《济南日报》1月29日）、《思想者人说叔》（《山西文学》第2期）、《高空营救》（《羊城晚报》2月5日）、《故里人物》（《广西文学》第3期）、《狮子座流星雨》（《芒种》第3期）、《结丹之

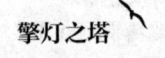

旦》（《山东文学》第9期，《小说选刊》第11期转载，获《山东文学》优秀作品奖，被收入《99中国优秀短篇小说精选》）、《流动》（《芒种》第10期）；散文《惧怕大海》（《延河》第2期）、《财富钟和"魔鬼"》（《南风窗》第3期）、《抛却肉体》（《文学自由谈》第3期）、《我舞动先祖的神经》（《联合日报》4月21日）、《绿色二题》（《中国绿色时报》5月13日）、《驻足壶口瀑布》（《齐鲁晚报》6月7日）、《赐你以气》（《中华散文》第7期）、《品味"老梁"》（《光明日报》9月2日）、《方向问题》（《齐鲁周刊》9月1日）、《回望生命》（《山东文学》第9期）；创作谈《讲好故事》（《大众日报》12月27日）。5月，《选个姓金的进村委》获《小说月报》第八届百花奖（1997—1998）。9月，《缱绻与决绝》入围第五届茅盾文学奖，为25部候选作品之一。5月10—16日，参加山东省委宣传部组织的山东文艺界采风团赴延安采风。8月14—28日，参加中国作协采风团赴新疆采风。

2000年

发表中篇小说《葛沟乡重大新闻》（《创作》第1期）、《抢人》（《章回小说》第11期）、《生活在历史之中》（《山东文学》第12期）；短篇小说《九号公厕》（《天津文学》第4期）、《冒牌家长》（《佛山文艺》第9期）、《杀了》（《青年文学》第12期，并将赵德发作为封面人物；《小说月报》2001年第2期转载，《新华文摘》2001年3期转载，被《北京文学》评为当代中国最新文学作品排行榜2000年下半年短篇第一名）；散文《吃一回花甲寿酒》（《山东青年》第2期）、《初识女书》（《齐鲁晚报》5月25日）；创作谈《小说意味着什么》（《三角洲》第5期）。3月，被曲阜师范大学聘为兼职教授。

2001年

发表散文《邂逅蟹群》（《中华散文》第2期）、《踢一脚那颗杀心》（《文艺报》3月30日）、《"享年"的意味》（《中国商报》4月29日）、《糟糠之妾》（《齐鲁晚报》9月4日）、《让我做个伪君子》（《中国商报》9月23日）、《呼吸着新闻前进》（《大众日报》11月18日）。3月，长篇小说"农民三部曲"之一《缱绻与决绝》、之二《君子梦》同获第三届人民文学奖（1995—2000）。4月，任日照市文联主席，但不用坐班，从此进入专业作家状态。7月，被中共山东省委授予"山东省优秀共产党员"称号。12月，出席中国作家协会第六次全国代表大会。年内，《君子梦》被中国煤矿文工团拍成20集电视剧（编剧赵德发、田迪）。

2002年

9月，《中国当代作家选集丛书·赵德发卷》由人民文学出版社出版。12月，人民文学出版社将赵德发新创作的长篇小说《青烟或白雾》与修订后的《缱绻与决绝》《君子梦》（改名为《天理暨人欲》）成套推出，冠以"农民三部曲"的总名，这个耗时八年的工程终于告竣。9月，《君子梦》获首届齐鲁文学奖。10月，发表散文《精神在绝顶闪耀》（《出版广角》第7期）、《做坏人的宣言》（《杂文月刊》第10期）。在山东省作家协会第五次代表大会上当选为省作协副主席。

2003年

3月，长篇小说《震惊》由山东文艺出版社出版，5月，在《中国作家》第5期发表，获当年"中国作家大红鹰集团杯文学奖"。发表中篇小说《挠挠你的手心你什么感觉》（《长城》第6期，《小说选刊》将其改名为《手疼心更疼》在2004年第1期下半月转载，《小说月报》2004年第2期转载，《中篇小说选刊》2004年第2期转载，《上海小说》2004年第5期转载）；短篇小说《生命线》（《山东文学》第5期，《小说月报》第8期转载，入选人民文学出版社《2003年短篇小说选》和中国作协创研部编选、长江文艺出版社出版的《2003年短篇小说选》）、《留影》（《啄木鸟》第8期，《小说精选》第10期转载）、《发动》（《青年文学》第12期）；散文《土

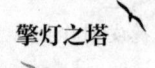

地三吟》(《中华读书报》8月13日)、《对我重要的书不在书房》(《时代文学》第5期)。8月23日—9月3日,参加山东省作协组织的访问团到吉林访问,并去朝鲜罗先市、俄罗斯符拉迪沃斯托克游览。12月,山东省作协调整各专业委员会,兼任长篇小说创作委员会主任。

2004年

发表中篇小说《嫁给鬼子》(《时代文学》第4期,《小说选刊》第8期下半月刊转载,《小说月报》第9期转载,《北京文学·中篇小说月报》第9期转载,《中篇小说选刊》第5期转载,《中华文学选刊》第10期转载,《上海小说》第6期转载,被收入中国作协创研部编选的《2004年中篇小说选》和百花文艺出版社出版的《小说月报第11届百花奖入围作品集》);短篇小说《被遗弃的小鱼》(《清明》第6期,《小说月报》2005年第1期转载)、《学僧》(《红豆》第3期,《小说选刊》第5期转载,入选中国作协创研部编选、长江文艺出版社出版的《2004年短篇小说选》);散文《光明寺的半边月亮》(《中华散文》第4期)、《高旻之禅》(《美文》第9期,被收入《2004年中国随笔精选》)、《沂蒙基因》(《大众日报》10月22日)、《脑袋上的公道》(《今晚报》11月28日)等。3月24—31日,在中央党校参加全国文艺骨干培训班。7月,长篇小说《青烟或白雾》获山东省第七届精品工程奖。

2005年

2月,散文随笔集《阴阳交割之下》由山东文艺出版社出版。发表长篇小说《魔戒之旅》(《作家》第9期);短篇小说《激惹》(《山东文学》第6期);散文《蒙山萱草》(《大众日报》12月2日)、《我的中学是一场季风》(《海峡教育报》12月13日);报告文学《日照:初光先照的地方》(《党员干部之友》第4期)。9月10日,在日照市作家协会第二次会员代表大会上再次当选为日照市作协主席。

2006年

发表散文、随笔《我有个克隆女儿在澳洲》(《齐鲁晚报》1月27日)、《我的"七十年代"》(《山东文学》第4期)、《我与周涛的"肉体之争"》(《当代小说》第6期)、《瘦西湖识莲》(《青岛文学》第7期)、《作家的宿命就是逃亡》(《中华读书报》7月5日)、《云端之上的俯瞰》(《光明日报》9月1日)、《草地，草地》(《光明日报》10月27日，被收入《长征，穿越时空的精神历程——中国作家重访长征路作品集》)、《拜谒龙山》(《大众日报》11月10日)、《拈花微笑》(《翠苑》第6期，《散文》海外版2007年第2期转载，《散文选刊》2007年第3期转载)、《人生到底有多少等级》(《文化艺术报》10月19日)等。6月中旬，在四川参加由中国作家协会组织的重走长征路活动。10月27日，开通新浪博客。11月，出席中国作家协会第七次全国代表大会。

2007年

发表长篇小说《双手合十》(《中国作家》第1期，《长篇小说选刊》第1期转载)；散文随笔《念佛是谁》(《长篇小说选刊》第1期)、《肉身档案》(《天涯》第1期)、《散文二题》(《山东文学》第2期)、《告别口号》(《啄木鸟》第4期)、《追求"打成一片"的境界》(《当代小说》第10期)、《为自己送葬》(《齐鲁晚报》10月17日，《散文选刊》第12期转载)等。5月20—23日，在延安参加中国作家协会纪念毛泽东《在延安文艺座谈会上的讲话》发表65周年座谈会。

2008年

6月，长篇小说《双手合十》由江苏文艺出版社出版；12月，获山东省首届泰山文艺奖(文学创作奖)。发表短篇小说《针刺麻醉》(《人民文学》第12期，被收入中国小说学会编的《年度短篇

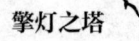

小说选》第三辑）；散文随笔《呼唤肌肉》（《海燕·都市美文》第6期）、《菊香里的梵音》（《广西文学》第7期）、《遥望岷江上空的云朵》（《齐鲁晚报》5月26日）、《夜过赤道》（《作文选刊》第9期）、《为人类感动》（《光明日报》8月29日）。8月29日—9月4日，受山东省作家协会委派，与作家许晨、尹世林到汶川大地震后山东负责对口援建的北川进行采访。10月7—11日，率领日照市书画艺术文化交流代表团赴韩国平泽市参加第五届中韩（日照—平泽）书艺文化交流展。12月，被评为"改革开放30年推动日照经济社会发展的30位风云人物"之一。

2009年

发表中篇小说《头顶大事》（《清明》第1期）；散文随笔《北川城的死与生》（《山东文学》第1期）、《倾听羊皮鼓》（《山东文学》第1期）、《农者之舞》（《翠苑》第4期）、《槿域墨香》（《翠苑》第4期）、《老家的年》（《青岛文学》第4期）。4月18日，应北京大学"我们文学社"邀请谈小说创作，讲稿题目为《让写作回到根上》（《当代小说》第8期）。8月，在山东省作家协会第六次代表大会上再次当选为省作协副主席。年底，山东省作协调整各专业创作委员会，兼任小说创作委员会主任。10月，随中国作家协会代表团赴德国参加法兰克福书展。

2010年

根据长篇小说《君子梦》改编的20集电视剧改名为《祖祖辈辈》，由中国煤矿文工团、21世纪影音公司制作完成，获广电部通过，在几个网络平台播放，DVD光盘由辽宁音像出版社出版发行，同名长篇小说《祖祖辈辈》由新世界出版社出版。发表散文《飘飞的魂灵》（《散文百家》第6期）、《城堡上空的那片蒲公英》（《光明日报》7月12日，《儿童文学》11期转载）、随笔《教师的空间与尊严》（《中国教育报》12月18日）等。8月15—25日，参加山东省作家协会组织的山东作家代表团赴西藏访问。

2011年

长篇小说《乾道坤道》在《中国作家》11、12两期全文发表。《文学界》第2期发表"赵德发小辑",有自述文章《一生只做一件事》,短篇小说《转运》(《小说月报》第5期转载),与雨兰的对话《书成呼友吃茶去》,乔洪涛写的赵德发印象记,李波的评论。《时代文学》第9期"名家侧影"为赵德发专辑,有自述文章《余生再无战略》,短篇小说《路遥何日还乡》(《小说月报》《中华文学选刊》11期转载,收入人民文学出版社《2011短篇小说》《小说月报2011精品集》),张丽军的评论,赵德明、夏立君、凌可新、赵琳琳写的赵德发印象记。另外,发表短篇小说《今天是个好日子》(《满族文学》第5期);散文《车轮滚滚 宿命难逃》(《山东文学》第4期)、《刍狗与爱心》(《大众日报》5月6日)、《鸡司一晨》(《今晚报》9月24日)。5月,被曲阜师范大学聘为兼职硕士生导师。10月,担任山东省第二届泰山文艺奖(文学创作奖)小说评委主任。11月,参加全国第八次作家代表大会,当选为中国作协全国委员会委员。

2012年

3月,散文随笔集《拈花微笑》由文心出版社出版。5月,长篇小说《缱绻与决绝》由新世界出版社再版。 9月,长篇小说《乾道坤道》由长江文艺出版社出版。发表短篇小说《晚钟》(《啄木鸟》第4期,《小说选刊》第5期转载)、《摇滚七夕》(《青年文学》第5期);散文《在东莞闻香》(《文艺报》4月9日)、《倾听"沥青水滴"的声响》(《光明日报》5月11日)、《突如其来"人类世"》(《文学界》第10期);创作随笔《拈花微笑的散文》(《光明日报》7月27日)、《乾坤大道义难参》(《中华读书报》10月10日)、《经验之外的写作》(《文艺报》11月23日);评论文章《除却蓑衣无可传》(《中华读书报》1月4日)、《2666 一片苍茫》(《齐鲁晚报》5月12日)、《书香墨香润文心》(《齐鲁

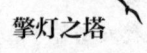

晚报》9月1日）。9月，根据《君子梦》改编的20集电视剧《祖祖辈辈》在日照电视台播放。10月20—23日，应邀到龙口万松浦书院参加著名作家、万松浦书院院长张炜主持的"徐福笔会"。

2013年

发表中篇小说《下一波潮水》（《十月》第1期，《小说月报》第3期转载）。4月，小说集《嫁给鬼子》由重庆出版社出版。9月，小说集《被遗弃的小鱼》由敦煌文艺出版社出版。长篇纪实文学《白老虎》在《啄木鸟》第11、12两期发表，单行本12月由山东文艺出版社出版。8月，长篇小说《双手合十》由安徽文艺出版社再版，该社在第20届北京国际图书博览会上召开了新书发布暨海外推介会。发表散文《丁君轶事二则》（《联合日报》2月1日）、《在三教堂酿一缸酒》（《山东文学》第6期、《海外文摘》第7期转载）、《海岸》（《齐鲁晚报》10月21日）、《白纸黑字》（《海外文摘》第11期）；旧体诗一组（《时代文学》第1期）。5月8日，中国作家网发布中国笔会中心会员名单（共190人），赵德发名列其中，17日在北京参加中国笔会中心会员大会。8月底，由中国作家协会、中共山东省委宣传部主办，作家出版社、山东省作家协会承办的第20届北京国际图书博览会中国作家馆"山东主宾省"活动在北京举行，作为活动内容之一的"赵德发传统文化题材作品研讨会"在中国现代文学馆举行，对《君子梦》《双手合十》《乾道坤道》三部长篇小说进行了研讨。

2014年

8月，长篇纪实文学《白老虎》在第六届鲁迅文学奖评奖中进入报告文学类前十名，为提名作品。10月，获山东省第十一届精品工程奖。10月，"赵德发传统文化小说三种"《君子梦》《双手合十》《乾道坤道》由安徽文艺出版社成套推出精装本；12月18日，山东省作协与该社在北京召开了新书发布会。发表散文《秋风起，天渐凉》（《老人世界》第3期）、《抬起手腕，每一粒佛珠都在》（《当代小说》第5期）、《母亲走后的春天》（《散文》第6期，《散文选刊》第8期转载）、《杨花似雪　忧思如霰》（《光明日报》6月6日）、《序言七篇》（《山东文学》下半月第6期）。4月，散文《在三教堂酿一缸酒》获《海外文摘》2013年度文学奖。10月，短篇小说《晚钟》获公安部第十二届金盾文学奖。10月，访谈录《写作是一种修行》由安徽文艺出版社出版。7月，长篇小说《人类世》被选为中国作协2014年重点作品扶持项目。9月7日，山东卫视《中华家风》栏目播放半小时专题片《赵德发的"君子梦"》。10月底，与张炜、李浩、徐则臣一起被山东理工大学聘为驻校作家。

2015年

发表散文随笔《我的羊性》（《天津日报》1月22日）、《文化长河中的三个泡泡》（《文学报》2月5日）、《作家与自媒体》（《日照日报》7月11日）、《偷她一片裙子》（《光明日报》10月2日，入选漓江出版社《2015中国年度散文》）、《让晚报陪我到老》（《齐鲁晚报》10月21日）、《基因》（《黄河文学》第11期）；评论《文化基因与文学映像》（《文艺报》1月7日）、《可怜可悲的追船人》（《齐鲁晚报》3月14日）。5月下旬建起微信公众号，开始推送作品。8月，长篇小说《人类世》入选国家新闻出版广电总局主持的中国文艺原创精品出版工程项目。12月，获第二届"日照文艺奖·突出贡献奖"。

2016年

长篇小说《人类世》在《中国作家》第1期发表，《长篇小说选刊》第3期头题转载，单行本由长江文艺出版社7月份出版。9月18日，山东大学文学院和山东当代文学研究会联合召开《人类世》研讨会，随后在山东大学、山东师范大学做"人类世"主题讲座。中国作家网"新作·锐见"栏目10月推出《人类世》专题，发表了十几篇评论文章。5月，纪实文学《金城记》由中国青年出版社出

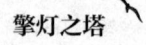

版；王晓梦的学术专著《赵德发创作论》由中国社会科学出版社出版（为山东理工大学资助出版的"山东作家研究丛书"之一）。7月，小说集《魔戒之旅》由新世界出版社出版。发表中篇小说《水浇新闻》（《青岛文学》8期）；创作谈《道在谁开口，诗成自点头》（《长篇小说选刊》第3期）；随笔《别再辜负那些湖光月色》（《名家名作》第3期）。1月，卸任日照市文联主席一职；2月，办理退休手续。10月，出席第二届"中国长篇小说高峰论坛"，作题为《努力营造长篇小说气场》的主题发言。11月，出席中国作家协会第九次全国代表大会，再次当选中国作协全委会委员。

2017年

1月，散文集《白纸黑字》由群众出版社出版。发表短篇小说《担架队》（《解放军文艺》第9期，被选入北岳文艺出版社出版的《2017年中短篇小说选》）；散文《父亲的钢枪、肠胃及其他》（《啄木鸟》第4期）、《观音山思绪》（《青岛文学》第4期）、《南山长刺》（《南方文学》第3期）、《今日刮哪风》（《散文》第12期，《作家文摘》12月22日转载，《散文选刊》2018年第5期转载）；创作随笔《小说创作的真与假》（《解放军文艺》第2期）、《春来鹅毛起》（《文艺报》2月22日）、《地质史的换代与小说家的脑补》（《文艺报》3月6日）、《创作上的"出轨"》（《潍坊学院学报》第3期）、《创作三论》（《鸭绿江》第9期）；报告文学《邂逅与期求》（《啄木鸟》增刊第1期）。11月，与张炜、李浩、徐则臣、雷平阳、胡学文、海飞、刘玉栋一起，受聘为山东理工大学第二届驻校作家。12月，故事《倒骑驴》在"讲好山东故事·守护文化根脉"征文活动中获一等奖。

2018年

1月，12卷《赵德发文集》由安徽文艺出版社出版，中国作家协会副主席张炜先生撰写总序，题为《山东文学的功勋人物》。1月11日，安徽文艺出版社在北京举行《赵德发文集》新书发布会，中国作协副主席李敬泽、张炜等嘉宾出席。4月15日，山东师范大学文学院、中国现当代文学国家重点学科、中华文化传承与文学经典研究中心召开《赵德发文集》学术研讨会。长篇纪实文学《一九七〇年代：我的乡村教师生涯》在《时代文学》分六期连载。发表中篇纪实文学《晃晃悠悠船老大》（《中国作家》纪实版第1期，9月获庆祝改革开放四十周年首届"大沙杯"国际海洋散文大赛二等奖）、《监狱内外》（《啄木鸟》第3期，为《白老虎》续篇）；散文《沟里沟外》（《文艺报》4月13日，被收入《2018中国年度散文》）、《天路》（《农村大众》8月6日）、《我这三十年》（《临沂广播电视报》12月29日）。长篇小说《缱绻与决绝》手稿节选在《作品》2018年6月上半月刊发表。6月，长篇小说《历经》（后改名为《经山海》）入选中国作协2018年重点作品扶持选题。8月，长篇小说《人类世》获第十届《中国作家》鄂尔多斯文学奖。9月22日，在上海师范大学人文学院举办讲座，题为《城市化进程中的乡村文化》。2月8日，山东省第七次作代会换届选举，不再担任省作协副主席；6月2日，日照市第三次作代会换届选举，不再担任市作协主席，被聘为名誉主席。7月，不再担任曲阜师范大学硕士生导师，被该校评为"优秀研究生指导教师"。11月，《日照市志》（1989—2013）出版，赵德发被收入"人物卷"，散文《在三教堂酿一缸酒》《光明寺的半边月亮》被收入"艺文特辑"。

2019年

长篇小说《经山海》在《人民文学》第3期发表，5月由安徽文艺出版社出版，被中宣部列为2019年主题出版重点出版物，获第十五届全国精神文明建设"五个一工程"奖，入选"新中国70年百部译介图书推荐目录"、"2019年影响力图书"、《长篇小说选刊》第四届长篇小说年度金榜（2019）。9月27日，中国作协重点扶持办公室、山东省作协、《人民文学》杂志社、安徽文艺出版社在北京联合召开《经山海》研讨会。8月，长篇小说《人类世》获山东省第四届"泰山文艺奖"（文学创作奖）。长篇纪实文学《白

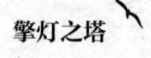

老虎》在《啄木鸟》1984—2019年"我最喜爱的精品佳作"评选活动中获优秀纪实文学奖。9月，长篇纪实文学《一九七〇年代：我的乡村教师生涯》由江苏凤凰文艺出版社出版。《通腿儿》入选"新中国70年文学丛书"短篇小说卷。年内发表短篇小说《额外的弹孔》[《山东文学》第6期，入选《中国公安文学精品文库（1949—2019）》短篇小说卷]，散文《岗下》（《人民文学》第1期）、《择一城终老》（《日照日报》5月22日）、《形形色色》（《齐鲁晚报》6月11日）；创作谈《写一部有历史感的小说》（《中华读书报》5月22日）、《经山历海 深入生活》（《人民日报》10月21日）。9月19日，《文学报》将赵德发作为封面人物，发表大幅画像和记者何晶的访谈《用历史眼光观照 以文学酵母加工 记录下时代样貌》。11月28—30日，去四川绵阳参加中国作协"深入生活、扎根人民"主题实践经验交流会，被授予"深入生活、扎根人民"主题实践先进个人称号。12月10—12日，去海南参加第四届中国文学博鳌论坛，作题为《时代新人，每一个都是新的》的大会交流发言。6月上旬，参加山东理工大学驻校作家活动，与中国作协副主席张炜先生对谈《文学与我们今天的时代》。10月14日，被临沂大学聘为特聘教授；10月18日，被青岛大学聘为驻校作家；11月27日，参加山东大学新世纪文学读书会《经山海》研讨会，被山大文学院聘为一多基地班导师。

2020年

长篇小说《经山海》入选中国出版传媒商报"2009年度影响力图书"；获日照文艺奖特别荣誉奖；被中央人民广播电台制作成48集音频，3月在"阅读之声·畅销书屋"播讲；9月，《经山海》入选2020年丝路书香工程，将译成西班牙文对外发行；9月26日—12月17日，根据《经山海》改编的电视剧在日照完成拍摄；12月，《经山海》入选中国作协"纪录小康"主题创作推荐书单，列8部长篇小说之首。9月，长篇传记文学《学海之鲸——朱德发传》，由山东人民出版社出版，中国现代文学学会与山东师范大学10月24日联合举办该书研讨会。发表散文《山清水秀酿珍稀》(《人民文学》第2期)、《过一个不寻常的读书节》(《大众日报》4月26日)、《我与<农村大众>二三事》(《农村大众》5月13日)、《故乡的老房子》(《人民日报》海外版6月18日)、《与小树林一起成长》(山东大学《文学天地》第一辑)、《向一片丰产田致敬》(《山东文学》第12期、创刊70年专刊),创作谈《时代新人,每一个都是新的》(《文艺报》1月6日)、《写好新时代中国乡村故事》(《人民日报》7月31日)、《在中国海洋大学王蒙文学馆开馆仪式上的致辞》(《王蒙研究》第六辑),旧体诗《六六感怀》(《日照日报》8月2日),评论《煤堆里长出的花朵》(《南方日报》5月9日)、《原野上的博爱与慈悲》(《齐鲁晚报》5月23日)、《向〈日照人文与自然遗产丛书〉编纂者致敬》(《日照日报》12月20日)。长篇小说《缱绻与决绝》、短篇小说《通腿儿》、散文《在三教堂酿一缸酒》入选山东省作家协会编选的《齐鲁文学典藏文库(当代卷)》(山东人民出版社6月出版)。7月15日,在中国作协召开的"全国乡村题材创作会议"上作题为《继承,创新,追求乡村题材写作的新境界》的发言。10月10—17日,参加中国作家协会新疆行主题采访活动,去伊犁、博乐、塔城三地采访。11月4日,"山东省文学院学员新时代文明实践志愿服务队"在济南成立,担任名誉队长。11月19日在山东文学院举办的"文学之光——文学公益讲座"上以视频形式讲第一课《历史意识与文学创作》。11月25日,去江西弋阳县参加中国作家出版集团颁奖会,领取"中国作家出版集团奖·优秀作家贡献奖"。12月2日,为福建省作家协会办的重点文学创作高研班讲课,题为《历史意识与作家慧眼》。6月,亓凤珍、张期鹏编著的《赵德发文学年谱初编(1955—2019)》(2020年度山东省社会科学规划研究项目"赵德发基础资料研究")由山东大学出版社出版。7月15日,山东省散文学会、山东大学出版社、垂杨书院、象阅书房在济南共同主办该书出版座谈会。9月,由李宗刚编选、山东师范大学文学院双一流学科经费资助的《赵德发研究资料》由山东大学出版社出版。

2021年

3月23日—4月16日，根据《经山海》改编的31集电视剧《经山历海》在央视一套黄金时段播出。《经山海》入选言实出版社向建党100周年献礼的丛书《百年百部红旗谱》，于3月出版。《通腿儿》入选人民文学出版社"建党百年百篇文学短经典"丛书。5月26日，中共中央宣传部围绕"百年路·新征程：文学的使命与责任"召开中外记者会，吴义勤、王宏甲、鲁敏、赵德发、孙甘露五位党员作家参加。3月18日，应邀出席日照市海洋文化促进会成立大会，被聘为名誉会长。3月31日，受大连海事大学团委邀请，到"有鹏来·读书沙龙"讲《经山海》创作体会。4月19日，山东省委宣传部公布第六届全民阅读先进典型，赵德发为40名全民阅读推广人之一。5月11—15日，参加《香港商报》组织的第十二届"品鉴岭南"中国著名作家汕头行活动。6月2—8日，与夏立君一道参加"文化日照"齐鲁著名作家润疆行活动，在喀什和麦盖提两地讲课。9月29日，纪念山东省文联、山东省作协成立70周年座谈会在济南举行，张炜、赵德发作为作家代表发言。10月，山东大学文学院为庆祝建校120周年，在知新楼建"校友墙"，悬挂杰出校友照片和简介，赵德发入选。10月12日，应邀到大连为辽宁省作家协会举办的作家培训班讲课，题目是《经验之内与经验之外》。12月12—17日，参加中国作家协会第十次全国代表大会，因年龄原因，不再担任全委会委员。3月，访谈录《从山岭到海洋》由济南出版社出版；6月，短篇小说选《大地慈悲》由济南出版社出版。4月17日，《从山岭到海洋》读者见面会在日照书城举行。7月17日，出席济南出版社在第三十届全国图书博览会上举办的粒言文库"名家精选集"（其中有赵德发的《大地慈悲》）新书发布会。年内发表散文随笔《1978年，西施舌的故事》（《日照日报》1月31日）、《乡亲们的历史感》（《人民日报》2月16日）、《感受巨变 见证历史》（《长篇小说选刊》第2期）、《他唱着<小放牛>走了》（《极光文艺》2021年春之卷）、《在日照经山历海》（《人民日报》5

月25日)、《表现乡村振兴 塑造时代新人》(《大众日报》6月17日)、《以鲜活笔触描绘乡村振兴的时代画卷》(《时事报告》第6期)、《用文学反映乡村振兴,记录中国走向现代化的脚步》(《文学报》7月1日)、《用心用情用功 书写乡村巨变》(《人民日报》8月10日)、《北回归线上的汕头》(《海内与海外》第9期)、《对传统文化进行创造性转化,文学大有可为》(《文艺报》11月8日)、《山大作家班学习生活琐记》(《山东文学》第12期)、《退而不休 笔耕不辍》(《文艺报》12月13日)。《小说月报》大字版第10期在"经典再读"栏目刊发《通腿儿》。8月,李恒昌的专著《大地上的歌吟——赵德发创作评传》由安徽文艺出版社出版。

2022年

8月15日,山东省委宣传部发布"十四五"重点文艺创作项目,长篇纪实文学《黄海传》入选。为创作《黄海传》,5月和8月,在妻子与文友山来东的陪同下,分别去江苏、山东、辽宁沿海采访,从长江口到鸭绿江口。3月3日,应邀在河北文学馆讲《作家的敏感与"钝感"》。3月,加入中国传记文学学会。3月,国家新闻出版署公布2022年农家书屋重点出版物推荐目录,短篇小说选《大地慈悲》入选。9月17日,在沂河源田园综合体龙子峪出席山东大学作家班文学馆开馆仪式。10月17日,在北京与爱奇艺和尚羲文化传媒公司、要有光文化传媒公司商谈《缱绻与决绝》改编电视剧事宜。11月27日—12月3日,陪同爱奇艺《生万物》主创团队在日照、莒南采访。期间,与莒南娘娘山田园综合体董事长杜凤海、总经理李东商定创建"高乡书院"。12月17日,以线上方式参加山东省当代文学研究会第十五届学术年会,并作题为《试谈山东当代海洋文学创作》的发言。12月,被《啄木鸟》杂志聘为顾问委员会成员。1月,散文集《有家回 有人等》由重庆出版社出版。发表散文随笔《鲅鱼圈的诱惑》(《中国作家》纪实版第2期)、《阅读助我圆梦》(《阅读与成才》第3期)、《红薯飘香》(《人民日报》海外版7

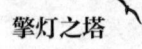

月9日)、《望星空,作家应有的姿态》(《名家名作》第7期)、《滤沙构白 熬波出素》(《人民日报》海外版12月9日)、《一根地瓜秧的视角》(《农民日报》12月28日)。

2023年

长篇纪实文学《黄海传》问世,在第1期《万松浦》《时代文学》《青岛文学》分别发表部分篇章,单行本5月由山东文艺出版社出版,登上文学好书榜5月榜单、6月文艺联合书单,入选2023百道好书榜年榜·杰出原创影响力图书(100种)。《清明》杂志第1期设"赵德发新作小辑",发表中篇小说《美人鱼》、散文《分水岭》,以及赵德发与该刊主编赵宏兴的对话《生活与时代造就的作家》。《小说月报》第3期转载《美人鱼》,并在封二"作家现在时"栏目发表其照片、简介和访谈。《分水岭》被《散文》海外版第4期转载,并入选2023中国散文年选《碗边也落几瓣桃花》(花城出版社)。2月26日,高乡书院落成典礼在莒南县娘娘山田园综合体举行,赵德发被聘为院长。聘任仪式上,赵德发向张炜、厉彦林两位名誉院长和24位顾问颁发聘书。典礼之后,举办主题为"现代书院的价值与功能"的首届高乡论坛。4月22日,在线上为新疆大学中国语言文学学院满归文学社讲《读书助我圆梦》。4月24—26日,参加日照市文联赴安徽安庆市文联的交流活动。6月10日,在中国海洋大学参加"王蒙文学创作70周年系列学术活动";11日,出席聘任王干、赵德发为中国海洋大学驻校作家仪式、《黄海传》新书发布会,作题为《走近海洋 亲近海洋》的报告;12日,出席青岛大学文学与新闻传播学院召开的《黄海传》研讨会。7月12日,在高乡书院主持厉彦林《沂蒙壮歌》荣获徐迟报告文学奖座谈会。7月27—30日,在济南参加全国第三十一届书博会,与聂震宁对谈其长篇小说《书生行》,与丛新强对谈《黄海传》,并参加济南出版社举办的《百年乡愁:中国乡土小说经典大系》(张丽军主编)新书发布暨乡土文学研讨会。7月,山东省委宣传部确定"齐鲁文艺高峰计划",有147项入选,赵德发的纪实文学《黄海传》、长篇小说《蓝调子》（后改名《大海风》）、根据其长篇小说《缱绻与决绝》改编的电视剧《万物生》（后改名《生万物》）在内。8月18日，《经山海》入选由中央宣传部和农业农村部指导的首届"乡村振兴好书荐读"100种图书。9月22—24日，参加《中国环境报》组织的"大地文心"作家采风青岛西海岸行。9月26—28日，在万松浦书院参加开坛二十周年系列活动。10月28日，参加由中国海洋大学和中国作协创研部主办的"王蒙与共和国文学"全国研讨会。29日，参加中国作协创研部和中国海洋大学文新学院主办的杨志军《雪山大地》研讨会。12月17—20日，参加《长篇小说选刊》组织的陕西宝鸡采风活动。12月26日，参加日照市作家协会成立三十周年座谈会，被授予"日照文学三十年功勋人物"称号。年内，按照剧组的安排，多次阅读《生万物》电视剧本并提出意见。11月7—10日，陪同《生万物》创作团队去莒南、沂南勘景。12月15日，到莒南县相沟镇殷家沟村看望正在那里体验生活、准备出演《生万物》女主角的著名演员杨幂。年内发表散文随笔《莒南的楼和路》（《人民日报》3月22日）、《莒南，高乡》（《山东商报》3月30日）、《陕下之兰》（《作品》第2期）、《我做了一回"老盐工"》（《齐鲁晚报》6月3日）、《日照市文联成立的前前后后》（《日照日报》7月22日）、《走近海洋 亲近海洋》（《山东文学》第8期）、《钩沉黄海历史，讲述沧桑巨变》（《人民日报》海外版9月7日）、《唐岛湾潮汐》（《中国环境报》11月10日）、《在兔年学龟跑》（《大众日报》12月29日）。

2024年

　　3月底，长篇小说《大海风》入选中国作家协会"新时代文学攀登计划"，9月入选"十四五"国家重点出版物出版规划增补项目，《中国作家》第11期发表上半部，《清明》第6期以《海飓》为题发表下半部。中篇小说《美人鱼》入选《小说月报2023年精品集》，3月由百花文艺出版社出版（百花中篇小说丛书），入选文学好书榜5月榜单。10月，长篇小说《缱绻与决绝》（修订版）由人民文学出版社出版。《黄海传》2月入选第七届"书香重庆 阅读之星"有声阅读大赛推荐书目，3月入选山东省政协"学习新思想"委员读书活动荐读书单，8月入选中国出版协会文学艺术出版工作委员会发布的"文学好书榜·2023年好书"，9月获第三十一届华东文艺好书奖·精品图书奖。3月，《香港文艺》创刊，与张炜、李洱、王家新、徐敬亚等人被聘为顾问。3月26日—4月1日，去沂南县沂蒙影视基地为《生万物》剧组讲解民俗与农事；5月28日，出席《生万物》开拍仪式，为揭彩嘉宾之一。4月20日，在济南给山东省文学院第32届作家高研班讲课，题为《写作好比"上春山"》。4月22日，出席枣庄第八届书香节，被聘为2024年度阅读推广人。6月5日，出席山东省第二届视听文学剧本大赛颁奖典礼，作为作家代表发言。6月20日，全国第二十三届输出版、引进版优秀图书推介活动结果公布，输出版优秀图书100种，《经山海》入选，为繁体中文。7月26日，参加百花文艺出版社在第三十二届全国图书交易博览会上安排的赵德发《美人鱼》和阿占《后海》分享会；27日，与百花文艺出版社副总编徐福伟出席莒南新华书店组织的《美人鱼》分享会。8月8日，在广东东莞樟木头"中国作家第一村"参加《人民文学》研究交流中心揭牌暨"人民阅卷"东莞行活动。10月1日，在高乡书院作题为《与家乡文友谈创作》的讲座，晚上出席在莒南书城举行的李恒昌长篇小说《大河赤子》推介活动。10月8日，入职山东大学文学院。10月17日，出席赵冬苓、赵德发受聘山东大学仪式，接受李术才校长颁发的特聘教授聘书。11月6日上午，参加山东省第三届全民阅读大会，被聘为山东省全民阅读形象大使；下午，在山东书城与马兵对谈海洋文学写作。11月12日，出席日照市第四次作家代表大会。11月24—27日，参加国家文化和旅游部、浙江省人民政府主办，浙江大学承办的第二届良渚文化论坛。12月8日，参加山东省当代文学研究会第九次代表大会暨第十六届学术年会，并作主题发言。发表散文随笔《1982：王蒙先生的警醒之声》（《香港文艺》第1期）、《礼赞与参悟》（《齐鲁晚报》4月20日）、《西府寻凤》（《长篇小说选刊》第3期）、《持之以恒探究的境界》（《人民日报》5月11日)、《"拐棍"》(《齐鲁晚报》5月22日)、《香飘伊犁》(《大众日报》6月2日)、《海天之间》(《人民文学》第7期,《青年文摘》第18期转载)、《擎灯之塔》(《时代文学》第4期)、《感秋风 念恩师》(《大众日报》11月10日)。